Wilhelm von Chezy

Erinnerungen aus meinem Leben

Wilhelm von Chezy

Erinnerungen aus meinem Leben

ISBN/EAN: 9783743620681

Hergestellt in Europa, USA, Kanada, Australien, Japan

Cover: Foto ©Raphael Reischuk / pixelio.de

Manufactured and distributed by brebook publishing software (www.brebook.com)

Wilhelm von Chezy

Erinnerungen aus meinem Leben

Helle

und

dunkle Zeitgenossen.

Von

Wilhelm Chezy.

~~~~~~~~

.

Viertes Bändchen.

Schaffhausen.
Verlag der Fr. Hurter'schen Buchhandlung.
1864.

III. Freiburg im Breisgau vom Frühjahr 1847 bis zum Herbst 1848.

48.

Die alte Hauptstadt im Breisgau war an Ausdehnung geringer, wie sie (nach dem Zeugniß des Grundrisses auf einem alten Kupferstiche) im 16. Jahrhundert gewesen; ein offenes Landstädtchen von 16,000 Einwohnern, malerisch zwischen der Rheinebene und dem Fuße des Schwarzwaldes gelegen, von fruchtbarem Baulande, reizenden Weinhügeln, grünen Wiesen und weitgedehnten Wäldern ringsumgeben, mit wechselvollen Aussichten auf Vorhügel und Höhen des großen Gebirgsstockes im Osten, gegen den einsam - stehenden Kaiserstuhl in der Rheinebene und gen Niedergang auf den anderen Gebirgszug, dessen Höhen und Thäler das deutsche Reich einst so schmählich sich wegnehmen ließ. Das niedliche Städtchen besitzt in seiner frischen gesunden Luft und im Reichthum seines reinen Quellwassers zwei Gaben der gütigen Natur, deren hohen Werth nur der Großstädter recht zu würdigen versteht.

Chezy nahm seine Herberge in der alten Stammkneipe zum wilden Mann, um die Ankunft seiner Fahrnisse aus Baden abzuwarten und dann seine Wohnung bei Anton Stabler, dem kunstreichen Goldschmied, zu beziehen, welchen wir gewöhnlich unseren Benvenuto

Cellini nannten. Erfindungsgabe, Geschmack und Kunst=
fertigkeit namentlich sah man dem Manne mit den Glied=
maßen eines Cyclopen nicht an. Es erregte Erstaunen,
wenn er dieselbe in scherzendem Spiele dadurch beglau=
bigte, daß er im Gespräche seine ungeheuren Hände unter
dem Tische barg und — ohne auf das Werk zu blicken
— aus Brodkrume die zierlichsten Rosen und andere
Blumen mit Stielen und Blättern knetete, überaus
klein, aber eben darum in ihrer vollendeten Form um so
bewundernswerther. Sein Haus stand dem Zähringer
Hof schräg gegenüber in der Kaiserstraße, welche — quer
durch die Stadt gezogen — in der voreisenbahnlichen
Zeit zugleich ein Stück des Heerweges zwischen Frankfurt
und Basel bildete. Dieser Straße fehlt das offene Rinnsal
mit lebendigem Naß, wie es alle jene Gassen ziert, die
— in der Gegend des Schwabenthores aus einem Kno=
tenpunkt sich entwickelnd — in unregelmäßigen Linien
sich nach abwärts ziehen. Diese Rinnsale bilden eines
der vier Wahrzeichen, welche der alte Reimspruch anführt:
„Ein Thurm ohne Dach, in jeder Straß' ein Bach,
auf jedem Thor' 'ne Uhr, ein Pacem an jeder Schnur."
Der Thurm ohne Dach bedeutet den Münsterthurm, der
als Pyramide in durchbrochener Steinarbeit zur Spitze
geführt, nach den herkömmlichen Begriffen nicht einge=
deckt ist. Die Eingangsthore der Stadt waren mit Uhren
versehen; zu meiner Zeit standen deren noch zwei, das
Martinsthor am Westende der Kaiserstraße und das
Schwabenthor, wohinaus der Heerweg zum Schwarz=
walde und nach dem Schwabenlande führt. Das vierte
Wahrzeichen wird häufig als Bezirreim ausgesprochen:

„In jedem Haus eine Anna." Und wenn ein über= müthiger Gesell gern wüßte, wie zu Freiburg die unge= brannte Asche schmeckt, so sagt er etwas für Anna, das sich zwar reimt, aber nicht wahr ist. Denn wenn auch überaus viel daran fehlt, daß Freiburg durch jene er= erbte und wolerhaltene Strenge der Sitten sich aus= zeichne, wie sie in Basel verherrscht, so trägt doch für den, welcher vom Unterlande heraufkommt, die Stadt ein schier puritanisches Gepräge. Stablers Haus stand nicht gar weit vom Martinsthor mit dem großen Ziffer= blatt und dem Wandgemälde, worauf der heilige Rei= tersmann seinen Mantel mit dem halbnackten Bettler theilt. Chezys Wohnung befand sich im obersten Stock= werk, zwei Stiegen hoch, oder — um nach Landesart zu reden — im dritten Stock. Das Erdgeschoß heißt stets der erste Stock; man zählt eben vom Keller hinauf.

Der wilde Mann ist oben als Stammkneipe bezeichnet worden. Chezy kannte das Haus bereits seit 14 Jahren und hatte manchen lustigen Tag darin zugebracht. Spindler und er hatten als Gäste noch mit Hrn. Bader verkehrt, dem liebenswürdigsten aller Wirthe, der leider in der Blüthe seiner Jahre Todes verblich. Eine Tochter Baders ist späterhin (1854) die Gattin des Geschichtschreibers Johann Weiß geworden, von welchem später die Rede sein wird; sie starb nach wenigen Jahren. Die Wirthschaft wurde von den Erben verpachtet; zu meiner Zeit war der Be= ständer ein gewisser Hölzlin, der, obschon seines Zeichens ein Messerschmied, den Ruf des Hauses durch gute Küche, vortrefflichen Keller und sonstige Vorzüge aufrecht hielt. Es wimmelte stets von Einkehr= und Zechgästen. Die

Leckermäuler aus der Stadt kamen zuweilen, um gewisse Speisen zu verkosten, in deren Bereitung die Frau Hölzlin ihres Gleichen zwischen Herbern und der Wiehre, zwischen Lesen und dem Salzbüchsle nicht mehr hatte. Im wilden Mann hatte auch die Redaction der Freiburger-Zeitung ihren Sitz; sie bestand aus der Person ihres Redacteurs Krönlein, der aus Gießen stammte und zu sagen pflegte, für einen Darmstädter Hessen gebe es nur den einen Trost in der Welt, daß er kein Kurhesse sei. Er hatte das leichteste Leben hienieden; das amtliche Blatt war durch jene Art von Einrückungen gesichert, welche ihm zugewendet werden mußten, und der Text wurde lediglich gerothstiftet. Wenn die zwei Parteiblätter, die katholische Süddeutsche oder die rothe Oberrheinische Zeitung Entgegnungen herausforderten, so war die Karlsruher Zeitung (der großherzoglich badische Moniteur) dazu da, bis der März 1848 auch in dieser Beziehung eine Aenderung herbeiführte. Krönlein ist späterhin Redacteur der Karlsruher Zeitung geworden. In der noch friedlichen Zeit handhabte Chezy manchmal den Rothstift für ihn, um ihm einen freien Sonntag zu verschaffen; zuweilen lieferte derselbe auch Späße im Geschmacke des Beobachters von Baden, wie z. B.: „Wer führt das theuerste Gespann? Rothschild. Der Haber kostet ihn in diesem Jahre 200,000 fl." Man sagt in Westdeutschland nämlich nicht Hafer, wie im Osten, sondern Haber und bei den Unglücksfällen des Bankiers Haber hatte Rothschild den genannten Betrag eingebüßt. Der Süddeutschen gab Chezy damals keine Beiträge, weil er verdrießlich über die Gönner derselben geworden. Buß

hatte ihm nämlich im October schon die Redaction zugesagt, aber nicht Wort gehalten; vermuthlich fand er,
daß Chezy's Ansichten und Auffassung nicht recht zu den
seinen stimmten. Möglicher Weise hatte der Bewerber
auch Heinrich Andlaw gegen sich, der im badischen Ober-
hause den Antrag auf Beseitigung der Badener Bank
zu einer Zeit eingebracht hatte, in welcher Chezy noch
nicht seiner Meinung war, während die Aeußerungen
der seitdem erfolgten Sinnesänderung ihm bisher unbekannt geblieben sein mochten. Das Mißverständniß hat
sich späterhin gelöst und Chezy manche angenehme Stunde
zu Hugstetten in der Rheinebene zugebracht, wo der Freiherr
auf seinem Schlosse den Sommer zu verleben pflegte. Seine
Gemalin stammte aus Ungarn. Sie war eine Dame von
umfassender Bildung und hellem Geiste, des ausgezeich-
neten Mannes vollkommen würdig, folglich, wie zu sagen
fast überflüssig erscheint, jenem krautjunkerlichen Hochmuth
fremd, von welchem der Landadel im Breisgau nicht immerdar frei ist. Nebenbei sei bemerkt, daß sie Billard mit
einer Fertigkeit spielte, welcher selbst Chezy kaum gewachsen
war, obschon er den Billardstecken mit großer Geschicklichkeit handhabte. Frl. von Andlaw, damals schier noch
ein halbes Kind, hat später einen Menzingen geheiratet.

49.

Martin Zugschwert, den wir als Caplan in Baden
gekannt, war im Seminar zu Freiburg angestellt. Eine
gedrungene Schwarzwäldergestalt, beinahe so breit als
lang, ein starker Dreißiger, der erst in späteren Jahren
den geistlichen Beruf in sich verspürt und zu einer Zeit

die lateinische Schule bezogen hatte, in welcher sein Vater, ein Kaufmann zu Böhrenbach, vermuthlich schon daran gedacht haben mag, ihn bald zum Nachfolger im Geschäfte einzusetzen. Er war ein Geistlicher aus jener ernsten Schule, welche damals zu keimen begann, doch keineswegs ein finsterer Eiferer, wie schon der glücklich vollführte Auftrag bewies, welchen Spindler ihm gegeben: seiner Tochter den Kopf zurechtzusetzen.

Unter dem Drucke der häuslichen Mißverhältnisse, in Gesellschaft der stocktauben Großmutter und der verrückten Mutter war das tieffühlende Kind in eine frömmelnde Richtung gerathen. Ohnehin geschieht es nicht selten, daß junge Mädchen in der ersten jungfräulichen Entwicklung den Gedanken fassen, in's Kloster zu gehen, auch wenn sie nicht durch häusliche Zerwürfnisse sich auf ihr eigenes Innere zurückgedrängt fühlen. In Fanny war die Wallung nicht verflogen, sondern hatte sich festgesetzt, so daß sie wirklich den Beruf zum Klosterleben in sich zu verspüren meinte. Als ihr Vater im Jahre 1845 sie mit auf die Reise nahm, großentheils deßhalb, um sie zu zerstreuen, richtete er wenig damit aus. In Wien beauftragte er eine befreundete Frau, indem er ihr ein paar hundert Gulden übergab, das Mädchen — wenn auch nicht zur „Putzdocke" zu machen, so doch wenigstens auf die Wasserhöhe der herrschenden Art und Weise des Anzuges zu bringen. Vergebens. Fanny war nicht dazu zu bewegen, ihre Tracht zu verändern, worin sie sich schier wie eine Herrenhuterin, Methodistin oder sonst dergleichen ausnahm. Dem wackern Pater Martin gelang es, sie vom Gedanken an das Kloster abzubringen.

Fanny's rechtes Stündlein schlug aber erst, nachdem sie ungefähr dreißig Jahre geworden. Sie hatte sich in einen Maler verliebt, der um ein gutes Stück jünger war als sie. Spindler wollte die Verbindung nicht zugeben. Da seine Einsprache nichts half, machte er im Geldpunkte Schwierigkeiten. Es soll deßhalb zu gerichtlichen Verhandlungen gekommen sein, wie man mir nachmals erzählt hat. Nach dem badische Landrechte hatte die Hälfte des Vermögens seiner inzwischen verstorbenen Frau ihr gehört, weil die Ehe ohne besonderen Vertrag geschlossen worden, weßhalb das Gesetz die Gütergemeinschaft voraussetzte. Er und Fanny waren die Erben dieses Nachlasses der Frau, der sich ungefähr auf 90,000 fl. belief. Davon fiel ein Theil, ich glaube wiederum die Hälfte, auf den überlebenden Gatten; vom anderen Theil hatte er gegen Sicherheitsleistung die Halbscheid zu lebenslänglicher Nutznießung zu behalten, den Rest aber bar an die mündige Tochter herauszuzahlen. Und diese Summe, welche etwas über 20,000 fl. betragen haben dürfte, wollte er nicht loslassen. Es sah grade aus, als fürchte er mit seinem ursprünglichen Antheil von 90,000 fl. und dem Erbtheil, das aus der anderen Halbscheid ihm zugefallen, zu verhungern. Ich weiß nicht, ob die Staatsschreiber schon alle Acten in diesem Handel geschlossen hatten, als er in der Hochzeitsnacht Fanny's sich zur ewigen Ruhe niederlegte, wodurch er ihr mit dem Nachlaß der Mutter auch sein eigenes Vermögen abtrat. Sie hat es nicht lange genossen.

Außer den Gründen gegen die Wahl seiner Tochter, sowie außer dem selbstischen Widerwillen, überhaupt sie von sich zu lassen und dadurch seine häusliche Bequemlichkeit in ihrem gewohnten Gange beeinträchtigt zu sehen, scheint Spindler auch noch eine besondere Ansicht über Recht und Gesetz gehegt zu haben. Obschon er jenseits des Rheines „licencié ès-lois" geworden, also von Jugend auf mit dem Napoleonschen Gesetzbuch vertraut war, welchem das badische Landrecht sozusagen wörtlich nachgebildet ist, wollte er nicht begreifen, wie es gekommen, daß seine Selige die Halbscheid eines Vermögens hinterlassen haben sollte, welches er doch ganz allein vom ersten bis zum letzten Kreuzer erworben, und daß Fanny urplötzlich zu persönlichem Eigenthum gelangt sei.

Martin Zugschwert war ein lustiger Kauz und von urwüchsigem Freimuth beseelt. Als einst von den Verhältnissen jener Classe von Damen die Rede war, welche er selber nach dem landläufigen Ausdrucke als Paffenköchinnen bezeichnete, sagte er: „Ich halte es mit dem heiligen Paulus und hoffe mit Gottes Hülfe brav zu bleiben. Wenn ich einmal Pfarrer geworden und ihr findet bei mir eine junge Hauserin, so dürft ihr mich ohneweiters einen knitzen Kerl heißen." (Knitz oder knüz bedeutet in der Landessprache soviel als nichtsnutzig.) Die Aeußerung war nebenbei auch ein blutiger Hieb, der mehr als nur einen der Anwesenden traf.

Alban Stolz war Zugschwerts bester Freund und bereits als echter und rechter Volksschriftsteller berühmt. Sein „Kalender für Zeit und Ewigkeit" war ein wirkliches Volksbuch, das, für den gemeinen Mann geschrieben, auch wirklich von ihm gelesen wurde. Unter Volk sollte man vernünftiger Weise freilich nichts anderes verstehen als die Gesammtheit aller Angehörigen eines staatlichen Gemeinwesens, aber der Sprachgebrauch nennt diese mit einem fremdländischen Ausdrucke: Nation. Die Grenze, an welcher von der Gesammtheit sich das Volk im engeren Sinne scheidet, ist unbestimmt, doch wurden damals unter letzterem im allgemeinen vorzugsweise jene Schichten der bürgerlichen Gesellschaft verstanden, deren große Masse fast gar nicht zum Lesen kam. Heutzutage trifft dieses Wahrzeichen nicht mehr ganz zu, weil auch die handarbeitenden Classen, namentlich in den Städten, ihr tägliches Lesefutter begehren. Die in jenen Tagen erst kürzlich in Schwung gekommene Volksliteratur war nur eine sogenannte. Spindler, Berthold Auerbach ꝛc. schilderten für die Gebildeten das Volk, wurden aber von diesem nicht gelesen. Ihre und so vieler anderen Erzeugnisse blieben in demselben Leserkreise, für welchen alle Unterhaltungsschriften gedruckt wurden, so daß sie, ganz abgesehen von Werth und Bedeutung der einzelnen Leistungen, nichts anderes vorstellten als eine Schüssel mehr auf einer ohnehin reichlich besetzten Tafel.

Im Jahre 1842 erschien im Herbst, zur Zeit, da die Kalender überhaupt ausgegeben werden, zu Villingen auf dem Schwarzwalde der erste Jahrgang (1843) des Kalenders für Zeit und Ewigkeit. Die „Wälder" sahen ihn anfangs nicht besonders günstig an. Er enthielt weder Holzschnitte noch Abenteuer zu Land und See, weder Schwänke noch lustige Liedchen. Da ein Kalender das einzige Lesefutter für ein ganzes Jahr vorstellte, so kauften nur wenige das Ding von abschreckend sauertöpfischem Aussehen, und diese blos darum, weil sie erfahren, daß ein junger Geistlicher der Verfasser sei. Diese

wenigen Käufer jedoch reichten hin, den Ruhm des Kalenders über den ganzen Wald zu verbreiten. Noch im
Jahre 1843 mußte eine neue Auflage veranstaltet werden,
welcher seitdem ihrer 10—12 gefolgt sind. Die folgenden
Jahrgänge wurden vom Waldvolke mit gleicher Liebe
aufgenommen, drangen in stets erweiterten Kreisen durch
das Land. Mit Erstaunen entdeckten eines Tages die
Gebildeten, daß der Rheinische Hausfreund einen eben-
bürtigen Nachfolger im Volke erhalten habe. Seitdem
wurde Alban Stolz neben Hebel genannt, vorbehaltlich
der Verschiedenheit im eigenen Wesen eines jeden von ihnen.

Der geistliche Kalendermann schrieb nicht als Schriftsteller von Beruf, sondern um mit der Feder zu pre-
digen und andächtig gelesen zu werden. Er predigte ganz
vorzüglich, indem er zu Herz und Seele sprach. Auch diejenigen, welche lediglich zur Unterhaltung lasen und ihn
somit eigentlich nichts angingen, bewunderten des Verfassers reiche Begabung, treffenden Ausdruck und tiefes
Gemüth, auch wenn sie seiner Richtung fremd blieben,
besonders wenn sie billig genug waren, nicht zu vergessen, daß Stolz in seinem geistlichen Berufe zum Waldvolke sprach und die „Herrenleute", wenn er sie auch
nicht eben abwies, wenigstens doch nicht einlud. Dieser
wesentliche Umstand wurde seinerzeit namentlich von
den Gegnern vergessen, denen es ungelegen kam, daß er,
seines geweihten Amtes eingedenk, das katholische Volk
vor den Kirchenstürmern warnte. Er redete in der derben
Sprache, wie seine Leser sie verstanden, und die Widersacher waren um so minder befugt, ihn als einen Grobian
zu verschreien, als sie, obschon sie selber nicht für die

Bauern auf dem Schwarzwalde schrieben, sich keineswegs einer anständigen Ausbrucksweise befleißigten.

Alban Stolz, seit 1847 Professor an der Freiburger
Hochschule, hat sich auch noch durch wissenschaftliche
Werke im theologischen Fache, sowie durch schöngeistige
Leistungen höheren Styles, vor allem durch die Be-
schreibung seiner Reise durch Spanien hervorgethan. Auch
war er der Gründer des ersten Gesellenbundes im Großherzogthum. Dem Aussehen nach schien er damals schwach
und kränklich; der frische Geist wohnte in einer unan-
sehlichen Hülle, doch hat sich nachmals erwiesen, daß
die kleine leibarme Gestalt mit dem welken Antlitz hinlänglich Zähigkeit besaß, um die Beschwerlichkeiten großer
Reisen ohne den mindesten Nachtheil für die körperliche
Gesundheit und für die geistige Regsamkeit zu ertragen.
Er stammt aus dem badischen „Rebland", wo ein Win-
zervolk mit klapperdürren Gliedmaßen und von nachhaltiger Stärke daheim ist, und wurde 1808 geboren.

50.

Den Sommer 1847 brachte Chezy in gemüthlicher
Friedseligkeit zu, ohne den nahen Sturm in den Gliedern
zu spüren. Wenn er eine stärkere Gemüthsbewegung
durch äußerliche Anregung empfand, so geschah es durch
J. E. Brauns beklagenswerthes Ende, vorüber schon
berichtet worden; indessen ließ er den Trostgrund gelten,
daß der „Strolch" eigentlich wol daran gethan, sich
todtschießen zu lassen, was jedenfalls besser für ihn schien,
als vollends zum „Schnapssüffel" zu werden. Chezy
widmete den Morgen der Muse, den Vormittag geschicht-

lichen Studien, denen bei ungünstiger Witterung zur schönen Jahreszeit und später hin im Winter fast ohne Ausnahme der Nachmittag von 4—7 Uhr gehörte. Der Bücherschatz der Hochschule stand ihm zur Verfügung, als ob die Bibliothek ihm persönlich zugehöre; der Bibliothekar, ein polnischer Flüchtling von 1831, beehrte ihn mit besonderem Vertrauen und erwies ihm die freundschaftlichste Zuvorkommenheit. Die gewöhnlichen Vorschriften, sagte er, seien nicht für einen Mann vorhanden, der nicht minder wie irgend ein Professor zu den Ausgenommenen gehören müsse. Die Anfänge solcher Zuvorkommenheit verdankte Chezy wol Gfrörers dringender Empfehlung, doch den weiteren Verlauf persönlichem Wolwollen. Gleich nach der Mittagsmalzeit ging es in's Museum zum Billard. Je nach der Jahreszeit wechselten Spaziergänge, kleine und große Ausflüge, Flußbäder ꝛc. Im Spätsommer begann die Hühnerjagd, welcher im Herbst und Winter anderes Waidwerk folgte. Auf der Schießstätte war Chezy ein fleißiger Gast. Auswärts im Walde wohnte er mit nicht minderem Eifer den Uebungen im Pistolenschießen bei, welche zwei junge Offiziere mit besonderer Vorliebe betrieben, theils auf die Scheibe und theils auf einen Baumpfahl von Manns= höhe. Letztere Uebung mit behendem Anschlag und raschem Feuer ist als Vorübung für etwaige Zweikämpfe zu empfehlen. Ich wäre sicher gewesen, meinen Mann zu treffen, insofern er nicht etwa dünner war als wie vier Zoll im Durchmesser, doch bin ich, Gott sei Dank, nicht in die Lage gekommen, meine Kunst an Fleisch und Bein zu erproben, und werde hoffentlich in meinen alten Tagen

nicht mehr genöthigt werden, mich mit derlei unnützem
Werk zu befassen. Gegen die Unsitte des Zweikampfes
hege ich von jeher einen starken Widerwillen, obschon
ich vorkommenden Falles und unter angemessenen Umständen schwerlich den traurigen Muth besessen hätte
oder besitzen würde, dem zugleich christlichen und philosophischen Grundsatze zulieb mich der Verachtung preis-
zugeben. In dieser Welt herrschen manche Vorurtheile,
welche der Einzelne abgeschmackt findet, ohne sich ihrer
Herrschaft entziehen zu können. In den letzten 20 Jahren
hat übrigens die Ueberzeugung von der Verwerflichkeit
des Zweikampfes bedeutende Fortschritte im Mittelstande
gemacht, die erfreulich zu nennen sind, wo nicht etwa
amerikanische Rohheit sich an die Stelle geordneten Aus-
fechtens drängt, um Sitte und Anstand im geselligen
Verkehr vollends zu Grunde zu richten. Abends wurden
im Museum die Zeitungen gelesen, deren das Lesezimmer
eine reiche Auswahl enthielt. Den Schluß des Tagwerkes
begoß das braune Naß, bald da, bald dort, zuweilen
auch im wilden Mann, wo Spindler zu jeder Zeit des
Jahres regelmäßig zu treffen war. Sein Zusammenleben
mit Chezy hatte nachgelassen, wenn auch ihre Freund-
schaft nicht erkaltet war; letzterer hielt für überflüssig,
sich den allzu gemächlich gewordenen Gewohnheiten des
Freundes zu bequemen und gleichsam im Schneckenhause
zu leben, was dieser einigermaßen übel vermerkte, obschon
er es von Baden her hätte gewohnt sein dürfen. Freilich
war er von dort während der zerstreuenden Curzeit
meistens abwesend gewesen; dazu hatte sich in ihm die

Schwerfälligkeit vollends ausgebildet, gleichwie die Rücksichtslosigkeit einer Selbstsucht, wie sie in der Anlage
ihm von jeher eigen gewesen.

Unter solchen harmlosen Umständen floß das Leben
in angenehmer Abwechselung dahin, bis die Stürme
des Jahres 1848 hereinbrachen, von denen ich weiter
unten einige der Aufzeichnungen bringen werde, die ich
unter dem Eindrucke der Ereignisse selbst unmittelbar
niederschrieb, um sie jetzt unverändert, wenn schon mit
einigen Anmerkungen zu wiederholen. Zuvor aber will
ich zweier theurer Freunde gedenken, welche innerhalb
weniger Monate (im December 1860 und im Juli
1861) zur ewigen Ruhe eingingen: Ignaz Schwörer
und August Friedrich Gfrörer. Beide waren Professoren
an der Freiburger Hochschule, ersterer ein Arzt von großem
Ruf am Rheinstrome und in England, letzterer der in
der ganzen Welt berühmten Geschichtschreiber, welcher die
große Wahrheit entdeckte, daß Gustav Adolf von Schweden,
so hochgerühmt als Heerführer, der deutschen Nation
schlimmster Feind und fluchwürdigster Verderber gewesen.
Allerdings hat mancher schon vor Gfrörer das gewußt,
aber keiner hatte es bisher so fest betont, so unwiderleglich
bewiesen, in so weiten Kreisen zur Ueberzeugung gebracht
wie er, und eben deßhalb verdient er den Ehrentitel eines
Entdeckers. Von ihm, als dem Berühmten, sei hier zuerst
die Rede, wiewol er nach dem anderen gestorben.

51.

Justinus Kerner, der bewunderte Dichter und wun-
derliche Heilige, hat unter seinen vielen überraschenden
Entdeckungen auch die gemacht, daß vom Menschen nach

seinem Tode noch ein luftiges Abbild für einen gewissen
Zeitraum auf Erden zurückbleibe, um sich allmälig zu
verflüchtigen, und zwar um so langsamer, je weniger
die Empfindung des Verstorbenen edler Natur gewesen.
Diese aus Duft gewobene Gestalt nennt der Brahmane
von Weinsberg (die Erde sei ihm leicht!) den „siberischen
Leib", und die Zeitgenossen haben sich über besagten
Sternleib nicht weniger lustig gemacht als über manches
Andere, das der gute Justinus als „ein bedenkliches
Hereinragen der Geisterwelt" in unser bürgerliches Leben
und Weben bezeichnete.

Was jedoch der wolfeile Spott auch sagen möge, der
Lehrbegriff vom luftigen Leibe ist doch nicht ganz aus
der Luft gegriffen, denn die Erfahrung beweist, daß ein
Verstorbener für einige Zeit in seiner leibhaften Gestalt
vor unseren sehenden Augen umherwandelt, bevor das
siberische Gebilde sich verflüchtigt, und zwar — der Kerner'schen Lehre entgegen — um so länger, je größer das
Maß geistigen Strebens von edler Natur gewesen, das
dem Verstorbenen innegewohnt, und je höher er seinen
Flug genommen.

Die Freunde Gfrörers, die große Anzahl seiner guten
Bekannten, die Schaaren seiner Schüler und seine vielen
Widersacher bestätigen die alte Erfahrung. Obwol er
seit dem Juli 1861 zu Karlsbad unter dem schon be-
rasten Hügel ruht, sehen sie wol alle noch die hohe
und massenhaft derbe Gestalt von urschwäbischer Gedie-
genheit vor sich, bärenhaft sowol an plumpem Aussehen
wie an schnellkräftiger Beweglichkeit. Das reiche Haar
hatte im Jahre 1847, dem 45. Lebensjahre Gfrörers,

seine Verwandlung aus Ebenholz in Silber bereits vollzogen und bildete ein seltsames Widerspiel zu dem frischen
Antlitz mit der feinen Haut und den rothen Wangen.
Unter der breiten, wie aus Granit kräftig und fein
herausgemeißelten Stirn sprühten unter schwarzen Brauen
ein paar dunkle Augen lebendige Glut. Diese feurigen
Lichter gehörten zu jenen, von welchen das Volk im süd-
westlichen Deutschland zu sagen pflegt: „Sie hauen und
stechen". Die Nase zählte nicht zu denen von längerer
Art, war aber durchaus wolgeformt und athmete durch
kräftig geöffnete Nüstern. Im weitgespaltenen Munde
lag ein Zug von lebenslustig gesunder Begehrlichkeit.
Wenn Abends die Stoppeln auf dem am Morgen sorgsam bis auf das letzte Barthaar abgemähten Gesicht
hervorstachen, zeichneten sie einen dunklen Schlagschatten.

Der massenhafte Mann arbeitete mit unglaublicher
Leichtigkeit, doch ohne jene Leichtfertigkeit, die frischen
und behenden Geistern nur gar zu häufig eigen ist.
Mit einer Ausdauer von Wolframstahl saß er vom
frühen Morgen an am Schreibtische, wo er bis zum
Mittagessen sitzen blieb, wenn ihn das Amt des Lehrers
nicht in den Hörsaal rief. Nach der Malzeit machte er
keine übermäßig lange Pause, oft kaum eine kurze. Nur
zuweilen, in der schönen Jahreszeit, ließ er durch die
verführerischen Umgebungen von Freiburg und durch gute
Gesellen sich bewegen, schon vor Abend die Feder niederzulegen. In der Regel machte er Feierabend, sobald vom
Münsterthurm acht Glockenschläge dröhnten, und da kam
es ihm nicht darauf an, inmitten der Entwickelung
eines Gedankens abzubrechen. Er durfte das ohne Be-

forgniß wagen; besaß er doch ein Gedächtniß von zuverlässiger Treue. Seine Gedanken waren keine flüchtigen Einfälle, sondern reif ausgetragen, von echtem Schrot und Korn. Nur in einem Falle verließ er mit dem Glockenschlage nicht die Arbeit, wenn er nämlich nicht diejenige Zahl von Blättern vollgeschrieben, welche er sich für die Sitzung aufgegeben. Doch auch dann betrug der Unterschied höchstens eine halbe Stunde; um mehr verrechnete sich Gfrörer nicht leicht, insofern überhaupt ein Rechnungsfehler und nicht eine zufällige Störung die Verspätung herbeigeführt. Sobald der gelehrte Mann sein Tagewerk beschlossen, war er weder Proffesor noch Hausvater mehr, sondern Student vom Wirbel bis zur Zehe. Er hatte seiner Frau schon längst die Erlaubniß ertheilt, mit den sieben Kindern ohne ihn zu Nacht zu speisen. Seine Richtung ging, je nach der Jahreszeit und Witterung mit oder ohne Umweg, zur Quelle abendlichen Trunkes in irgend eine „Kneipe", wenn der studentische Ausdruck außerhalb einer Universitäts=Kleinstadt erlaubt ist. Er bedeutet in einer solchen nicht etwa eine Schenke untergeordneter Art, kein Wiener „Beisl", sondern jedwede Stätte, wo ein gefälliger Wirth den durstigen Gast zu laben sich bereit hält, „heute fürs Geld, morgen umsonst", wie es sieben Tage hindurch in jeder Woche heißt. Wenn zu Freiburg der Philister, der Student, der Offizier ihren Abend im „Zähringer Hof", im „Hotel Föhrenbach", im „Wilden Mann", im „Deutschen Hof" zubringen, so „kneipen" sie nicht minder, als wären sie beim Buschwirth oder beim Kranzwirth eingekehrt oder in die trauliche „Kellerei" geschlüpft, wo

die zierliche und gescheite Anna Keller schaltete und waltete,
die nie eine Antwort schuldig blieb. Sie war in der
That zur Wirthstochter eigens geschaffen; alle Welt hatte
sie gern, und niemand wurde dreist bei ihr. Ueberall
kam Gfrörer hin, wo es Gesellschaft gab, und wenn er
einige der vornehmeren Herbergen unbesucht ließ, so
geschah es lediglich nur darum, weil in ihren großen
Sälen des Abends zu viele Plätze unbesetzt blieben. Er
wollte Leute sehen und mit ihnen plaudern, möglichst
viele und nicht tagtäglich dieselben Gesichter. In einer
Stadt von 16,000 Einwohnern, meinte er, lerne man
ohnehin nur allzuschnell die Bevölkerung auswendig,
und wer sich ohne Noth in eine „Stammkneipe" ein-
pfründe, beschränke thörichter Weise den schon eng genug
gezogenen Gesichtskreis.

Das „ohne Noth" bezog sich auf eine Klasse von
Stammgästen, welche zuweilen in jene mehr oder weniger verdrießliche Lage kommen, worin der Bruder Studio,
um flott zu bleiben, sich mit Pumpen hilft. Zugleich
war es ein Hieb auf Spindler, der, vor der Zeit alt
und mürrisch geworden, seine wolbeleibte Gestalt all-
abendlich zum wilden Mann am Theaterplatz in der
Salzgasse wälzte, um stets auf demselben Platze seine
vier Stunden abzusitzen. Spindler that das wirklich ohne
Noth; er verzehrte lange noch nicht die Häfte seines
Einkommens. Den Vorwurf beantwortete er mit der
Bemerkung, daß jeder Mensch in seiner Art ein Kleinstädter sei, der Aristokrat in der Haupstadt ein Gesell-
schafts-Philister, der Don Juan ein Weiber-Philister,
und da sei es denn am bequemsten, den Kreis recht

enge zu ziehen, besonders wenn einer ein abenteuerliches
Leben hinter sich habe und gehörig müde geworden sei.
Ein rechter „Spieß" führe auf dieser Welt das behag-
lichste Dasein. — „Ich bin einer geworden und bleibe
dabei", fügte er hinzu, „meine letzte Herzensangelegenheit
ist eine steife Maß Bier."

Gfrörer besuchte nicht selten das Museum, worunter
nicht etwa ein den Musen geweihter Ort zu verstehen,
ist, sondern der Sitz einer geschlossenen Gesellschaft, wie
sie in den deutschen Barbaresken oder Raubstaaten
allerwärts zu treffen sind. Woher diese Ländchen den Beinamen erhalten haben, steht actenmäßig nicht fest; vielleicht
von den grünen Tischen in den Luxusbädern. In Freiburg
gab es zwei der landesübliche Gesellschaften: Museum
und Lesegesellschaft, jenes seit vielen Jahren und im
Besitz eines großen Hauses, diese ganz neuen Ursprungs
und von den Rothen gegründet, wie man damals die
Parteigenossen der äußersten Linken zu nennen anfing.
Die Bezeichnung „Freisinnige" paßte schon nicht mehr
auf sie, denn auf dem älteren Standpunkte Welckers und
Itzsteins, welche gemeinschaftlich mit Karl von Rotteck
(† 1840) den Namen aufgebracht, hatten sie im Lande
wol einzelne Widersacher, aber keine beachtenswerthe
Partei mehr gegen sich. Sie waren, obschon Hecker und
Struve in der Abgeordnetenkammer dieß noch in Abrede
stellen wollten, bereits Republikaner. Im Museum fanden
sich die Altfreisinnigen vertreten, Anhänger der Verfassung mit monarchischer Spitze, von ihren Gegnern
„Reactionäre" geheißen, während doch ihre Partei in
den Kreisen der obersten Bureaukratie zu Karlsruhe für

revolutionär galt; noch mehr in Preußen, deſſen Geſandt=
ſchaft alle Tage eine neue Beſchwerde gegen ihr wühle=
riſches Gebaren vorzubringen hatte und verſchärfte Maß=
regeln der Cenſur heiſchte, welchen auch Herr von Blit=
tersdorf ſehr nachdrücklich das Wort redete.

Die monarchiſch Geſinnten im Muſeum dachten
1847 wol noch an keine andere Spitze als eben an die
großherzogliche Krone, obſchon die alte Anhänglichkeit
des Breisgauer Volkes an das Kaiſerhaus keineswegs
erloſchen war; noch wußte niemand, daß in Jahresfriſt
der ſchlummernde Gedanke an eine weit höhere Krone
zum klaren Bewußtſein erwachen werde.

Was eben geſagt worden, ſcheint eine unnütze Ab=
ſchweifung, ohne Zuſammenhang mit Gfrörers gelegentli=
chen Beſuchen in der Wirthſchaft des Muſeums. Es ſcheint
ſo, doch iſts nicht an dem, wie ſich alsbald zeigen wird.

Wenn der kernhafte Profeſſor im Muſeum ſich ein=
ſtellte, nahm er ſeinen Platz im größeren Zimmer an
der langen Tafel, wo gewöhnlich ein Dutzend von Mit=
gliedern beiſammenſaß. Die Tafel hieß der Römertiſch,
und zwar von einem Pokal in Form eines Römers
(Rheinweinglas), welcher ehedem bei feſtlichen Anläſſen
die Runde gemacht. Der Name war eine Erinnerung
aus den Tagen der Alleinherrſchaft des Weines im
rebenreichen Breisgau, bevor König Gambrinus auf
ſeiner ſieghaften Fahrt durch alle Gebiete der tabakdam=
pfenden Welt auch Freiburg erobert hatte, ganz gewiß
für längere Zeit als der überrheiniſche Nachbar, welcher
bekanntlich die gute Stadt mehrmals wegſchnappte und
ſtets wieder herausgeben mußte. Doch das war ſchon

lange her und Gambrinus besaß ebenfalls nicht erst seit drei Tagen sein Bürgerrecht. Am Römertische ward das braune Naß mit dem weißen dichten Schaum getrunken, vortrefflich wie das baierische Bier und nach unseren Wiener Vorstellungen fabelhaft billig, ungefähr um 75 Procent wolfeiler als in der Kaiserstadt.

Gfrörer ließ sich selber keinen Durst leiden, und da er nicht rauchte, konnte er um so ungehinderter reden, woran er es nicht fehlen ließ. Sobald seine gewaltige Stimme ertönte, klangvoll und biegsam, stark und vom reinsten Metall, legten die Spieler im großen Saale und in den Nebengemächern Billardstecken und Karten nieder, füllte sich der Römertisch, gab es Gedränge im weiten Raum. Und wenn die ehrsamen Gatten erst spät nach Mitternacht statt zur gewohnten Stunde nach Hause kamen, sagten die Weiber: „Gewiß hat der Gfrörer wieder gepredigt; wenn das so fortgeht, muß die Polizeistunde auch im Museum eingeführt werden".

Die Polizeistunde (11 Uhr) hatte für geschlossene Gesellschaften keine Geltung, wurde aber — nebenbei bemerkt — auch in den Kneipen nicht überall streng eingehalten, namentlich in einigen kleinen abseits gelegenen Weinschenken, wo ungestört solche Leute ihr „Nachtlicht" abhielten, von denen der Herr Amtmann wußte, daß sie keine Fenster und Laternen einwerfen oder sonstigen Unfug verüben würden. Auch Gfrörer kam hie und da zu solchem Privatissimum, doch nicht gar oft. Er fürchtete den Rebensaft nicht und pflegte, den Ausspruch Cäsars (bei Shakespeare) parodirend, zu sagen: „Ich und der Wein sind Brüder, doch ich der ältere und stärkere". Er trank viel, stets jedoch würde er mehr vertragen haben.

Was aber sprach am Römertische der Mann mit
dem Silberhaar und den glühenden schwarzen Augen
im jugendfrischen Antlitz? Er half, ohne zur Zeit noch
der eigentlichen Bedeutung seiner Sendung sich bewußt
zu sein, den Tag vorbereiten, an welchem die erlesensten
Geister Deutschlands in gemeinsamer Begeisterung zu
dem Banner emporblicken sollten, welchem die Zukunft
des großen Vaterlandes von Lothringen bis Siebenbür-
gen gehört, insoferne es überhaupt noch eine Zukunft
zu erwarten hat. Je mehr er redete, je mehr er trank,
um so höher hob sich der Schwung seiner Gedanken, um so
leichter war die geflügelte Zunge. Man dürfte viel darum
geben, wenn er später nur ein einzigesmal in der Paulskirche eine Ansprache von so hohem Fluge, mit solcher
Begeisterung gehalten hätte wie damals im Kreise der
Kleinstädter; doch leider fehlte ihm die Gabe, vor der
großen Oeffentlichkeit sich einer gewissen scheuen Zurückhaltung zu entschlagen.

In lebhaften Farben und einschneidender Darstellung
malte er die Herrlichkeit der deutschen Kaiserzeit in den
Tagen, da es noch ein großes Vaterland gab. Mit
einem Nachdruck, der sich in kurzen Worten nicht be-
schreiben läßt, sprach er die schönsten und kühnsten Hoffnungen für eine Zukunft aus, von der er nicht einmal
den ersten Morgenstrahl erleben sollte. Er starb ja vor
dem zweiten Hahnenruf, glücklich genug, den ersten noch
vernommen zu haben, zu dessen Vorboten auch er gehörte. Und daß er dazu gehörte, war das Werk eines
Buches, welches er ein Jahrzehent zuvor in die Welt
geschickt und nach dessen Veröffentlichung er zu seiner

eigenen Verwunderung erfuhr, was Lord Byron einst von sich selber gesagt: „Eines Morgens erwachte ich und war berühmt".

Mit diesem Buche war es gegangen wie mit allen Wahrheiten, welche zur rechten Zeit und am rechten Orte in den Vordergrund treten; eben dadurch werden sie zu Entdeckungen, auch wenn sie nicht unbedingt neu sein sollten. Der Welttheil jenseits des atlantischen Oceans war schon Jahrhunderte früher von normannischen See-fahrern besucht worden, bevor der große Genuese ihn fand; aber er kam zu rechter Zeit und gilt darum mit gutem Fug für den Entdecker. Die Dampfkraft war lange kein Geheimniß mehr, als Fulton sie mit Rudern bewaffnete, doch seine Vorgänger waren zu früh gekommen. Der unglückliche Salomon v. Kaus, der sie zu öffent-lichem Nutzen verwerthen wollte, starb im Irrenhause. Und als Fischer von Erlach zu Wien die erste Dampf-maschine gebaut, gab es keinen besseren Dienst für das Werk von weltgeschichtlicher Zukunft als die Wasserkunst im Schwarzenberg-Garten in Bewegung zu setzen. Für-wahr: Ariel als Kaliban. Eben so wird es dereinst mit dem Luftschiff ergehen. Und wenn es sich fügen sollte, daß die Lenkung des Fahrzeuges durch die Wolken eines einzigen Mannes Geheimniß bliebe, so würde er den Monarchen seiner Wahl zum Gebieter des Erdkreises machen; denn welches Heer, welche Flotte, welche Festung wäre im Stande, sich gegen einen Regen von Orsini-Granaten aus uner-reichbarer Höhe zu halten?

Wenn je eine Entdeckung zu rechter Zeit an das Licht des Tages hervortrat, so war es der Aufschluß

über die wahre Beschaffenheit der Verhältnisse während
jenes großen deutschen Krieges, welchen man den 30-
jährigen nennt. Die Welt bedurfte damals der Belehrung
über große Fragen, welche demnächst wieder an die
Reihe kommen mußten, wie wir jetzt nachträglich wissen,
obschon damals das vorbereitende Drängen in den Gemüthern nach dieser Richtung hin nicht klar verstanden
wurde. Diese Belehrung sollte in Schwaben ihren Ursprung nehmen, in demselben Lande, von wo einer unserer größten Dichter ausgegangen, dessen Name bisher
im Schlepptau seiner Unsterblichkeit ein buntbemaltes
Götzenbild mitgeführt, das „Gustav Adolf, der Befreier
Deutschlands" genannt wurde. Ein Schwab, ein Pro-
testant (der Gfrörer damals noch war) zerschlug den
Götzen; und das geschah zum Schluß des Jahres 1837,
an der Schwelle des Zeitraumes, welcher mit dem Erwachen des katholischen Bewußtseins in Deutschland
beginnen sollte. Dasselbe hatte nur allzu fest geschla-
fen; dafür war auch der Knall laut genug, der es
weckte, als im November 1837 die Schergen des Königs
von Preußen zu Köln am Rhein ihre frevelnden Hände
an den Geweihten des Herrn legten.

Gfrörer selbst war 1847 noch weit entfernt davon,
die bevorstehende Entwickelung zu ahnen. Er glaubte,
daß vielleicht in den achtziger Jahren des laufenden
Jahrhunderts ein gelinder Anstoß nach der Richtung
erfolgen werde, wohinein wir bald darauf Hals über
Kopf geworfen werden sollten, Freund und Feind durch-
einander. Den Erfolg seines „Gustav Adolf" hielt er
für einen blos literarischen, gleichwie wir anderen auch.

Wer dicht am Thurme steht, sieht nicht die Spitze.

Ueber die Entstehung des Buches gab Gfrörer folgende Auskunft. Zu Stuttgart, wo er seit 1830 Bibliothekar war, redete ihn eines Tages der Buchhändler Krabbe an und ersuchte ihn, eine Schrift über den dreißigjährigen Krieg zur Verherrlichung Gustav Adolfs zu schreiben. Sie vereinigten sich über die geschäftlichen Bedingungen, und der junge Gelehrte begann sofort die Quellen durchzumustern, aus denen er zu schöpfen hatte, um eine Zeit kennen zu lernen, wovon er bisher nur aus späteren Ueberlieferungen gewußt, und über die er seine Anschauung lediglich aus Schillers sog. „Geschichte" des dreißigjährigen Krieges geschöpft. Indem nun Gfrörer, von den hergebrachten Vorurtheilen erfüllt, zu den Urquellen hinabstieg und diese mit gewissenhafter Emsigkeit durchforschte, machte sich allmälig die Wahrheit in seiner Ueberzeugung geltend und fiel es ihm wie Schuppen von den Augen; nicht ohne vorhergegangenen Widerstand, wie er bei einem Starrkopf vom Schwarzwalde sich voraussetzen läßt, der noch seine Studien im theologischen Stifte zu Tübingen gemacht hatte und dort zum Magister der „Gottesgelahrheit" gebildet worden war, so daß er alle Tag hätte Prediger werden dürfen, wenn er nicht vorgezogen, den Doctorhut der Weltweisheit zu zu nehmen. Solche Naturen, und so erzogen, beugen sich nur der unabweislichen Wahrheit; nachdem er aber diese einmal erkannt, besaß Gfrörer auch den mannhaften Muth, ein Werk zu schreiben und zu veröffentlichen, das als Buch erschien, um eine große That zu werden.

Das Jahr 1848 kam heran und brachte den 24.

Februar mit dem Rückschlag auf Deutschland. Weiter unten wird ausführlicher von den Bewegungen die Rede sein, deren Augenzeuge ich war. Einiges davon ist, weil es mit Gfrörer in Beziehung steht, schon hier anzudeuten, auf die Gefahr hin, einzelne Züge späterhin nochmals erwähnen zu müssen. Zu Anbeginn des März gab es im badischen Lande thatsächlich keine Regierung mehr. In der Stadt Freiburg gärte die Masse auf den Hefen. Der gemeine Mann hatte sich die republikanischen Lehren angeeignet und in seiner Weise zurechtgemacht. „Eigenthum ist Diebstahl“, hieß es in den Hütten des Proletariats. Für die nahenden Faschingstage standen Ausschweifungen ernster Art zu befahren. Da bildete sich aus der Mitte der Besitzenden und Gebildeten eine Schutzwache, der es an Waffen nicht gebrach. Die zahlreiche Gesellschaft der Scheibenschützen, die vielen Jagdliebhaber waren mit Kugelbüchsen, doppelten und einfachen Flinten, langen und kurzen Pistolen nicht übel versehen. Aus vergessenen Winkeln wurden Schleppsäbel, Degen, Hieber, Hirschfänger, Fangmesser und Saufedern hervorgekramt, Haurapiere geschliffen, Stoßrapiere der Knöpfe entledigt und zugespitzt. Am Faschingssonntag (Herrenfastnacht, 5. März) liefen statt der „Schlaraffen“ (Masken) Abends bewehrte Streifschaaren durch die Gassen.

Aus der Schutzwache bildete sich eine Bürgerwehr, wie überall im Lande dergleichen zusammentraten; in anderen Ländern geschah es ebenfalls. Anderwärts lautete wol auch der Name dafür „Nationalgarde“, vielleicht weil das französische Wort vornehmer zu klingen schien. Man berief Unteroffiziere, um die freiwillige

Mannschaft zu drillen. Nachts wurden verschiedene Punkte besetzt und Streifwachen ausgesendet. Der Dienst war nicht sehr beschwerlich; der Einzelne kam ungefähr je die fünfte Nacht an die Reihe. Die Hauptwachen wurden in Wirthshäusern versammelt und ließen sich nichts abgehen. Den Unbemittelten „ponirten" die Kameraden Trank und Speise. Auch Gfrörer entzog sich so wenig als andere Personen der Wehrpflicht. Der gesammte Lehrkörper der Hochschule rückte mit den Studenten aus. Von den Waffenthaten, welche die gelehrten Herren in Aussicht stellten, wird kein Aufhebens zu machen sein. Die meisten von ihnen schienen nie ein Schießgewehr in der Hand gehabt zu haben. Besonders Gfrörer. Aber wenn er auch nicht laden, zielen und schießen konnte, so verstand er zu reden und durch sein Ansehen die Jugend auf gutem Wege zu erhalten. Die Mehrzahl der Studenten verfiel nicht dem socialistisch-republikanischen Schwindel, welcher nach der Offenburger Versammlung die Turner mit sich riß.

Diese Volksversammlung war von Stimmführern der Rothen auf den 19. März ausgeschrieben und wurde von Freiburg aus zahlreich besucht. Auf Gfrörers Anlaß war ein Banner mit dem kaiserlichen Adler angefertigt worden, um es in Offenburg dem Söller des Rathhauses gegenüber aufzupflanzen. Die Kundgebung gelangte zu voller Ausführung, Dank dem wolgeordneten Zusammenhalten der „Oesterreicher," wie man damals die Großdeutschen bezeichnete, für die der rechte Name noch nicht vorhanden war; derselbe tauchte ja bekanntlich erst auf, nachdem der Mann vom „kühnen Griff" in Frankfurt

am Main die Gothaer erfunden hatte, die man später
„Kleindeutsche" taufte. Gfrörer selbst bezeichnete sich auf
der Flugschrift, welche er damals ausgehen ließ, als
einen Reichsbürger.

Die Redner auf dem Balcon waren Itzstein, Hecker,
Struve und einige ihrer Anhänger, hinter denen vor-
sorglich noch eine so lange Reihe eingeschrieben war,
daß man jedem Gegner, der sich um das Wort meldete,
achselzuckend sagen konnte: „Zu spät. Sehen Sie hier
die Liste. Von Ihren Vormännern kommt noch kein
Drittel zum Sprechen". Die Herren verstanden ihr Handwerk. Die Beschlüsse des versammelten Volkes hatten
sie schon Tags zuvor zu Mannheim drucken lassen und
in zehntausend Exemplaren mitgebracht. Ein paar Zwi-
schenfragen, die von der Reichsfahne aus versucht wurden,
übertäubte wüster Lärm bestellter Schreier. So macht
man öffentliche Meinung! (Wir kommen darauf zurück.)

Von mehr als einer Seite ward erwartet, daß man
zu Offenburg die Republik ausrufe. Hecker und Struve
hatten dieß ursprünglich beabsichtigt, waren jedoch von
Itzstein zur Geduld und auf eine bevorstehende Versammlung zu Frankfurt („Vorparlament") vertröstet
worden. Das Wort „Republik" besaß bereits eine große
Volksthümlichkeit, namentlich unter den Landleuten. Als
wir einen Müller aus dem Wutachthale befragten, was
denn eigentlich darunter zu verstehen sei, ertheilte er den
Bescheid: „Republik is, wo mer nix zahlt".

Die nächste Frucht der Offenburger Versammlung
war, die Freiburger Turngemeinde zum thätigen Werkzeuge für die republikanische Partei zu gewinnen. Sie

arbeitete mit großer Geschicklichkeit. Vor allem wußte sie den freisinnigen Theil der Bürgerwehr lahmzulegen. Gegen Gfrörer, als den anerkannten Führer der „Oesterreicher", wurde die Wuth des gemeinen Mannes rege gemacht. Man brachte für ihn eigens die Bezeichnung „Volks-rebell" auf, und nach der Versammlung, die Struve am 26. März zu Freiburg abhielt, sollte dieser Haß zu einem Ausbruch führen, welcher seinem Gegenstande schier das Leben kostete.

Daran jedoch war Gfrörer selber Schuld. Als er bei der eben erwähnten Volksversammlung auf dem Mün-sterplatze sich mit Mühe und beinahe mit Gewalt den Zutritt zur Rednerbühne erzwungen, vergaß er alle Kunst der Rede, die ihm z. B. am Römertische in so hohem Grade eigen war. Wir erwarteten, er werde seinen ge-hörigen Anlauf nehmen und sich zum Thema etwa das Sprüchlein wählen: „Denn Struve sagts, und Struve ist ein ehrenwerther Mann". Aber er bewährte sich keines-wegs als einen Antonius, sondern als einen Vollblut-Schulfuchs, der belfernd mit der Thüre ins Haus fiel und gleich mit dem Kernsprüchlein begann: „Ein Re-publik wollt ihr? Solch ein Ding ist dem Teufel und seiner Großmutter zu schlecht!"

Weiter gelangte er nicht, unterbrochen von Halloh und Pfeifen. Struve mahnte den drohenden Haufen von Gewaltthätigkeiten ab. Unversehrt entkam Gfrörer dem Gedränge, umgeben von der unbewaffneten Schutz-wache. Noch denselben Tag wich er, von den Freunden gedrängt, aus der Stadt. In dem Dorfe Forchheim am Kaiserstuhl, wohin er sich geflüchtet, wurde er von Freiburger Sendlingen aufgespürt, welche das Volk zu einem nächtlichen Ueberfalle des Wirthshauses hetzten. Wie durch ein Wunder entging Gfrörer dem Tode; er trug keine Verletzungen davon, als ein paar Ritzer von fehlgegangenen Messerstichen.

Derlei Vorkommnisse sind unter allen Umständen sehr betrübend und fürwahr nicht dazu angethan, das ohnehin sehr geringe Maß von Achtung zu erhöhen, welche bevorzugte Geister vor den Eigenschaften des großen Haufens hegen. Vollends aber gesellt sich zu dem Bewußtsein der eigenen Höhe auch noch eine heftige Erbitterung bei jenen, welche ein Ausbruch bestialischer Leidenschaft persönlich traf. Nichtsdestoweniger wußte Gfrörer den mörderischen Anfall von der leichten Seite zu nehmen. Die Anstifter, sagte er, seien allerdings Hallunken, aber ihre Werkzeuge nicht zurechnungsfähig. Und es liege etwas überaus Spaßhaftes in der Vorstellung, daß die Bauern sich dergestalt f ü r etwas und dann wieder g e g e n etwas ereiferten, ohne nur im Entferntesten zu wissen, was Eines oder das Andere bedeute. Nicht minder scheine es wunderlich, daß die Leute sich einbilden, der lebendige Gedanke lasse sich mit dem Schädel zertrümmern, dem er entsprungen, oder mit den Köpfen vertilgen, die ihn aufgenommen; ein solches Vorurtheil sei indessen keine bezeichnende Eigenschaft des großen Haufens, sondern auch schon von außerordentlich geistreichen Männern getheilt worden, von den römischen Cäsaren, welche das Christenthum ausrotten wollten, von der Kostnitzer Kirchenversammlung, als sie den böhmischen Huß verbrannte, von Robespierre, welcher Tausende dem Fallbeil opferte, wie von Napoleon, der u. a. den Buchhändler Palm hinmorden ließ.

Nachdem Hecker bei Kandern geschlagen worden, kehrte Gfrörer nach Freiburg zurück. Er kam grade zu rechter Zeit, um mitanzusehen, wie von den Reichstruppen die Freischaar zurückgewiesen wurde, welche vom Schwarzwalde niedersteigend Freiburg besetzen wollte. Das Treffen war nicht sehr blutig, wie denn überhaupt die Republikaner keine ·glänzende Tapferkeit bewährten, weder bei Kandern, wo Hecker den General Gagern während der Unterhandlung meuchlings erschießen ließ, noch zu Günthersthal bei Freiburg, am allerwenigsten aber bei Dossenbach, wo der Dichter Herwegh sich den Beinamen des Ritters vom Spritzleder erwarb. Am Morgen nach dem Günthersthaler Treffen, am Ostertage, wurde Freiburg von den Reichstruppen beschossen und erstürmt. Diese „rothe Ostern" verdankte die Stadt den Turnern, welche die wolgesinnten Bestandtheile der Bürgerwehr jeden Einflusses zu entkleiden verstanden hatten, weil sie zusammenhielten und thätig waren, während die Mehrheit der Einwohner — wie es viele Wolgesinnte auch anderwärts zu machen pflegten — unseren Herrgott einen guten Mann sein ließ.

Gfrörer blieb unangefochten zu Freiburg, bis er von den Wählern zu Ehingen als Abgeordneter nach Frankfurt ·gesendet wurde. Ueber sein Wirken in der Paulskirche ausführlicher zu sprechen ist hier nicht am Platze. ·Er blieb, wie es ·bei einem solchen Manne sich von selbst verstand, seiner Ueberzeugung standhaft treu. Sein Einfluß entsprach nicht der Erwartung, zum Theile deß-

halb, weil er öffentlich zu reden nicht die rechte Begabung besaß, wie oben bereits erwähnt wurde. Sein Name
stand am 18. September auf der langen Liste der Ver-
dehmten, die wie Lichnowsky und Auerswald dem Par-
teihasse zum Opfer fallen sollten. Es wird kaum nöthig
sein zu sagen, daß er nicht mit dem Rumpfparlamente
nach Stuttgart zog.

Nach dem republikanischen Zwischenspiele von 1849
nahm Gfrörer wieder seine Lehrkanzel ein, um seine
Thätigkeit als Lehrer und Schriftsteller fortzusetzen. Er
erlebte noch zwei neue Auflagen seines „Gustav Adolf".
Als die Reibungen zwischen dem erzbischöflichen Stuhle
von Freiburg und der Karlsruher Regierung zum höchsten Grade gediehen waren, bekannte im November 1853
Gfrörer sich zur katholischen Kirche. Diese Kundgebung
wurde von gegnerischer Seite sehr übel empfunden.

Allerdings wird anzunehmen sein, daß der ernste
Schritt mehr war als eine bloße Kundgebung, doch
zeigte der Augenschein, daß Gfrörer nach wie vor seine
Unabhängigkeit vollständig zu bewahren wußte. Einen
neuen Beweis dafür liefert sein hinterlassenes Werk,
„Geschichte des 18. Jahrhunderts", das in der Form,
in der es erschienen, nicht für die große Oeffentlichkeit
bestimmt war. Aber eben deßhalb, weil es uns natur-
getreu den Lehrer vorführt, wie er kräftig und unbe-
fangen mit voller Rücksichtslosigkeit zu seinen Schülern
sprach, ist es ein Denkmal des Mannes selbst in seinem
ureigensten Wesen. Wir müssen dem Herausgeber, Professor Dr. Weiß in Graz, dafür dankbar sein, daß er
„furchtlos und treu" sich keinerlei Aenderung in der

hinterlassenen Handschrift erlaubte. Er hat als wackerer
Freund gehandelt, und die Anfeindungen, welche er deß-
halb erfuhr, gereichten ihm in den Augen aller derjeni-
gen zur Ehre, welchen die Wahrheit höher steht als jede
Parteirücksicht. Ueberhaupt geht ja ein rechter Mann
nur so lange mit einer Partei, als er sie auf seinem
Wege findet. Gfrörers Beispiel haben in dieser Beziehung
Weiß und Chezy befolgt.

Gfrörer starb 1861 zu Karlsbad inmitten seines 59.
Lebensjahres. Er war am 3. März 1803 in Kalw geboren. Im Alter von 27 Jahren wurde er in Stuttgart
bei der Landesbibliothek angestellt, 1846 als Professor
der Geschichte nach Freiburg berufen. An Zahl sind seiner
selbstständig veröffentlichten Werke nicht viele (etwa sieben
bis acht), aber was an Zahl fehlt, ersetzen der reiche
Gehalt und der bleibende Werth.

Das hinterlassene Werk „Geschichte des 18. Jahrhunderts", (Schaffhausen, 1862—64, Fr. Hurter), ist
vor allen dazu angethan, auf die Nachwelt in derselben
Weise zu wirken, wie früher auf die Zeitgenossen der
„Gustav Adolf", welcher den Namen Gfrörers zuerst
berühmt machte. Er hat darin manche bisher mit Fleiß
genährten Vorurtheile tapfer, mit überwältigenden Be-
weisen widerlegt; als Beispiel sei hier nur auf die
Schilderung des Preußenkönigs Friedrich II hingewiesen.
(Der vierte Theil des Buches, worin der eigentliche
Schwerpunkt liegen soll, ist gegenwärtig im Druck begriffen.)

In Beziehung auf den Verfasser selbst gibt sein nachgelassenes Werk der großen Welt bemerkenswerthe Auf-

schlüsse, indem es thatsächlich die Verleumdung widerlegt, er sei gewesen, was man mit dem ziemlich un-
passend gewählten Parteinamen „ultramontan" zu bezeichnen pflegt. Doch mit den Worten geht es wie mit
der Scheidemünze; dreißig Groschen sind keinen Thaler
werth, aber sie gelten dafür im Verkehr. In gleicher
Weise versteht der gemeine Sprachgebrauch unter einem
Ultramontanen den dumpfen stumpfen Pfaffenknecht,
der seinen Verstand, wie in Glaubenssachen, so auch in
allen Dingen dieser Welt gefangen gibt, um „unter dem
Gehorsam" zu handeln, zu denken, zu lesen und sein
Urtheil über Vergangenheit, Gegenwart und Zukunft
nach Vorschriften zu richten, welche in vielen Fällen nicht
von der Liebe für die Wohlfahrt, Bildung und Freiheit
der Menschheit eingegeben wurden, sondern von selbstsüch-
tigem Kastengeist. Ein Ultramontaner dieses Schlages
ist um kein Haar besser als der rothe Jacobiner, der
preußische Junker, der französische Decembermann, der
magyarische Starrschädel, der czechische Schwindelkopf
oder jeder beliebige Schreiberzopf. Wer jedoch einen Gfrörer
unter diese Bulldogs werfen will, der lese in seiner
„Geschichte des 18. Jahrhunderts" vor allem die Aeußerungen über die Jesuiten und die höchst bemerkenswerthen
Capitel über die Freidenker (II. 24 — 32.). Die per-
sönlichen und politischen Freunde Gfrörers haben einer
solchen Berichtigung des Urtheiles über ihn natürlicher
Weise nicht erst bedurft; sie wären ja sonst nicht seine
Freunde gewesen; aber nicht überflüssig erscheint sie für
eine leichtfertige und oberflächliche Masse, welcher es nicht
darauf ankommt, einen Görres, einen Jörg und einen

Döllinger mit einem Florencourt, einem Hermann Müller, mit den Stützen der Wiener Kirchenzeitung und anderen Poltergeistern in einen Topf zu werfen, sowie jeden Katholiken, der seine Kirche nicht gradezu verleugnet, für ultramontan zu halten.

Der Herausgeber des Gfrörerschen Nachlasses, Dr. Joh. Weiß, welcher als wahrer Freund mit der uneigennützigsten Aufopferung zum Besten der Hinterbliebenen seine Aufgabe vollzogen hat, war in der oben erwähnten Freiburger Zeit ein junger Privatdocent, der — obschon erst Anfänger — unter den Männern vom Fach bereits eines bedeutenden Ansehens genoß. Sein Erstlingswerk „Alfred der Große" hatte er noch nicht geschrieben, geschweige denn herausgegeben; dasselbe hat mit raschem Erfolge seinen Namen in weiten Kreisen verbreitet. Im Jahre 1853 wurde er als Professor der Geschichte nach Graz berufen. Dort hat er, um von seinen Amtsgeschäften und anderen Arbeiten zu schweigen, als Hauptwerk jene bewundernswerthe Weltgeschichte in Angriff genommen, von welcher bereits zwei Bände erschienen sind. Im Jahre 1861—62 war Weiß Rector magnificus. Im Aeußeren besitzt er keine andere Aehnlichkeit mit seinem älteren Freunde Gfrörer, als daß er ebenfalls ein urwüchsiger Schwarzwälder von hoher Gestalt und reckenhaften Gliedmaßen ist. Wenn er nicht ein Gelehrter geworden wäre, hätte er einen stattlichen Panzerreiter gegeben.

52.

Jetzt zu Schwörer, dem wackeren Heilkünstler, dem lieben Freunde.

Wißt ihr die Nußmannsgasse? Nun, sie wird allenfalls zu erfragen sein, sobald ihr nur die erste Schwierigkeit überwunden habt, euch nach Freiburg zu versetzen. Den Einheimischen ist sie durchgehends so bekannt als jede andere Straße; von den vielen Fremden jedoch, welche alljährlich den Münsterthurm betrachten, liest selten einer auch nur den Namen am Eckhause, geschweige denn, daß er die enge krumme Gasse beträte, welche eines der Rinnsale, die vom Schwabenthor aus gespeist werden, zur Kaiserstraße hinableitet, und zwar so ziemlich am unteren Ende derselben, vor dem letzten Abschnitt ehe man zur Caserne kommt. Wenn du von der Kaiserstraße in der Nußmannsgasse aufwärts gehst, findest du zur rechten Hand ein kleines Haus von wenigen Fenstern, mit einem einzigen Stockwerk über dem Erdgeschoß und einer niedrigen Hausthüre. Vielleicht ist alles das im Laufe der Jahre anders geworden, doch davon weiß ich nichts und es läßt mich an dieser Stelle unbekümmert.

Das Haus sah ernst und verschlossen, doch nicht abstoßend finster aus. Am Thürpfosten hing ein altväterischer Klingelzug, dessen starker steifer Draht durch einen handfesten Ringkloben mündete. Die angezogene Schelle schlug ein paar Töne im Bariton an, ohne mopsartig nachzubefzen, wie es sonst wol die vorwitzigen Klingeln machen. Man trat in einen, für das kleine Gebäude verhältnißmäßig geräumigen Flur, in dessen Mitte ein paar Staffeln hinaufführten; es wäre übrigens auch möglich, daß besagte Staffeln seitwärts den Zugang zu einer inneren Thüre vermittelten. Rückwärts schloß sich

an das Gebäude ein ganz kleiner Garten, der sich sehr
groß ausnahm. Man sah nämlich ein weites Stück
Himmel über den Bäumen und Büschen, welche das
begrenzende Gatter dem Blicke entzogen. Jenseits dehnte
sich der Garten des berühmten Kaffee-Restaurant zum
Kopf aus. Selbige Berühmheit war zwar keine euro-
päische, aber immerhin beherrschte sie das Land zwischen
Breisach und Donaueschingen, zwischen Lörrach und
Offenburg. Vielleicht ists heute auch noch so. Der große
Kopfgarten hatte vor Zeiten zu der kleinen Heimstätte
an der Nußmannsgasse gehört und war unter Vorbe-
halten verkauft worden, welche dieselbe vor dem Ab-
sperren von Luft und Licht sicherten. Das schattige Gärtchen
war zur schönen Jahreszeit das Sitzzimmer, wo der
Eigenthümer seine karg gemessenen Mußestunden zu-
brachte. Es gefiel ihm nirgends so gut wie daheim, wo
er meistens in beschaulicher Behaglichkeit seinen braunen
Abendtrunk schlürfte, nachdem er seinen unvermeidlichen
Kalbsbraten und darauf seinen noch unvermeidlicheren
Bissen vom Schwein verzehrt, — Schinken, Wurst oder
Speck. Er konnte nicht ruhig schlafen, wenn er nicht
irgend etwas von dem zarten Thier im Leib hatte, der
kleine runde Mann mit den feisten Wangen, den geist-
sprühenden Augen, dem wolwollend milden Lächeln und
einem entschieden raschen Wesen, das zu der Ueberfülle
des schlappen formlosen Fleisches in eigenthümlichem
Gegensatze stand. Eine starke Seele, ein mannhaftes
Gemüth, eine lebendige Ueberzeugung waren es, welche
den Fettklumpen beherrschten, der Ignaz Schwörer genannt wurde. Für die Welt war er: ein großer Meister

der Heilkunst und ein berühmter Lehrer an der Freiburger Hochschule. Seine Verdienste jedoch, die er unmittelbar als Arzt und mittelbar als Lehrer sich um die lei-
dende Menschheit erworben, sind nicht der Gegenstand
dieser Zeilen zu seinem Andenken.

Schwörer bewohnte das stille Haus mit den Seinen
allein. Der Hausstand war klein genug. Er bestand
aus einer Frau, die nichts redete, aus einer Magd, die
man kaum zu Gesicht bekam, und einer uralten Mutter
von 90 Jahren, die im oberen Gaden ein sorglich ge-
pflegtes und mit allem Aufwand der ärztlichen Kunst
wie der kindlichen Liebe erhaltenes Pflanzendasein führte.
Das Sitzzimmer im Erdgeschoß war ein schmales Gemach gegen den Garten zu; ihm gegenüber lag, ebenfalls an der Gartenseite, die Studierstube, ausgestattet
mit Büchern, wie sichs von selbst verstand, und mit
einer Sammlung, welche dem weisen Meister seltsam
genug zu Gesichte stand, — mit einer Sammlung von
Waffen. Da gab es Schwerter, Degen, Dolche, Handschars, Scimitars, Büchsen und Pistolen, viele davon
werthvoll in künstlerischer oder geschichtlicher Beziehung.
Ich entsinne mich noch u. a. einer herrlichen Toledo-
klinge, welche in meiner Gegenwart Alban Stolz zum
Geschenke erhielt, der sich damals zu seiner spanischen
Reise mit gelehrter Gründlichkeit vorbereitete und dabei,
wie es in seiner beweglichen und erregbaren Art lag,
für alles Spanische bereits schwärmte. Das stattliche
Schwert in der zarten Hand des schmächtigen kleinen
geistlichen Herren nahm sich beinahe sonderbar aus.
Er führte damit einige Lufthiebe, als wollte er Butter

schneiden. Schwörer drückte ihm die Besorgniß aus,
daß er unterwegs nach Hause um die herrliche Waffe
kommen könnte; er nahm das beinahe übel. Ferner ge-
benke ich eines Handschars in prächtiger Metallscheide,
der einst einem dalmatischen Seeräuber gehört hatte.
Man konnte allenfalls gleich gute Klingen finden, aber
keine bessere. Schwörer belehnte damit einen Freund in
den Märztagen mit der Bemerkung: „Wenn Sie mit
dem Dinge da einen über den Hut hauen, so braucht
er keinen neuen mehr." Glücklicher Weise kam der Freund
nicht in die Lage, „einen Hut" zu durchhauen. Die
einzige Probe, welche der Handschar des Seeräubers auf
dem festen Lande zu bestehen hatte, vollzog sich in den
rothen Ostertagen am eingelegten Sensenspieß eines be-
trunkenen Bauers, der entweder die „Herre" ein wenig
„geistern" oder auch nur pantomimisch zeigen wollte,
wie er die „verthierte Fürschteknecht'" zu bedienen gedenke.

Schwörer besaß auch zwei Gemälde von hohem Werth,
aber sie hingen seit Jahren in der Fensterbrüstung, der
Mittagssonne ausgesetzt, mit einem kleinmaschigen Netz
von Sprüngen überzogen und augenscheinlich im Begriffe, sich stückweise los zu blättern. Wenn der alte
Metzler die Bilder besessen, er hätte sie ohneweiters als
Salvator Rosas nicht nur auf den Merkt gebracht,
sondern auch losgeschlagen. Sir Georg Shee hat, als
er im Jahre 1838 bei Metzler die vielen Bilder kaufte,
manchen theueren Namen mit weniger Grund bezahlt,
als es hier mit Salvator Rosa der Fall gewesen wäre.
Schwörer wollte sich nicht dazu verstehen, die Bilder
nur in Sicherheit zu bringen, geschweige denn herzugeben.

„Ich würde ihnen gern die Tafeln schenken", sagte er, „aber sie sind ein Andenken".

Der dicke Mann trug eine schwere Plage mit sich herum: er wurde niemals satt und empfand den ganzen Tag über nagenden Hunger, welchen die Malzeit wol zu lindern, aber nicht zu heben vermochte. Die Linderung dauerte kaum länger als die Handlung des Essens selbst. Nun aber konnte er dem Hunger umso weniger den Willen thun, als er eine Ausnahme von dem gewöhnlichen Nimmersatt machte, der klapperdürr zu bleiben pflegt. Bei ihm gingen die Nahrungsmittel gehörig in Saft und Blut. So hatte er sich denn eine regelmäßige Lebensweise vorgeschrieben, deren Satzung bei der Hauptmalzeit darin bestand, daß er nach der Uhr speiste. Innerhalb dreißig Minuten könne er soviel zu sich nehmen, als zur Erhaltung der Maschine nothwendig sei, hatte er herausgerechnet; demnach legte er bei Tische die Uhr vor sich hin und widmete genau eine halbe Stunde dem Geschäft der Fütterung. Auf der Reise dagegen aß er, so lange die Fahrt dauerte, geräucherten Speck ohne Brod. Das Brod nahm er stets für sich allein, und es mußte weiß sein; das schwarze verabscheute er von Kindheit an. Als Bub schon hatte er sich gelobt, nur Weißbrod zu essen, so bald er sein eigener Herr sein werde. „Uebrigens ist das liebe Brod so gut ein eigenes Gericht wie Suppe, Fleisch und Gemüs", sagte er; „für mich ists der Nachtisch".

Einmal brachte seine Frau Abends nach dem Kalbsbraten einen stattlichen Vorderschinken (Pistolenholfter) und schlief auf ihrem Sessel ein, wie es ihr in Gesell-

schaft hie und da zu begegnen pflegte. Vielleicht war
die Unterhaltung an selbigem Abend besonders geistreich;
gewiß ist, daß sie vergaß, nach des Herrn vom Hause
ärztlicher Vorschrift den Schinken rechtzeitig aus dem Wege
zu räumen, damit er aus Zerstreuung nicht zuviel esse.
Sie hob die schweren Lider nicht eher wieder, als bis
der Gast seine Pfeife ausklopfte und Abschied nahm.
Gegessen hatte er aus zufälliger Ursach keinen Bissen,
aber vom Pistolenholfter war nichts mehr übrig als
der sauber abgeschälte Knochen und die Schwarte. Für
den Speck besaß Schwörer auch eine ärztliche Vorliebe;
er verschrieb ihn statt des Leberthrans, weil derselbe viel
besser zu nehmen sei, die gleiche Wirkung übe und wegen
des wegfallenden Ekels sich ungestört heilsam bewähre.
Auch sei er billiger, was für arme Kranke stark ins
Gewicht falle.

Schwörer war überhaupt darauf bedacht, der Ar-
muth alle mögliche Erleichterung zuzuwenden, und wenn
auch seine Rechte nicht erfuhr, was die Linke gab, so
weiß man doch, daß er mit gewissenhafter Strenge darauf
hielt, das Wenige, was er geben konnte, so nutzbar als
möglich zu machen. Ein Zug erläutere dieß als Beispiel.
Im Jahre 1847 war das Brod sehr klein geworden.
Ein dienstbarer Geist der Hochschule bat Schwörer, sich
für ihn um eine Theuerungszulage zu verwenden. „Ich
kann das Brod für die Kinder nimmer auftreiben,“
sagte er. — „Komm' er mit mir, ich will ihm helfen,“
antwortete der Professor, führte ihn auf den Markt,
kaufte ein Säckchen mit Linsen (vielleicht waren es auch
Erbsen oder Bohnen) und sprach dazu: „Trage er das

nach Hause. Hülsenfrüchte machen so gut satt, wie
Korn, und sind im vorigen Jahre vorzüglich gerathen.
Er kann mehr daran sparen, als die Theuerungszulage
werth wäre, wenn er sie auch erhalten sollte, was im
allerbesten Falle sich Monate lang hinziehen würde."

Von seiner Vergangenheit hat Schwörer sehr wenig
mit mir gesprochen. Ob mit anderen etwa mehr, weiß
ich nicht. Er wußte, daß ich jahrelang in Wien gelebt
hatte, nichts destoweniger erzählte er von seinem dortigen
Aufenthalt aus der Studienzeit fast gar nichts, als ein
lustiges Geschichtchen, das ihn nach so vielen Jahren
immer noch freute. Er wohnte damals im vierten Stock
eines alten Hauses an der Fischerstiege. Das Erdgeschoß
war von einer Kneipe besetzt. Abends zu früher Zeit
pflegte er heimzukehren und bei seiner Lampe zu studiren: den Nachttrunk holte er sich eigenhändig aus dem
Erdgeschoß in einem großen Steinkruge. Der Trunk
bestand aus Bier, der einzigen von allen gegorenen
Flüssigkeiten, die er überhaupt zu sich nahm. Am Vor-
abend der Abreise nahm er Abschied von der Wirthin.
„Da schau einer her," sagte sie: jetzt muß ich aber auf-
passen. Den ganzen Winter wohnen Sie schon im Hause,
und ich habe Ihren gnädigen Herrn noch nicht gesehen."

Von seinem Aufenthalt in Kislau, dem Munkacs
des „Kaiserthums" Baden, erzählte Schwörer hie und
da wol auch etwas, doch betraf es nur Kleinigkeiten
des Alltagslebens. Er war, wie ich glaube, wegen burschen-
schaftlicher Geschichten „verknurrt" worden. Dergleichen
ist von den stumpfnasigen Demagogenriechern in deutschen Barbaresken manchem rechtschaffenen Kerl wider-

fahren, von dem sich später herausstellen sollte, daß er nicht zu dem Holze gehöre, woraus man die Verschwörer schnitzelt.

Auch Schwörer wurde schon lange nicht mehr unter die Umsturzmänner gerechnet, als im Jahre 48 das Vorspiel der großen Tragödie begann, die gegenwärtig Europa zu ihrem Schauplatze erkoren. Der Prolog dazu war zu Hambach und Frankfurt in den Jahren 1832 und 33 gesprochen und gespielt worden. Nichtsdestoweniger galt bei Hecker, Struve und den anderen Republikanern unser Schwörer für einen Ver-Schwörer, nämlich gegen die Majestas populi. Buß, Gfrörer, Heinrich von Andlaw, Alban Stolz waren den Aufwieglern kaum mehr ein Dorn im Auge als er. Er gehörte zu den Gründern und Gönnern der Süddeutschen Zeitung, die zu Neujahr 1849 sich insofern mit dem deutschen Volksblatt verschmolz, als sie, der Zeiten Ungunst weichend, ihre Leser an dieses verwies. Ein Blatt, das unter dem obengenannten Titel viel später in Frankfurt erschien, war keine Fortsetzung davon und ward deßhalb zum Unterschied die „Süddeutsche" genannt. An Leib und Leben ist Schwörer selbst in der schlimmsten Zeit von 1848 unbedroht geblieben, während sowol Buß wie Gfrörer von mörderischen Anfällen heimgesucht wurden. Gegen den volksthümlichen Arzt und Menschenfreund ließ selbst das heilloseste Gesindel sich nicht hetzen.

Im Jahre 1849 wurde er auf Befehl der republikanischen Machthaber verhaftet, aber baldigst wieder losgelassen. Vermuthlich wußten sie, fremd im Breisgau, nicht gleich, an wem sie sich vergreifen wollten. So

geschah es ja bamals auch dem Frh. Heinrich von Anb-
law, daß er in seinem Schloſſe zu Hugſtetten von einer
Bande behelligt wurde, beren Führer, ein junger Strolch
aus Potsbam, bald barauf ben Preußen in die Hände
fiel, die ihn ſtandrechtlich mit Pulver und Blei behan-
delten.

Unter ben Aerzten zählte Schwörer mehrere erbitterte
Feinde u. a. auch beßhalb, weil er mit unerbittlicher
Schärfe und mit jener köſtlichen Laune, die er ſo meiſter-
haft handhabte, die barmherzigen Schweſtern im Spital
vertheidigte. Der Streit barüber entbrannte längere Zeit
vor dem offenen Ausbruch der Meutereien, und zwar
ſchon im Jahre 1847. Die Umſturzpartei wollte um
jeden Preis die Schweſtern durch bezahlte Wärterinnen
erſetzt haben, und Schwörer bemerkte dagegen in einer
ſo ſtark gefärbten Ausbrucksweiſe, daß ich kaum barauf
hinzudeuten wage: die jungen Herrn hätten weder das Beſte
der Anſtalt, noch das Wol der Kranken im Auge, ſondern
Nebenabſichten zweibeutigen Schlages. Derlei mag wol
auch mit untergelaufen ſein, war aber nicht die Haupt-
ſache. Der eigentliche Beweggrund lag tiefer. Ich habe
denſelben aus dem eigenen Munde des Dr. Hecker, eines
nahen Verwandten des großen Wauwau, vernommen.
Er gab zu, daß die Kranken durch die hingebende Selbſt-
verleugnung der Schweſtern beſſer beſorgt würden als
durch beſoldete Dienſte, und daß der Abgang der ehr-
würdigen Frauen ein wahrer Verluſt für das Spital
ſein würde, aber den müſſe man aus höheren Rück-
ſichten verſchmerzen, denn das Beiſpiel ſolch werlthäti-
ger Nächſtenliebe um Gotteswillen beſtärke ben gemeinen

Mann in seinem „katholischen Aberglauben", wie der
Herr Doctor sich auszudrücken beliebte; dadurch würden
die Freiheitsbestrebungen gehindert, sagte er. So verstanden die Herren Republikaner das gleiche Recht für
alle. Indessen muß zur Steuer der Wahrheit hier bei-
gefügt werden, daß die Freiburger Widersacher der barmherzigen Schwestern sich mit mehr Anstand betrugen,
als ein Jahrzehent später ihre Nachahmer in Wien; namentlich haben sie sich keiner ehrlosen Mittel zur Erreichung ihres Zweckes bedient.

53.

Bevor ich zu den Einzelheiten der Erlebnisse in der
bewegten Zeit übergehe, sei es mir vergönnt, eine übersichtliche Schilderung der Ereignisse zu geben, in deren
Mitte ich stand. Sie ward in den Tagen vom 15. zum
18. Mai 1848 niedergeschrieben. Theilweise bezieht sie
sich auf Vorkommnisse, die — obschon früheren Ur-
sprunges — ergänzend sich erst anschließen sollen. Im
ganzen meine ich, daß die Unmittelbarkeit der Darstellung
durch solche gleichzeitige Aufzeichnungen nur gewinnen
kann, und daß ich daher dem Zwecke des Buches ent-
spreche, indem ich sie benutze, da ich zufällig sie nicht
verloren habe, wie mir es mit so vielem anderen geschehen ist, das ich auch geschrieben habe. Ferner halte
ich dafür, daß es gegenwärtig, nachdem seit jenen Tagen
anderthalb Jahrzehnte verstrichen sind, die republikanische Bewegung von 1848 im badischen Ober-
rheinkreise im großen und ganzen erst zusammenzufassen
angezeigt sei, bevor ich auf die Offenburger Ver-

sammlung und auf die rothe Ostern zurückkomme. Ich
schrieb damals folgende Blätter:

„Von der Höhe des Berges wird die Landschaft zur
Landkarte, wie der Berg selber von weitem zum massen-
haften Block; die Schluchten des Gebirges, die Einzelheiten der Gegend lassen sich bei der Uebersicht im allgemeinen nicht nach ihrer Eigenthümlichkeit erkennen.
Wie mit den Landschaften, ist's auch mit der Geschichte;
noch stehen wir nicht hoch oder fern genug, um die
Ereignisse der jüngsten Zeit in ihrem großen Zusammenhang zu überblicken, dagegen haben wir, je von unserem
Standpunkt aus, gewisse Einzelheiten im Auge. Wenn
nun ein jeder die Wahrnehmungen aus seiner Nähe
aufzeichnet, so werden die Einzelheiten nicht verloren
gehen und die künftige Uebersicht des Ganzen nur um
so klarer und verständlicher sein. Zu diesem Zwecke sollen
die nachfolgenden Zeilen dienen, deren Verfasser noch
mitten im Getümmel steht, nicht hoch zwar, aber doch
gefaßten Gemüthes; — gefaßt, nachdem er die heftigsten
Aufregungen mitempfunden.

„Freiburg ist die Hauptstadt des Oberrheinkreises,
nicht nur dem Namen nach. Ihre naturwüchsige Be-
deutsamkeit schreibt sich von Jahrhunderten her und ist
unter verschiedenartigen Herrschaften stets dieselbe geblieben. Der Wechsel der Herrschaft war hier so bunt-
scheckig, daß der altehrwürdige Münsterthurm zweifelsohne sich zuweilen für einen Abenteurer gehalten hat.
Doch ob nun Zähringen, Urach-Fürstenberg, Habsburg-
Oesterreich, Schweden, Frankreich, Modena oder Baden
sein Banner wehen ließ, die Landbewohner des ganzen

Baues fanden sich stets hier zusammen, als im Brennpunkt des Verkehrs. So ist's noch bis zum heutigen
Tag. Wo der Bauer die Erzeugnisse des Bodens verkauft, wo er sich anschafft, wessen er zum Leben oder
zu überflüssigem Genuß bedarf, von da nimmt er auch
die Einwirkung auf seine Gedankenrichtung her, die An-
regungen mindestens zu den Vorstellungen, die sich in
ihm entwickeln sollen. So trug der Landmann noch im
Spätling des Jahres 1847 den „Kalender für Zeit und
Ewigkeit" mit sich von dannen, um sich den Weg zur
himmlischen Glückseligkeit weisen zu lassen; im Frühling
1848 nahm er das Wort Republik nach Hause. Ich
sage mit Vorbedacht: das Wort; Freistaat war ihm nicht
der geordnete Staat ohne gekröntes Oberhaupt, sondern
gleichbedeutend mit Freiheit; seine Freiheit aber hieß:
Aufhebung jeglicher Abgabe, mit Inbegriff der Zinsen
von entlehnten Hauptsummen, Lohn ohne Arbeit, Genuß
ohne Entgelt, schrankenlose Willkür in allem Thun und
Lassen. Darum fragte die Bäuerin von Denzlingen ihren
Mann, der von einer Volksversammlung heimkehrte: Ist
schon Freiheit oder noch Ordnung?*)

„Vor dem Eintritt der umgestaltenden Bewegung dieser
Zeit waren zu Freiburg die Gesinnungen um verschiedene
Fahnen geschaart, wenn die Leute auch im ganzen einander nicht so feindselig schroff gegenüberstanden, als
anderwärts im badischen Heimatland. Zu Mannheim,
zu Constanz sprach die örtliche Presse ganz im Geist ihrer
Leser; die Oberrheinische Zeitung sank selten nur zur

---

*) Das Wort ist in die Münchener Fliegenden Blätter ge-
kommen, mit denen Chezy seit 1847 in Verbindung stand.

Stufe der Mannheimer Abendzeitung, um vom Inbegriff aller Pöbelhaftigkeit, den Constanzer Seeblättern, zu schweigen, und dennoch war die Oberrheinische Zeitung immer noch zu schroff, nämlich gegenüber der Gesinnung ihrer Abnehmer in der Stadt. Die Freiburger Zeitung hatte, wie noch jetzt, gar keine Farbe, doch stets eine Fülle neuer und wolgeordneter Nachrichten; die Süddeutsche dagegen, damals! nur Farbe, aber keine Zeichnung, so daß eine aufgesteckte Fahne ungefähr dieselben Dienste geleistet hätte. — Was viele Spaltungen vermittelte, das war ein Gedanke, der in Freiburg schon zum lebendigsten Bewußtsein gediehen war, als er anderwärts noch träumerisch keimte: der Gedanke des einen deutschen Vaterlandes. Als Bassermann in der badischen Kammer das große Wort vom deutschen „Parlament" sprach, fanden sich nirgends die Gemüther so vorbereitet, wie hier. Der heimische Adel, erfüllt noch von den Erinnerungen oder den Ueberlieferungen der österreichischen Zeit, dachte sich Oesterreich nicht anders als im Schmuck der Krone Karls des Großen. Die geschichtliche Richtung, welche sich aus den burschenschaftlichen Bestrebungen entwickelt, hatte in Gfrörer einen beredten Dolmetsch gefunden. Die Männer der kirchlichen Gesinnung, begannen sich zu trennen; eine kleine Minderheit wollte katholischer sein als der Papst selber, die andern erkannten die hohe Aufgabe der Kirche als Beschützerin aller Freiheit sowol nach oben wie nach unten zu. Die Ersteren stammten aus der verschollenen Schule der Jesuiten. Loyolas Jünger haben bereits seit zwei Jahrhunderten vergessen, daß sie berufen waren, das Christen-

voll frei zu machen im Geist und in der Wahrheit;
nur noch dem Namen nach die Wehrmannschaft der
streitenden Kirche, sind sie gewaltthätige Schergen der
Finsterniß geworden. Zwischen den Jesuiten von früher
und später ist ein Unterschied, wie zwischen dem Heer
Friedrichs des Zweiten und den Preußen von Jena.

„Bassermann gewann demnach auch diejenigen für
sich, welche nach der gewöhnlichen Eintheilung der Begriffe für seine Gegner galten, und als die französische Umwälzung ausbrach, fand sie bei uns eine neue
Eintheilung vorbereitet, welche sich seitdem vollständiger
entwickelt hat. Die alten Benennungen: „konservativ,“
„liberal“ und „radical“ waren schon im Beginn der
Bewegung abgethan, und es schien darum nicht mehr
der Mühe werth, die Leichname noch mit deutschen Namen zu taufen. Das Verlangen nach deutscher Einheit
vereinigte alle unter dem Banner der Freisinnigkeit, bis
auf jenen Bruchtheil der äußersten Linken, wovon später
die Rede sein wird. Auch die starrsten Stillstandsmänner
begriffen, daß von Stillstand keine Rede mehr sein könne,
und gaben ihre Ansicht freudigen Herzens auf, sobald
sie inne wurden, daß Sturm und Drang in des Volkes
Herzen dem einen Brennpunkt zustrebten, wohin zu gehen
auch sie nur für rühmlich und nützlich halten konnten.
So waren alte Gegner plötzlich zu Waffenbrüdern geworden. Diese Vereinigung war namentlich bei denjenigen ganz natürlich, welchen es von jeher nicht um die
eigene Rechthaberei oder um Sonderzwecke zu thun gewesen, sondern um das Wohl der Menschheit.

„Der gewaltige Stoß, der von Westen nach Osten
ging, fand in Baden schon alles vorbereitet, von oben
bis unten; seine ersten Wirkungen waren die eines Blitzes,
welcher den aufgeschichteten Meiler in Brand setzt und
dem Köhler die Mühe spart, erst Feuer zu schlagen.
Viele unnütze Reden und weitläufige Schreibereien sind
dadurch gespart worden. Wir hatten zum voraus gewußt, daß die Censur den versammelten Landtag nicht
überleben sollte; nun wurde sie nicht säuberlich beseitigt,
sondern kurz und gut zu den alten Mondscheinen geworfen, wohin sie längst gehört hätte nach dem einstimmi-
gen Ausspruch aller Parteien. Manche andere Dinge
mußten noch fallen, die bei ruhigerer Ueberlegung etwa
stehen geblieben wären, wie zu Freiburg die Gemeinde-
verwaltung, bei deren Umsturz die ersten Regungen einer
Partei an's Licht traten, welche noch so vieles Unheil
über unsere gesegnete Heimat bringen sollte. Im Schoße
der bürgerlichen Lesegesellschaft begann sich ein republi-
tanischer Klub zu bilden, vor der Hand wol noch ohne
ausgesprochene Satzungen. Für die geistigen Urheber galten die Anwälte Karl von Rotteck und Weißegger von
Weißenegg nebst dem Buchhändler Emmerling, Eigenthümer der Oberrheinischen Zeitung. Die genannten
Männer sind gegenwärtig in eine schwere Untersuchung
verstrickt, und es scheint darum nicht wol gethan, sie noch
weiter zu belasten, weßhalb ich eigens hier bemerke: die
Untersuchung gegen sie befaßt sich mit dem, was sie etwa
dem Gesetze gegenüber straffällig machen könnte, wor-
über die gerichtlichen Beweise zu erheben sein werden;
was ich sage, kann keinen Beweis gegen sie liefern, und

ist nicht mehr, als was die Richter schon selber wissen,
denn sonst wäre ja die Klage nicht erhoben. Vor der
öffentlichen Meinung sind die Angeklagten schuldig, ob
das Gesetz sie verdamme oder lossreche; doch die Meinung des Volkes, welches sich in meiner Darstellung
wiederspiegelt, gibt keinen rechtlichen Grund zur Verur-
theilung. Ich wünsche aufrichtig, daß die Strenge des
Gesetzes sie nicht ereile, denn was sie gegen die heilige
Sache des deutschen Vaterlandes gefrevelt, das sind Verirrungen, die nur die bessere Erkenntniß sühnt, nicht aber
der Kerker, noch weniger das Blutgerüst.

„Der Klub fing seine Thätigkeit damit an, gegen
den Bürgermeister Sturm zu laufen. Der Erfolg konnte
nicht zweifelhaft sein. Wäre zur Stunde der Erzengel
Gabriel selber Bürgermeister gewesen, hätten ihn lauter
Seraphim als Gemeinderäthe umgeben, ein Kinderspiel
wär's gewesen, die aufgeregten Massen zu Aeußerungen
der Unzufriedenheit zu reizen. Auch in friedlichen Zeiten hat jeder Bürgermeister viele Feinde, und sie fehlten dem Herrn Wagner keineswegs, der, bereits zum
zweitenmal gewählt, seit neun Jahren mit Einsicht, Kraft
und unermüdlicher Thätigkeit seines Amtes waltete. Eine
Gesellschaft wolgesinnter Bürger suchte eine Gegenäuße-
rung zu Gunsten des Angegriffenen zu veranlassen, doch
blieb sie damit in der Minderzahl; ihr Unternehmen
scheiterte an der Trägheit, welche dem ruhigen Bürgerthum so eigenthümlich ist, und zum Theil wol auch in
der Furcht vor der aufgereizten Menge. Dem trunkenen
Mann weicht ja sogar ein Heuwagen aus, und der Pöbel taumelte vom hastigen Einnehmen unvergorener Vor-

stellungen. Bürgermeister und Rath gaben ihre Entlassung, bevor es zu gewaltsamen Auftritten kam. Natürlich war dieser erste Erfolg nicht geeignet, die Wühler zu beschwichtigen; der Tiger hatte Blut geleckt, und wurde jetzt erst recht begierig nach weiterer Beute. Der Staat glich einem erkrankenden Mann, schwer wurde das Haupt, blöde das Auge, kraftlos jedes Glied, während das siedende Blut durch die Adern tobte. Dem Bürgerthum wurde nachgerade bang um Hab und Haut, und weil es thatsächlich keine Polizei mehr gab, so traten die Einwohner zu einer Sicherheitswache zusammen. Diese Stadtwache bot einen erfreulichen Anblick in ihrer Zusammensetzung dar. Grafen und Herren sahen im schlichtesten Handwerker nur den Waffenbruder, so daß für die Zeit des Dienstes kein Unterschied galt, nicht der Bildung, um so weniger also des Standes. Schade, daß es dem Bösen gelang, so schnell sein Unkraut hier in den Weizen zu säen; aber er war auch, wie immer, rastlos thätig, während die zuversichtliche Gemüthlichkeit schlummerte.

„Heutzutage merkt auch der Kurzsichtigste, weßhalb Hecker und die Seinen mit solchem Ungestüm die Bewaffnung des Volkes forderten. Sie wollten sich ein Werkzeug schaffen. Im Anfang des Märzmonats aber waren die Leute noch viel zu arglos, um den angelegten Plan zu merken, wiewol die Republikaner im Seekreis sich schon ganz unumwunden aussprachen. Die Stadtwehr von Freiburg ließ sich einreden, sie habe ihre Führer selber erkoren, obschon im Grunde niemand gewählt worden, als eine Anzahl Obmänner und Rottenführer. Den Stab und die Obersten hatte die Partei gemacht;

der Oberst war ein Strohmann, eben so wie einige Mitglieder des Stabs, die eigentliche Führung lag in den
Händen Carls von Rotteck und seiner Freunde. Die
Stütze dieser Partei bildeten die Turner, aus deren Mitte
vor allen drei junge Leute zu nennen sind, die zusam-
mengehören wie Don Juan und Leporello: Hägele, Langs-
dorff und Wehrli. Hägele zeichnete sich durch eine wilde
Beredtsamkeit und durch große Schreibseligkeit aus; Langs-
dorff, bekannt durch eine gewisse Ueberspannung in allem Reden und Thun, übte als Vorstand der Turngemeinde bedeutenden Einfluß; Wehrle, ein ungerathener
Bube, zeichnete sich durch seine blinde Ergebenheit und
durch sein entschlossenes Wesen aus. Die Turner, zu
einer eigenen Schaar zusammengetreten, wurden vorzugsweise mit den besten Waffen versehen, übten sich fleißig,
wie das schon ihre Bestimmung als Turner erheischte,
und entwickelten eine erstaunliche Thätigkeit in Bearbei-
tung der Soldaten, wovon jedoch vor dem Tag von
Offenburg (19. März) nichts verlautete. Ueberhaupt hielt
sich die Partei zu Freiburg vor der Offenburger Versammlung ziemlich vorsichtig. Nur einmal hätte sie sich
schier verrathen. Der Befehlshaber der Stadtwehr schrieb
an zwei adelige Obmänner: „Ihre Wahl ist vom Stab
nicht bestätigt worden;" die Mannschaft ließ zurücksagen:
„die Wahl bedarf keiner Bestätigung," und die Republikaner beruhigten sich dabei, indem die Zuschrift des
Obersten als ein „Versehen" erklärt wurde. Argwöh-
nische Leute würden aus diesem Versuch das Bestreben
erkannt haben, die Bürgerwehr zum blindergebenen Werk-

zeug geheimer Plane zu machen; doch war noch kein Fünk-
lein Mißtrauen in die Gemüther gefallen.

„Die republikanischen Bestrebungen im Seekreis er-
regten mehr Erstaunen als Besorgniß. Zustimmende Aeußerungen in Freiburg wurden von der Mehrzahl mit mit-
leidsvoller Geringschätzung abgefertigt, bis kurz vor dem
19. März sich die Sachen bedenklicher gestalteten. Die
Oberrheinische Zeitung begann dem Freistaat ohne erb-
liches Haupt das Wort zu reden, die Freiburger schwieg
wie eine blöde Magd; ihre Furchtsamkeit rührte augenscheinlich von der Sorge um ihr bedrohtes Dasein her.
Diese Zeitung, der Stadt zugehörig, steht zunächst unter
dem Gemeinderath; nun sollte Emmerling bei der nächsten Wahl mit Gleichgesinnten in den Rath kommen,
und man setzte voraus, daß dann sein Blatt, die Oberrheinische, die Stelle der Freiburger Zeitung einnehmen
würde.

„Das Gerücht wurde ausgesprengt: aus dem Seekreis würden bewaffnete Schaaren einherziehen, um vereint mit andern Theilnehmern der Offenburger Versammlung sich auf Karlsruhe zu werfen und von dort aus
das badische Land für einen Freistaat zu erklären. Etwas
dergleichen mag allerdings im Werk gewesen sein. Nicht
in's Blaue hinein mahnte Welcker das Volk von solchem
Beginnen ab, nicht umsonst zog die Regierung ihre Trup-
penmacht zusammen. Was die Truppen betrifft, so meinten zwar viele Leute, die Soldaten seien schon so verdorben, daß sie einem etwaigen Aufruhr keinen ernsten
Widerstand entgegensetzen würden, aber der spätere Erfolg
hat bewiesen, daß die Verführer die Rechnung ohne den

Wirth gemacht*). In Bezug auf die Offenburger Versammlung dürfte es übrigens gut gewesen sein, daß die
Nachrichten vom Umsturz der Dinge zu Wien nicht schon
Tags zuvor bekannt geworden, sonst würde „Vater Itzstein" schwerlich vermocht haben die republikanischen Ge-
lüste der Menge zu bändigen und Hecker und Struve
im Zaum zu halten, die offenbar nur mit Widerwillen
sich darein fügten, die Entscheidung in die Hände des
Reichstages zu legen. Der Zwiespalt im Lager der Führer war unverkennbar, abgesehen vom Ausbleiben Basser-
manns, Welckers und Mathy's, die in der Meinung des
Volkes immer noch zu ihnen gehörten.

„Für den Zweck dieses Aufsatzes genügt es, von der
Offenburger Versammlung zu sagen, daß sie sich nicht
unbedingt für den Freistaat aussprach, sondern die deutsche
Einheit für die maßgebende Hauptsache erklärte. Wie
übrigens eine Volksversammlung bei uns sich ausspricht
und erklärt, ist hinlänglich bekannt; sie ist ein Schau-
spiel, wobei die Rollen zum Voraus vertheilt sind und
sicherlich keiner zum Sprechen kommt, welcher den An-
führern nicht genehm, es müßte denn sein, daß der Widerspruch von einer geordneten zahlreichen Partei aus-
ginge. Die Versammlung von Offenburg, mehr noch aber
die zu Freiburg am 26. März, war dessen ein lebendi-
ges Beispiel. Zu Offenburg wurden die bekannten Beschlüsse gefaßt und die sechzehn Mitglieder des Landes-
ausschusses ernannt, vier für jeden Kreis; der siebzehnte,
Hecker, sollte Obmann sein, und in dieser Eigenschaft

---

*) Erst im Jahre 1849 fiel das ganze Heer den Republikanern zu.

trat er späterhin in die traurige Abtheilung seiner Berühmtheit. Wie übrigens jedes Ding zwei Seiten hat,
so auch die Offenburger Versammlung; ihre (ich möchte
sagen amtlichen) Beschlüsse sprachen allerdings für eine
gesetzliche Form des Umschwunges, aber mittelbar lauteten alle Stimmen der Redner für den Freistaat; selbst
Itzstein schien zu beklagen, daß Baden für den Augenblick sich noch nicht zu solchem gestalten könne. Es fehlt
darum auch im Lande nicht an solchen, welche gradezu
behaupten, Hecker und Struve hätten zu Offenburg aus
Itzsteins Seele geredet, später grade nur in seinem Sinn
gehandelt, und seine Zurückhaltung sei Maske gewesen,
um im Fall des Mißlingens nicht das Feld zu verlieren. Ich aber sage: wer eine solche Beschuldigung glaub-
haft machen wollte, der müßte vor allem darthun, daß
Vater Itzstein das Feuer vom 3. April 1833 in Frankfurt angeschürt habe, und darüber wird niemand besser
Auskunft zu geben vermögen, als Georg Fein. Er thue
es, und die Versicherung dieses redlichen Mannes wird
hinreichen, die dunkle Sache in Beziehung auf Itzstein
und den verstorbenen Rotteck aufzuklären*).

„In Freiburg drängten sich die Entwicklungen. Die
Volksversammlung, die Bürgermeisterwahl, die Errichtung der Freischaar, die Bildung des Ortsvereins fallen in den Zeitraum weniger Tage. Die Versammlung
vom 26. März war von schlagender Wirkung, wenn schon

---

*) Wie diese „Vertheidigung" gemeint war, unterlag schon
1848 keinem Zweifel. Fein. der sich gegenwärtig in Zürich befin-
det, hatte unmittelbar nach dem Frankfurter Putsch gegen Spindler
geäußert, daß Itzstein und Rotteck Häupter der Zettelung gewesen.
Wien, 1863.   Chezy.

nicht von so vielen Hunderten besucht, als Tausende anzunehmen zur Zeit für einen Glaubenssatz galt. Struve,
der unbändige Schwärmer, sprach vom Söller des Wirthshauses zum Geist in eindringlicher Rede für die Republik. Er ist ein Redner wie es wenige gibt, voll Kraft,
Feuer und Verständlichkeit des Ausdrucks, mit einer Lö-
wenstimme begabt. Er sprach so hinreißend zum bethör-
ten Volk, daß es kaum des Beistandes seiner Mitver-
schworenen und ihres zahlreichen Anhanges bedurft hätte,
um den Sturm des Beifalls und der Zustimmung her-
vorzurufen, wie er nun losbrach.

„Die Bürgerschaft von Freiburg war, bis auf wenige Ausnahmen, keineswegs damit einverstanden; dennoch vermochte ihr Widerspruch nicht zum Wort zu kommen, geschweige denn durchzubringen. Einzelne wolgesinnte Männer hatten sich schon mehrere Tage vorher
vergebens bemüht den Widerstand einzurichten: ihre Vor-
hersagungen dessen, was geschehen könnte und in der
That hernach geschah, waren als Träume verlacht worden, ihr Streben an der trägen Thatlosigkeit des Spieß-
bürgerthums gescheitert. Ein einziger Mann, der Cicho-
rienfabrikant Kuenzer, hatte den Muth, inmitten des
Sturmes seine Stimme zu erheben, um den Schreiern
zu widersprechen. Die ihm zunächst standen, waren in
dichtgeschlossenen Reihen Struves Anhänger; die Verkündiger der Freiheit gönnten dem mißliebigen Einspruch
nicht ein Wort, schimpften und drohten, brüllten und
pfiffen, zuckten Dolche und Hirschfänger, und zwangen
endlich durch eine erhobene Schußwaffe Kuenzer zum
Rückzug.

„Gleich darauf wurde zufällig eine Trommel gerührt; die Zuchthauswache zog durch die Kaiserstraße zur Ablösung, zwanzig Mann stark, harmlos und fern vom Münsterplatz. Ein panischer Schrecken ergriff diejenigen, welche den Wehrlosen eben noch mit Mord und Todtschlag bedroht; sie wollten fliehen und brachten die Menge in die furchtbarste Unordnung. Hätte die Wache ihr Weg durch die Münstergasse geführt, so würde zweifelsohne die ganze Versammlung auseinander gelaufen sein. — Nach Struve traten noch einige Redner in seinem Sinne auf, unter denen der Anwalt Reich durch die Rücksichtslosigkeit seiner Ausdrücke sich auszeichnete: es war alles Mögliche, daß er nicht unsern Herrgott selber herunterschimpfte wie einen Schulbuben. Er hatte eben mit den irdischen Mächten allzuviel zu schaffen, und begnügte sich in Hinsicht auf den Himmel mit Herweghs berüchtigtem Verslein: „Reißt die Kreuze aus der Erde.“

„Die Beschlüsse waren gefaßt, die Versammlung verabschiedet, da erschien unerwartet noch ein Mann auf der Rednerbühne, der allerdings vor vielen andern ein Recht hat seine Stimme zu erheben: Gfrörer. Er besitzt auch die natürlichen Mittel und die geistige Ueberlegenheit, die zum Redner gehören, doch fehlt bis jetzt noch dem deutschen Hochlehrer die Uebung des Vortrags aus dem Stegreif. Als Gfrörer erschien, erwarteten wir zu allererst von seiner mächtigen Stimme Lob und Preis des großen deutschen Vaterlandes zu vernehmen, und in lecken Umrissen erzählt zu hören, wie und was dasselbe einst gewesen, stark in seiner Einigkeit. Wie leicht hätte sich dann der Uebergang gemacht, um, wie Antonius den

Brutus, die Partei „Hecker-Struwwelpeter" mit spotten-
der Anerkennung Zoll für Zoll in die Pfanne zu hauen.
Statt dessen fiel er mit der Thüre in's Haus und wurde
eben so ohne Umstände hinausgeworfen. Gfrörer hat durch
die Weise, wie er sich zum Handeln anschickte, der guten Sache nichts genützt, sich selber aber in Gefahr ge-
stürzt. Beinah wäre er von zusammengerottetem Gesindel
in Forchheim (am Kaiserstuhl) erschlagen worden. Für
den Haß der badischen Republikaner ist Gfrörer durch
die Ehinger Wahl glänzend entschädigt und die Scharte
vom Münsterplatz wird er hoffentlich zu Frankfurt ge-
nügend auswetzen. Den Muth hat er bewiesen, die Begabung besitzt er, den Rest bringen Ueberlegung und Erfahrung.

„Für den abgetretenen Bürgermeister mußte die Stadt
einen neuen erwählen, und das war für die Wähler ein
schwieriges Stück Arbeit. Beim Straßenauflauf kann
jeder Lump eine Rolle übernehmen, in der Volksversammlung wird nicht erst gefragt, wer mitgebrüllt hat,
wenn nur tapfer gebrüllt wurde, aber bei einer geordneten Wahl haben bloß die Berechtigten eine Stimme,
und die Berechtigten waren eben nichts weniger als Republikaner. Die entscheidende Mehrheit der Stimmen
vereinigte sich nach einigen Schwankungen auf Joseph
v. Rotteck, Amtmann zu Breisach, der schon früher einmal das Bürgermeisteramt bekleidet hatte. Hier wird,
um Verwechslungen vorzubeugen, zu bemerken sein, daß
Joseph v. Rotteck ein Neffe, Karl v. Rotteck aber ein
Sohn des berühmten Geschichtschreibers ist, und die Vor-
namen daher nicht zu vergessen sind, wo einer der beiden

Vettern erwähnt wird. Joseph sprach sich sofort entschieben gegen die republikanischen Bestrebungen aus, das ist Thatsache; nicht minder aber steht fest, daß bei wichtigern Anlässen sein Vetter Karl ihm gewöhnlich zur Seite stand.

„Die Einrichtung des Ortsvereins, die Einrichtung der Freischaar sind zwei Sprößlinge aus Einer Wurzel. Laut den Offenburger Beschlüssen zerfiel der allgemeine Landesverein in Abtheilungen nach den Kreisen, und jeder Kreisverein wiederum nach Gemeinden. Die Bürger Freiburgs wurden dringend ermahnt, in Masse dem Verein beizutreten, damit sich in seinen Aeußerungen die Gesinnung der Stadt kundgebe. Sie waren nicht dazu zu bewegen, und so fügte sich's daß Handwerksgesellen und dergleichen Leute die Mehrheit bildeten, und der Verein, welcher sich für Freiburg aussprechen sollte, nur der republikanischen Partei zum Werkzeug diente. Reden wurden gehalten, doch fürwahr nicht zur Erörterung und Verständigung, denn wer gegen die Ansichten der Führer sich erklären wollte, der wurde mit roher Gewalt ohneweiters zum Schweigen gebracht. Die wenigen Wolgesinnten, die sich in diesen Pful gewagt hatten, mußten sich zurückziehen, weil ihre Partei sie im Stiche ließ und sofort war es gradezu ein republikanischer Klub, der im Saal der bürgerlichen Lesegesellschaft seine Versammlungen hielt. Aus denselben Grundstoffen bildete sich die Freischaar, unabhängig vom Befehl der Bürgerwehr, welcher Befehl doch thatsächlich in den Händen der republikanischen Führer lag. Die Freischaar wurde mit Sensenspießen bewaffnet, obschon ganz einfache Piken zweckmäßiger und wolfeiler gewesen wären. Vermuthlich

hatten die Führer noch die halbverklungene Erinnerung
an die polnischen Sensenmänner im Sinn, und bildeten
sich ein, ihre Schneidergesellen, Schuhknechte und Leim-
sieder würden mit der geschichtlichen Wehr um so besser
fechten. Die Entwaffnung dieser sogenannten „Sensualisten" wurde später verfügt, doch nicht auf Einschreiten
des Stabes, sondern der Mannschaft der Bürgerwache.

„Die Verführung der Soldaten wurde im großen
betrieben. Die Einzelnen waren schon bearbeitet, namentlich in der Turnerkneipe „beim Raub" mit Bier be-
wirthet, mit „guten" Lehren erfüllt worden. Jetzt wurden die Bierspenden in der Schaich'schen Brauerei aus-
getheilt; die Soldaten tranken wie die Schwämme und
unterzeichneten eine Vorstellung an die Kammer, um gewisse Bürger- und Menschenrechte zu fordern, die ihnen
vorenthalten würden. Sie wollten „Sie" genannt sein
und den Vorgesetzten das Recht abgesprochen wissen, sie
für jede Dummheit oder Ungeschicklichkeit gleich Ochsen
oder Esel zu schimpfen.

„Sobald der Soldat einmal solche Begehren stellt,
sei es auch aus fremdem Antrieb, dann ist es offenbar
an der Zeit, ihm zu willfahren; so geschah es auch. Der
Gemeine wird seitdem mit Sie angeredet, und wenn er
fehlt, bestraft, doch nicht gescholten. Ochs und Esel heißen
jetzt: „auf zwölf Stunden in's Loch." — Nachdem die
Soldaten unterschrieben, verhießen sie (immer beim Frei-
bier) in keinem Falle jemals auf Bürger zu schießen
und überhaupt sich zu Republikanern auszubilden. Auch
fielen verschiedene kleinere Unordnungen vor, nur darum
von Bedeutung, weil sie für Zeichen einreißender Ver-

derbniß galten. Natürlich mußte ein solches Benehmen
ihrer Mannschaft zunächst die Unteroffiziere kränken, und
diese allerdings gerechte Entrüstung riß einen dieser wackern
Krieger zu einem Schritte hin, der besser unterblieben
wäre. Den Soldaten war der Besuch des Schaich'schen
Brauhauses untersagt worden; die Leute kehrten sich nicht
daran, und da erschien denn eine Anzahl von Unteroffi-
zieren, um die Ungehorsamen mit Gewalt wegzujagen.
Das Verfahren dabei war das stürmischste; es gab flache
und scharfe Klingenhiebe, wodurch auch ein paar Bürger
Wunden erhielten; im Zimmer blieb kein Tisch, kein
Stuhl, kein Glas ganz. Der Vorgang rief die größte
Aufregung hervor, das Volk rottete sich vor der Kaserne
zusammen, die Turner drohten mit Sturm. Das Ver-
sprechen strengster Untersuchung und Beiziehung bürgerlicher Urkundspersonen stellte die Ruhe wieder her. Einige
Tage später zog das Regiment ab, und ein Ergebniß
der Untersuchung ist bisher nicht bekannt geworden.

„Einen bemerkenswerthen Zwischenfall bildete während dieser Entwicklungen der sogenannte Franzosenlärm.
Plötzlich verbreitete sich nämlich das Gerücht, Haufen
deutscher Arbeiter seien über den Rhein in's Land gebrochen. Ueberall heulten die Sturmglocken, die Bürger
traten unter das Gewehr, die Landleute flüchteten ihre
Habe zur Stadt, und die Aufregung dauerte mehrere
Tage. Sobald der Lärm als ein blinder erkannt worden,
beuteten die Parteien das Ereigniß aus; jede warf der
andern vor, sie habe um ihrer besondern Zwecke willen
das Märchen ersonnen. Vermuthlich aber hat sich der
Lärm allein durch die Umstände so zu sagen von selber

gemacht; er ist nicht durch die Regierung erregt worden, um das Einrücken „fremder" Truppen zu beschönigen, nicht durch die Republikaner, um die Bürgerwehr verdrießlich und dadurch nachlässig zu machen. Aber gewiß ist, daß die Bezeichnung unserer Brüder aus benachbarten deutschen Landen als Fremdlinge von Republikanern ausgegangen ist, deren Plane durch das Erscheinen von Bundestruppen gekreuzt wurden; das hat der Erfolg nur allzu deutlich an den Tag gelegt.

„Die Bewegungen im Seekreis gestalteten sich immer drohender. Wenn nicht alle Anzeichen trügen, so bestand eine Verabredung zwischen Hecker, Struve, Herwegh und andern Häuptern des Aufruhrs, nach einem vorgezeichneten Plane gleichzeitig an verschiedenen Punkten loszuschlagen. Ficklers Verhaftung in Karlsruhe verrieth zu früh die Verschworenen. Hecker und Struve eilten in den Seekreis, um wo möglich noch zu retten und zu erringen, was sich retten und erringen ließ. Zu den stets angewandten Mitteln ihrer Partei gehörte auch die frechste Entstellung der Wahrheit, und Gerüchte wurden ausgesprengt, als ob Tausende von Freischärlern über den Wald herabrückten. Unter dem Einfluß dieser Gerüchte hielt Joseph Rotteck die bekannte Gemeindeversammlung vom 11. April, deren Beschlüsse den Freiburgern so vielfach zum Vorwurf gereichen müssen. Der Bürgermeister äußert sich darüber in seiner öffentlichen Rechtfertigung: man habe sich nicht denken können, daß Hecker und Struve ihr hochverrätherisches Vorhaben fortsetzen würden, wenn nicht die Bevölkerung des Seekreises in ihrer Mehrheit sich ihnen anschlöße, in welchem Falle

Freiburg, die offene Stadt, entblößt von Kriegsvolk, freilich nicht im Stande gewesen wäre sich zu wehren; daraus sei der Gemeindebeschluß zu erklären, „sich nicht mit Gewalt der Empörung zu widersetzen und nicht die Einzelnen abzuhalten, die sich etwa derselben anschließen wollten." Mit diesen letztern mochte man wol die Turner und die Freischaar im Sinne haben, etwa fünfhundert Leute, zu denen man sich eines solchen Verfahrens versah. Die Gegner des Bürgermeisters behaupten, er habe am 11. April schon wissen können, daß die Erhebung im Seekreis der Zahl nach höchst unbedeutend sei und das württembergische Kriegsvolk den Empörern auf den Fersen folgen würde, weßhalb es seine Pflicht gewesen wäre, nicht die Gefahr größer vorzustellen, oder nicht zu dulden, daß sie größer vorgestellt werde, als sie wirklich gewesen sei. Er habe, heißt es, den Republikanern hierin zu sehr freie Hand gelassen, und diese hätten nun, da sie nicht im Stande gewesen die Mehrheit der Bürgerschaft für sich zu gewinnen, wenigstens die Lust und die Kraft zum Widerstand geschwächt. Wenn ich meine persönliche Ansicht aussprechen soll, so glaube ich bis zur Stunde, daß Joseph Rotteck sich täuschen ließ, doch am Verrath keinen Theil hatte; ich glaube nicht einmal, daß er mit der Republik geliebäugelt hat.

Der Bürgermeister fährt in seiner Rechtfertigung fort: „Als Hecker und Struve trotz der geringen Theilnahme, welche ihr Aufruf gefunden, ihr Vorhaben dennoch in Vollzug setzen und es plötzlich hieß, daß Hecker mit einer Schaar sich der Stadt nähere, da war ich der erste, der zum entschiedensten Widerstand aufforderte."

Diese Behauptung ist richtig. Die Bürgerwehr wurde
berufen, doch kam es nicht zum Ausrücken, weil sofort
die Nachricht eintraf, daß Hecker durch die Württember-
ger vom Höllenthal abgeschnitten worden. Freiwillige,
meistentheils Studenten, erboten sich, zur Unterstützung
der Soldaten auszuziehen; zum Dank für diese Bereit-
willigkeit wurden sie von Mitgliedern des Stabs Rück-
schrittsmänner geheißen. So hoch war schon die Frech-
heit dieser Republikaner gestiegen, daß sie laut und ohne
Scheu jeden anklagten, der nicht ihrem Machtspruch
gehorchen wollte. Männer des Rückschrittes oder nur
des Stillstandes gibt es ja gar nicht mehr *), wenn
nicht etwa noch hinter dem Ofen ihrer etliche stecken;
das Vaterland ist in zwei Lager getheilt, über deren
jeglichem das gleiche Banner weht, roth-gold-schwarz
mit dem Doppeladler, hier mit der Krone, dort ohne
sie. Beide Lager begehren nichts anderes, als mit den
Waffen der Ueberzeugung zu kämpfen; in beiden leben
und wirken aufrichtige Vaterlandsfreunde, bereit, für
die Einheit des Vaterlandes auch ihre liebsten Ueberzeugungen zum Opfer zu bringen; und beide Lager
stehen wie ein Mann gegen die Verblendeten, welche
sich der Sache der Vaterlandes entziehen. Heißt das dem
Rückschritt huldigen? Oder ist es ein Fortschritt, wenn
Badener sich bestreben, ihre Heimat der französischen
Republik in die Arme zu werfen, Badener, die täglich
des Wasgaus blaue Berge vor Augen haben? Der
deutsche Bruder im Elsaß drüben muß in wälscher

---

*) Diese Behauptung war etwas voreilig, wie sich späterhin
gezeigt hat.

Sprache Recht nehmen, sich auf französisch taufen, ver-
heiraten und begraben lassen; versteht ihr nun die un-
verjährbare Pflicht der Wiedervereinigung so, daß auch
ihr der fremden Rede gehorchen möchtet?

„Zu den Gegenständen, welche vorzugsweise die Thätigkeit des Klubs in Anspruch nahmen, gehörte auch die
Vorbereitungswahl zum Reichstag. Der Umtriebe kamen
mancherlei zum Vorschein dabei, die vor allem dahin
zielten, das Stimmrecht selbst bis auf wandernde Handwerksburschen auszudehnen. Der Klub stellte auch eine
Liste von solchen auf, die er zu Wahlmännern vorschlug.
Die Deutschgesinnten beriefen eine Versammlung zur Berathung der Gegenliste, und hier sahen wir wieder einmal recht deutlich, wie unsere Republikaner die Freiheit
verstehen. Sie versuchten gradezu die Versammlung zu
sprengen. Zuerst brachten sie vor: es hieße Uneinigkeit
säen, wenn man eine andere Liste der schon berathenen
entgegensetzte, besonders da von der Berathung in der
Lesegesellschaft niemand ausgeschlossen gewesen. Dem
Wortlaut nach war das allerdings wahr, jeder hatte erscheinen dürfen, doch wehe dem, welcher anders gesprochen
hätte, als die Anführer es begehrten. Der Einwurf wurde
zunächst dahin beantwortet, daß, wenn man unbedingt
die vorgeschlagenen Wahlmänner erkiesen müßte, jede
fernere Wahl nur ein eitles Possenspiel wäre. Weißegger von Weißenegg führte das lauteste Wort, und ermahnte vorzüglich das Auge auf gesinnungstüchtige Männer zu richten, die nicht mit ihren Ueberzeugungen zu
wechseln pflegten. Nun weiß zu Freiburg jedermann, daß
dieser Weißegger schon häufiger die Farbe gewechselt,

als ein Wiesel, und seine Rede richtete sich hauptsächlich gegen einen Mann, der zu den Freisinnigen zählte, als es noch gefährlich schien dafür zu gelten; die Ansprache erregte deßhalb Hohngelächter. Der letzte Versuch der Republikaner, durch Lärm die Versammlung auseinander zu bringen, scheiterte ebenfalls, und die Störenfriede zogen ab, worauf die Berathung ihren ruhigen Fortgang nahm.

„Die Republikaner schrieben auf den 22. April (Ostersamstag) eine Volksversammlung aus, angeblich um die Beschränkung des Wahlrechts zu bekämpfen. Es sei die schreiendste Ungerechtigkeit, sagten sie, daß so viele Deutsche über ein-und-zwanzig Jahre alt in der Welt umherführen und nicht wählen dürften. Daß diese Redensarten grade nur einen Vorwand gaben, hat die Folge bewiesen. Freiburg war schon längst zum Hauptlager der Empörung ausersehen, und offenbar bestand zwischen den Verschworenen die Abrede, zu Ostern in Freiburg zusammenzutreffen, Hecker mit den Seinen vom Wald, Herwegh mit der Schaar aus Frankreich. Ob sich das Bestehen einer solchen Verabredung und die Mitwissenschaft der Freiburger Häupter gerichtlich nachweisen lassen oder nicht, das wird die Zukunft lehren; Geschworene von hier würden schwerlich eine andere Wahl haben, als die Frage zu bejahen oder der Wahrheit Zwang anzuthun. — Die Partei sorgte nach Kräften dafür, die Einwohner durch Einschüchterungen aller Art theils auf ihre Seite zu bringen, theils zur Unthätigkeit zu zwingen. Ihren Aussagen zufolge standen der Seekreis und der Wald in Waffen; wer es besser wissen wollte, hieß ein

„Volksrebell." Das bewaffnete Geleit der Empörer war in der That nicht gering an Zahl, schwach jedoch an aufrichtiger Theilname.

„Die größere Hälfte der Zuzüger hatte das Handgeld von der Furcht genommen, um nicht ihre Dörfer in Flammen aufgehen zu sehen und um nicht das eigene Leben dem Mordstahl auszusetzen. Wieder andere, die freiwillig mitgezogen, glaubten nichts dabei zu wagen; wo sie hinkämen, hieß es, würde der Soldat ihnen brüderlich die Hand reichen. Auch Hecker scheint dieses Vorurtheil gehegt zu haben. Doch um von den Freischärlern zu reden, so waren dieser Wahn und jene Furcht leicht erklärlich. Seit längerer Zeit gewohnt, den Weltlauf durch die Brille der Abendzeitung und der Seeblätter zu betrachten, wußten die guten einfältigen Leute von den Begebenheiten nichts, als was die Lügenblätter ihnen mittheilten, und um zu begreifen, wie großartig in diesen ehrlosen Zeitungen gelogen wurde, muß einer sie selber gelesen haben. Die einzelnen Gemeinden bildeten sich ein, alle andern seien aufgestanden, und wenn sie sich weigerten, ein Gleiches zu thun, so würden sie das ganze Land gegen sich haben. Diese vorgefaßte Meinung gab den Drohungen mit Feuer und Schwert gegen die Ungehorsamen einen grausenvollen Nachdruck. Natürlich fehlte es auch nicht an den wunderlichsten Vorstellungen in den Köpfen. Ein Bauer, den sein Weib nicht wollte ziehen lassen, sagte: „Du wirst froh sein, wenn wir ein Haus in Freiburg haben." — „Ja," sagte sie darauf, fang' uns aber eins ohne Garten heraus; ich hab' jetzt g'nug gegärtelt." — Eine andere befahl dem Mann,

ihr ein Sofa mitzubringen; sie wolle jetzt auch einmal
wissen, wie sich's auf einem solchen Ding sitze.

„Heckers Niederlage bei Kandern war für die Republikaner ein harter Schlag, vorzüglich weil sie daraus
lernten, wie thöricht sie sich in den Soldaten verrechnet
hatten. Das Kriegsvolk that seine Pflicht, und wo vielleicht noch ein Herz unter dem blauen Rock insgeheim Mit-
gefühl für die Empörung gehegt, war dasselbe durch des
Generals Gagern Fall in sein Gegentheil verkehrt worden.
Der Soldat sah vom ersten Augenblick an in des Feld-
herrn Tod einen Meuchelmord; wir haben erst seit Kurzem durch unverwerfliche Zeugnisse die Ueberzeugung gewonnen, daß der Soldat gleich von Anbeginn vollkommen
richtig über die Thatsache dachte. Der edle Gagern ist
auf verrätherische Weise um's Leben gekommen.

„Die erste einigermaßen zuverlässige Nachricht vom
Gefecht bei Kandern und Steinen kam am 20. April
Abends mit dem letzten Bahnzug; das Gerücht davon
war schon im Laufe des Tages verbreitet gewesen. Chezy,
der mit angehört, wie der Zugführer dem Postmeister
Bericht erstattet, eilte zur Stadt, um seinen Freunden
die Kunde mitzutheilen. Unterwegs hatte er Gelegenheit,
verschiedene Parteigänger zu bemerken, wie sie den Gruppen
begegnender Leute verkündeten: Hecker habe gesiegt, die
Soldaten seien zu ihm übergegangen und hätten ihre
eigenen Führer erschossen. — In die Kaiserstraße gelangt,
nahm der Zeuge einen Zusammenlauf des Volkes vor
dem Wirthshaus zum römischen Kaiser wahr, und über-
zeugte sich nähertretend, daß die Zusammengerotteten
größtentheils aus Handwerksgesellen und Taglöhnern

bestanden, mit Turnern untermischt. Sie sprachen von
Heckers Sieg und wiesen den wiederholten Versuch einer
Belehrung mit rohen Worten zurück. „Wir holen unsere
Sensen," hieß es, „und ziehen dem Hecker entgegen." Der
Hörer hielt es als Wehrmann für seine Pflicht, in die Lesegesellschaft zu gehen, um den Stab von diesen Vorgängen zu
unterrichten und zugleich die wahren Nachrichten über
das Gefecht den verfälschten entgegenzustellen. In der
Lesegesellschaft hatte nämlich der Stab sein Standlager,
vermuthlich um unter den Augen des Klubs zu bleiben.
Die Grünwäldergasse, worin das Haus der Lesegesellschaft steht, war ziemlich belebt, und vor der Einfahrt
des genannten Gebäudes fanden sich Angehörige der Freiburger Freischaar aufgestellt, die ihre Sensenspieße heraus
verlangten. Der Ankömmling theilte draußen den Freischärlern, drinnen den eben anwesenden Wehrmännern
die eingelaufenen Neuigkeiten mit. Draußen wurde ihm
widersprochen, drinnen fand er wenig Theilnahme, da
die Mehrzahl der Hörer aus Turnern bestand. Er wollte
in das Befehlshaberzimmer treten, nachdem er laut genug geäußert, der angedrohten Gewalt von außen müsse
Gewalt entgegen gestellt werden, was um so thun-
licher sei, da die zum Nachtdienst befehligten Rotten
gleich eintreffen müßten; es war ihm nicht möglich bis
zum Befehlshaber durchzudringen, nicht etwa weil ihm
der Eintritt verboten worden, sondern weil ein Haufe jüngerer Leute sich an die Thüre und auf die Staffeln stellte,
welche zu dieser emporführen; die lebendige Verrammle-
lung ließ sich nicht durchbrechen und hörte auf keine
Vorstellung. Der Auftritt beweist, wie der angebliche

Führer der Bürgerwehr unter Vormundschaft gehalten
ward. Darum wurde auch die Wehrmannschaft nicht berufen, um das Haus gegen die Freischaar zu vertheidigen sondern dem ungestümen Verlangen willfahrt; man
verhieß die Herausgabe der Sensen, und dieselbe erfolgte
in der That am nächsten Morgen, so daß ein bewaff-
neter Pöbelhaufe schon am Charfreitag zur Verfügung
der Verschworenen stand. Dieses Zeichen von Schwäche
der einen, von Verrath der andern Behörden und Befehlshaber entschied das Mißgeschick der Stadt Freiburg.
Abends brannte die Lärmstange auf dem Schloßberg,
unzweifelhaft ein Zeichen für die Ortschaften der Um-
gegend, daß die Stadt in der Gewalt der Republikaner
sei. Tags darauf zogen von allen Seiten die bewaffneten Landleute herbei, die meisten davon in gutem Glauben,
sich mit den Bürgern der Stadt und mit dem siegreichen
Hecker zu vereinigen.

„Diese Versammlung und die Besetzung der Kreis-
hauptstadt war der Höhepunkt der republikanischen Bewegung im Oberrheinkreis. Die Herrlichkeit dauerte freilich
nicht lange und die Niederlage folgte ihr auf dem Fuß;
doch lieber hätten wir diese Niederlage ein paar Tage
früher gesehen, wo sie mit weniger Blutvergießen und
in jeder Hinsicht wolfeiler hätte ablaufen können. Manche
indessen behaupten, es sei heilsam gewesen, daß die Empörung sich dermaßen auf einen Punkt zusammengezogen
habe, um dann ihren Todesstoß mit einemmal zu empfangen. Heilsam, möglich; grausam, gewiß.“

54.

Soweit die Uebersicht der Bewegung, um nun sofort

auf den Josephstag zurückzukommen, den ich unter dem frischen Eindruck folgendermaßen schilderte:

„Die Offenburger Versammlung vom 19. März ist eine der wichtigeren Lebensäußerungen der ungestümen Umgestaltungen, worin wir begriffen sind. Dieser Ausdruck ist fürwahr keine von den Redensarten, die, zu ungebührlich hohem Nennwerth ausgeprägt, so häufig in Umlauf gesetzt werden; was eigens bemerkt wird, weil der Mißbrauch bedeutungsvoller Worte noch niemals ärger war, wie heutzutag. Wenn in einem mehr oder minder europäischen Krähwinkel ein Zweckessen abgehalten wurde, so bringt irgend eine Zeitung des Gaues oder ein Tageblättchen der Ortschaft die Trinksprüche des Amtmanns Windfahne, des Kaufmanns Klotzkopf, des Hofraths Maulheld als wichtige Tageserscheinungen zur Oeffentlichkeit, auf daß sich die breitmäulige Gemeinheit im Sonnenschein eingebildeter Berühmtheit behaglich spreize, dehne und recke. Eine andere Bewandtniß hat es mit unserer Landsgemeinde von Josephitag, wenn schon die gewaltigen Ereignisse im deutschen Osten ihre Bedeutung in den Schatten stellen.

„Kennt ihr Offenburg? Wo die Kinzig ihr Thal verläßt, steht am Fuß der Berge in der Rheinebene das alte Städtlein, die Markscheide zwischen Ober- und Unterland der badischen Heimat. Ich sage mit gutem Vorbedacht „Heimat;" seit dem 19. März gibt es bei uns anerkanntermaßen kein großherzoglich badisches Vaterland mehr. Offenburg war ehedem ein Haltpunkt der Eilwagen, die von drei Richtungen her zusammentrafen, von Frankfurt, von Basel und vom Schwarz-

walde; jetzt ist hier ein Stapelplatz, wo die alte Wald-
straße ihre Wanderer und Güter der Eisenbahn übergibt.
Zu einer Versammlung badischer Heimbürger könnte nicht
leicht ein Ort günstiger liegen, das ist früher schon bekannt
worden; denkt nur an die Versammlung vom Herbstmond
des vorigen Jahres, welche nicht ohne örtliche Bedeutung
für unsern Gau vorüber ging. Doch ich habe keine Geschichte
zu schreiben, sondern zu melden, was ich selber sah und wie
ich's anschaute; nicht Richter bin ich, sondern Zeuge und
von diesem Standpunkt allein lassen Sie mich reden.

„Unsere wackere Stadt Freiburg hat von allem Anbeginn den Umschwung der Dinge an sich selber verspürt,
was keiner besondern Erwähnung bedürfte, wenn dem
Verlauf des allgemeinen Geschickes nicht irgend eine eigenthümliche Einzelheit sich gesellt hätte. Wir haben den
Reigen hier in aller Gemüthlichkeit mitzutanzen begonnen, ohne sonderlichen Schwindel zu verspüren, und gleich
zu Anfang der Bewegung äußerte sich eine gegenseitige An-
näherung der Gemüther, die auch als Beispiel nicht ohne
heilsame Folgen geblieben ist. Im übrigen „ersparen Sie
mir, aus dem Zeitungsblatt zu melden, was Sie" —
aber nicht schaudernd — „selbst erlebt." — Was in Baden
vor der Offenburger Versammlung geschah, kam nicht
wegen des Inhaltes unerwartet, sondern durch seine
überraschende Plötzlichkeit. Der Anstoß von Paris hat
uns viele Zeit erspart und endlosen Reibereien und Schreibereien überhoben, grade so wie der Anstoß von Wien
uns über manch andere Zögerung hinauswerfen wird,
etwa gar bis zur natürlichen Grenze *).

---

*) Diese Hoffnung, so zuversichtlich ausgesprochen, ist leider

„Hier müssen Sie mir schon eine kleine Abschweifung vergönnen. Der alte Jahn ging zur Zeit der Franzosenherrschaft eines Tages mit einem seiner Zöglinge aus dem Thiergarten nach Berlin hinein. Vor dem Brandenburger Thor blieb er stehen und deutete hinauf, wo ehedem die eherne Siegesgöttin mit dem Viergespann gestanden. Napoleon hatte das Kunstwerk entführt, welches er vielleicht am Platz gelassen, wäre es nicht von so stolzer Bedeutung gewesen. Jahn fragte: „Was fehlt dort oben?" Der Schüler antwortete: „Die Siegesgöttin." Jahn: „Wo ist sie?" Der Schüler: „Zu Paris." Jahn: „Was denkst du dabei?" Der Schüler: „Nichts." Da gab der Lehrer dem Zögling eine Ohrfeige nebst der Weisung: „Du mußt denken, daß wir sie wieder holen sollen." — Für uns sind die blauen Berge des Wasgaus auch so eine Art von Brandenburger Thor ohne Victoria, aber wir bedürfen nicht des Vaters Jahn und seiner Ohrfeigen, um unsere Gedanken in die passende Richtung zu bringen. Wenn wir die Leute hören, die uns zum Anschluß an den französischen Freistaat bereden wollen, so deuten wir hinüber und antworten etwa: Der Franzos wird des Deutschen lieber Nachbar sein, sobald die natürliche Grenze hergestellt ist, die Grenze der Sprache und Gesittung." Was wir vom Franzosen hier begehren, müßten wir freilich anderwärts selber thun, aber ich sage auch nicht, daß wir's unterlassen sollen.

---

durch die Wiener selbst bereitelt worden, die in ihrem Mangel an politischer Erziehung von der Freiheit den widersinnigsten Gebrauch machten und vor allem gegen die eigene Wolfahrt wütheten. (Anmerkung vom Juli 1863.)

„Als die Offenburger Versammlung ausgeschrieben wurde, waren die Umtriebe der freistaatlichen Partei überaus rege und nicht ohne Aussicht auf Erfolg. Das Volk wurde durch Flugschriften und durch ausgestreute Gerüchte bearbeitet. Constanz, hieß es, wolle sich von Baden, von Deutschland lossagen, um als freie Stadt zur Eidgenossenschaft zu schwören. Aehnliches wurde dem ganzen Seekreis nachgesagt; fälschlich, denn die darauf hinarbeiteten, waren in den Volksversammlungen des Seekreises nicht durchgedrungen. Auf der andern Seite verkündete das Gerücht, von Straßburg würden Tausende zu Offenburg erscheinen, um im Namen Frankreichs die Errichtung eines Freistaates Baden zu befördern. Die Sache klang nichts weniger als unwahrscheinlich. Unsere Brüder zu Straßburg sind im ganzen allerdings Deutsche, doch hat sich in gar vielen Herzen bei ihnen das Franzosenthum festgesetzt, und wir dürfen nicht hoffen, sie von solcher Verirrung geheilt zu sehen, bevor jenes große Wort in Erfüllung gegangen, welches vor etlichen Jahren der Erzherzog Johann zu Köln am Rheine sprach. Wir müssen den Deutschen jenseits des Rheins ein großes freies Vaterland bieten, ehe wir sie der unnatürlichen Verbindung mit dem großen freien Frankreich entrücken mögen. Ferner ging die Sage, von Offenburg würde das Volk nach Karlsruhe fahren, um dort am Sitze der Regierung den Freistaat zu gründen und einzurichten. Daß ein solcher Plan in manchen Köpfen spukte, mag nicht geleugnet werden; wozu sonst auch die Aufforderung von mehreren Seiten, das Volk solle in Wehr und Waffen erscheinen? Die Besorgniß aller wahren Freunde des Vaterlandes war nicht gering, und wenn die Behörden Vorkehrungen zu treffen suchten, so darf ihnen das nicht verdacht werden. Dennoch hätten sie's besser unterlassen. Die Abgeordneten der zweiten Kammer, welche die Versammlung berufen, hatten sich unumwunden gegen die freistaatlichen Bestrebungen, mit Entrüstung gegen alle fremde Einmischung ausgesprochen. Wenn sie, die Führer der Bewegung, des stürmischen Dranges nicht Meister wurden, so war auch mit Geschützen und Flintenspießen nichts mehr auszurichten. Schon jetzt ist bei uns das Heer keine blindgehorsame Söldnerschaar mehr, sondern eine Bürgerwehr, nicht getrennt vom Volke, sondern durch gleiche Regungen, durch gleiche Wünsche, durch gleiche Verirrungen sogar mit demselben verbunden. Wer das einheimische Aufgebot zum Waffendienst, die sogenannte „Conscription" erfand, der hat, ohne es zu wissen, die Pfalwurzel aller Soldatenherrschaft abgeschnitten, und wunderlich genug bleibt immerhin, daß grade der große Soldatenkaiser es sein mußte, welcher die Einrichtung, wenn auch nicht erfunden, doch vervollkommnet und allgemein gemacht hat. Lanzknechte, Söldner in des Wortes althergebrachtem Sinn, kann es höchstens noch unter den Führern des Kriegsvolkes geben.

„Auf die Zumuthung an alle Badener, die Versammlung in Waffen zu besuchen, gaben die Bürger Offenburgs die klügste und herzhafteste Antwort durch die Bekanntmachung: sie würden zur Wahrung der Ordnung unbewaffnete Männer aufstellen, kenntlich durch eine roth und weiße Armbinde. Die Eisenbahnverwaltung ihrerseits ordnete für den Tag zur Erleichterung des Verkehrs mit Offenburg ein paar Sonderzüge an, welche Kundgebung einen guten Eindruck machte. Doch wurde auch bei dieser Gelegenheit ein Zipfelchen vom Zopf wieder sichtbar, wie denn überhaupt nichts so schnell nachwächst als der abgeschnittene Zopf; ein Anschlag an den Bahnhöfen machte auf die „frühere Verordnung" aufmerksam, welche keine Bewaffneten, außer den zum Heerwesen gehörigen in den Wagen zuläßt. Eine solche Verfügung in Vollzug zu setzen, wäre beim Drang des Tages rein unmöglich gewesen, abgesehen davon, daß wir es für ein unverjährtes Recht des deutschen Mannes halten, seine Wehr mit sich zu führen. Dieses Recht lebte bisher nur in einem unscheinbaren Zeichen fort, im Zierdegen beim Aufputz zu feierlichen Gelegenheiten. So wird die verblühte Tulpe zur schlichten Zwiebel, die aber mit der Zeit auch wiederum zur Blume sich entfaltet, weßhalb es immer gut ist, solche Zwiebel nicht wegzuwerfen.

„Schon beim ersten Zug (um halb sieben Uhr) war der Zudrang auf unserm Bahnhof überaus lebhaft. Von Freiburg selbst kamen zwei Banner, beide, wie sich von selber versteht, in den deutschen Farben, die eine noch dazu mit dem Doppeladler geziert; doch führte der Adler nicht die Kaiserkrone, nicht den Heiligenschein, nicht Stab, Schwert und Apfel, vermuthlich weil es vor der Hand noch dahingestellt bleibt, welche dieser Kleinode er wieder gewinnen wird. Vielleicht lag die Ursache auch minder tief, wenn etwa dem Maler die Bedeutung besagter Sinnbilder ganz einfach nicht bekannt war. Die Wappenkunde ist nicht die starke Seite der heutigen Künstler.

Jeder Bahnhof verstärkte den Zug; überall harrte seiner schon mit wehenden Fahnen eine ungeduldige Menge, die vom Schwarzwald, vom Kaiserstuhl, aus der Ebene des Rheinthals zusammengeströmt war. Die Ankommenden empfing schallender Jubelruf, der betäubend laut erwidert wurde. Schon von Kenzingen an mußte ein Theil der Harrenden auf den nachfolgenden Zug vertröstet werden, weil nicht alle unterzubringen waren; doch hat keiner ganz zurückbleiben müssen.

„Offenburg, das malerisch gelegene Städtchen, bot von weitem schon den eigenthümlichsten Anblick. Der schlanke Thurm war mit Fahnen besteckt, von allen Giebeln, aus allen Fenstern und in den Gassen wehten sie so zahlreich, daß die Häuser schier nicht zu sehen waren. Wenn ein Schiff mit günstigem Winde segelt, hüllt es sich in Tücher; diese Banner waren die Segel der deutschen Gesinnung des Tages. Der Bahnhof war mit Menschen übersät. Alles was sich ein wenig nur vom Boden abhob, war zum Schaugerüst geworden, vor allem die Wagen der früher angelangten oder der zur Abfahrt bereit gestellten Züge. „Freiheit, Freiheit!" schrieen mit gellender Stimme die Landleute, von denen viele schon mit weiser Vorsicht einen Rausch mitgebracht hatten; sie hätten sonst zu kurz kommen können. Die Ankömmlinge stürzten sich ungesäumt an die Schieber, um Fahrkarten für den Rückweg zu lösen. Ich erhielt für den Betrag des zweiten Platzes aus Versehen eine Karte zum Stehwegen, womit ich Abends hernach auf dem dritten Platz heimgefahren bin. Um vom Schieber wegzukommen, mußte ich mit Mühe den linken Fuß an die Wand bringen und mit einem Schneller mich gleichsam losschießen. Gar zu sanft ging das nicht ab, noch minder sanftmüthig. Flüche und Schimpfworte beantwortete ich lachenden Mundes mit dem Losungswort des Tages: „Freiheit!" Zu München hätte ich gesagt: „Alles Keferlohisch." Wer das rechte Feldgeschrei weiß, wird überall durchgelassen.

In der Stadt ging's lebhaft zu wie auf dem Bahnhof, doch war durchzukommen. Unser rüstiger Bannerträger Dr. Gramm, genannt „Moppel," führte uns schnurstracks dem Rathhause zu, vor welchem wir festen Fuß faßten. Den Söller schmückten ausgehangene Tücher und ein Zeltdach; er war zur Rednerbühne bestimmt. Der Platz vor dem Rathhause ist nicht gar zu groß, doch eben darum für eine Volksversammlung wolgeeignet. Die hohen Gebäude gegenüber halten den Schall der Stimme vom Söller zusammen, so daß der Redner unschwer zu verstehen ist. Jeder Augenblick brachte frische Ankömmlinge, die sich friedlich aneinander schaarten. Nirgends ließ sich ein Diener der Polizei blicken, und die Bürger mit den Armbinden hatten gar nichts zu thun, um die Ordnung zu erhalten; wie man mir sagte, sollen sie nur einmal bittweise eingeschritten sein, als eine Bauernschaar mit Sensenspießen erschien. „Seid so gut und thut die wüsten Dinger weg, die Leut' fürchten sich davor," sei gesprochen worden, hieß es. Ich für mein Theil habe keine Sense erblickt, außer eine einzige an einer Fahnenstange, die also nicht als Waffe, sondern als Wahrzeichen zur Stelle war. Wüste Reden vernahm ich indessen mehr als genug in meiner Nähe. Ich war unversehens in einen Haufen von Bauern aus dem

„Hanauer Ländle" gerathen (so heißt der Landstrich
unter Kehl, welcher vor Zeiten den Grafen von Hanau
gehörte). Die Leute führen unter ihren Pelzkappen auf-
geweckte Köpfe und rüstige Zungen; da sie nun um
meines Jägerkleides willen mich für einen Förster halten
mochten, so redeten sie mir zu Gehör und schienen mich
ärgern zu wollen. Ich aber brachte die Unterhaltung
auf die Juden, und sofort war vom Wald nur insofern
noch die Rede, als er Holz zu Scheiterhaufen liefern
könnte. „Schad' um's Holz, so lang unsere Ströme und
Bäche noch Wasser genug haben," sagte einer von Lich-
tenau dazu, und der Mann war doch erst aus Amerika
zurückgekommen, wo's noch Bäume im Ueberfluß gibt.

„Nach elf Uhr „begann" die Versammlung. Nämlich sie war längst schon vollzählig, aber noch nicht beim
Geschäft, vom Eröffnen einer Sitzung war nicht zu
sprechen, wo alles stand. Ein Offenburger Gemeinderath
begrüßte die Versammlung, hieß sie willkommen und
sagte zugleich, daß jeder auftretende Redner zuvor sollte
genannt werden. Dabei gab's ein kleines Zwischenspiel.
Die Fahnen sollten aufgewickelt werden, weil ihr Flat-
tern im Wind zu viel Lärm machte; unten war's geschehen, auf dem Söller auch, doch oben wehte noch ein
Banner, groß wie Segeltuch. Nun verstand der Gemeinderath, man wolle die Fahnen losgewickelt haben,
weil er die über dem Zeltdach nicht bemerkte. Er suchte
darzuthun, daß das Entrollen nicht zweckmäßig sein würde,
und es dauerte lange, bis die vielköpfige Menge ihre
Meinung klar zu machen verstand.

„Die erste Rede hielt Itzstein, „Vater Itzstein."

Der Mann ist schon ziemlich bejahrt, aber nicht alt. Er sieht kräftig und rüstig aus, spricht mit volltönender Stimme und hat alle fünf Sinne beisammen. Dießmal trugen seine Züge eine Gepräg von unverkennbarer Siegesfreudigkeit, und er hatte Recht, seiner Sache sicher zu sein. Sein Wort übte eine so schlagende Wirkung auf die Stimmung des Tages, daß sofort keine Rede mehr von einem badischen Freistaat hätte sein dürfen. Dieses Ergebniß wälzte schwere Steine von mancher Brust, auch von der meinen. Sie kennen ja meine Gesinnung seit langen Jahren. Nach meinem Gefühle ist die wahre Freiheit nur in geordneten Verhältnissen zu finden. Der sogenannte Freistaat ist mir noch ein schlimmeres Ding, als die Willkür eines Selbstherrschers, und ich halte beim Stand unserer Gesittung den Verfassungsstaat für allein geeignet, uns zufrieden zu stellen. Zudem hätte ein Sieg der freistaatlichen Partei uns vom deutschen Vaterland losgerissen. So müssen wir dem alten Itzstein und seinen Freunden es Dank wissen, daß sie dieses Aeußerste verhüteten; nicht minder sind wir schuldig, uns sammt und sonders einer Richtung anzuschließen, welche das Volk dem Ziele zuführt, vor dessen Erreichung alle Nebenrücksichten bei Seite zu setzen sind. Die Unbedingten von rechts und von links, die Gemäßigten von allen Farben müssen einig sein, und sind es auch im badischen Land seit dem Tag von Offenburg*.)

---

*) Es ist oben bereits gezeigt worden, welche Bewandtniß es eigentlich mit der Einigkeit hatte. Uebrigens möge der Leser sich gegenwärtig halten, vor allem an dieser Stelle und am Schluße der Schilderung, daß der Aufsatz gleich nach der Versammlung geschrieben wurde. Er gibt den Eindruck des Tages wieder.

- 82 -

Wir wollen vor allen Dingen das Unsere thun, damit Deutschland seine weltbeherrschende Stellung wiedergewinne, gleichviel wie unser Bannerträger heiße. Wir folgen dem Führer, welchem die Menge sich anschließt, denn hierin kann nur die Menge den Ausschlag geben.

„Sie verlangen natürlich nicht, daß ich den Inhalt der Reden wiederhole; sie stehen ja in den Zeitungen. Im Ganzen weiß auch die Welt, daß unsere Volksanführer ihrer Aufgabe vollkommen gewachsen sind. Mit Vorbedacht sag' ich nicht Volks-„Führer," weil „Anführer" den Demagogen in jeder Beziehung übersetzt. Nach Itzstein sprach Gustav von Struve. Dieser Redner nimmt schon durch sein edel geformtes Antlitz mit dem schwärmerischen Ausdruck für sich ein. Dem Aussehen nach mag Struve ein Mann von dreißig bis zwei und dreißig Jahren sein; doch scheint er älter, wenn er, den malerischen Schlapphut abnehmend, den kahlen Scheitel zeigt*). Zum Kahlkopf würde ein längerer Kinnbart passen. Struve ist in seinem Wohnort durch seine Sonderbarkeiten bekannt, als deren hervorstechendste erwähnt wird, daß er mit seinem Hausstand nur Pflanzenkost genießt. Wir haben in diesem Brahmanen einen begabten tüchtigen Redner kennen gelernt, — nach meiner Ansicht den begabtesten unter allen, die wir zu Offenburg vernahmen. Nur im Anbeginn des Vortrags störte die sichtliche Anstrengung ein wenig, doch bald überwogen die Vorzüge der wohllautenden Stimme, des bündigen Ausdrucks, der fließenden Redeweise, des angemessenen Geberdenspiels. —

*) Struve, geboren am 11. October 1805, stand bereits im 43. Jahr

Hecker, der nach Struve auftrat, sah bleich und angegriffen aus und machte auf mich den Eindruck, als fühle
er ahnend schon die unvermeidlichen Folgen dieses denk-
würdigen Tages. Wer auch möchte ihm das verdenken?
Die Geschichte lehrt, daß keiner von denen in Ruhe
seines schönen Todes sterben soll, welche sich an die Spitze
einer gewaltsamen Bewegung stellten. Itzstein der Greis,
Struve der Schwärmer machen sich daraus nichts oder
denken gar nicht daran; aber Hecker ist weder Greis
noch Schwärmer. Ich will damit nicht sagen, daß er sich
fürchtete; wenn er keinen Muth besäße, so wär' er fein
zu Hause geblieben; ich behaupte sogar, daß einer ganz
besonders vielen Muth bewährt, wenn er mit klarem
Verstand das böse Ende sieht, und dennoch festen Schrittes seine Fahne voranträgt. Hecker ist vorzugsweise der
Mann des hellen Scharfblickes und gilt bei vielen für
das eigentliche Haupt seiner Partei; andere wollen von
einer Mitbewerbung zwischen Itzstein und ihm wissen.

„Die übrigen Redner nach diesen drei wichtigen Männern sprachen zum Theil recht gut, doch entschieden sie
nichts mehr. Im ganzen mögen sie auch an Geist und
Rednergabe minder hoch stehen. Am meisten fesselte die
Theilnahme durch seine kräftige Ansprache der Buchhändler Hof von Mannheim, am wenigsten Gottschalk,
der weder über den Inhalt noch über die Form seines
Vortrags mit sich selber einig schien. Ich für mein Theil
habe davon nichts verstanden, als daß er uns zu einem
christlichen Lebenswandel ermahnte, aber ich begriff nicht,
was eine solche Mahnung grade hier bedeuten sollte;
was übrigens nicht so zu verstehen ist, als wollte ich

der kirchenfeindlichen Richtung mich anschließen, die sich
bei der Versammlung nur allzudeutlich aussprach. Die
Kirche war von jeher der Freiheit Schirm und Hort
und wird es in alle Ewigkeit bleiben, ohne daß sie dazu
des weltlichen Armes bedürfte. Jedes Bekenntniß sei frei,
doch die alleinseligmachende Kirche nicht mit Gewalt be-
drückt! Merkt euch das, die ihr die Diener des göttlichen
Wortes Pfaffen nennt, und die ihr vergeßt, daß der
Erzpfaff zu Rom euer erster Bannerträger ist. Pfaff bedeutet übrigens einen treuen Hirten gläubiger Seelen
durch die Anfangsbuchstaben der lateinischen Worte:
pastor fidelis animarum fidelium.

„Nach den Reden und dem beifälligen Jubel, womit
sie empfangen wurden, war zum voraus die Zustimmung zu den Beschlüssen entschieden, welche der Versammlung vorgelegt werden sollten. Diese Beschlüsse sind
bekannt. Der erste begehrt ein deutsches Parlament. Ich
tadle daran nur den fremden Wortlaut, wie denn überhaupt die Redner des Tages, selbst Struve nicht ausgenommen, eine arge Nachlässigkeit im Punkt der Sprach-
reinigkeit bewiesen, was um so mehr auffiel, da in den
gedruckten Vorschlägen eine etwas reinere Ausdrucksweise
vorherrschte. Gedruckt war von Zugeständnissen die Rede,
das lebendige Wort sprach immer von Concessionen.
Doch spricht auch das gedruckte Blatt von deutscher Na-
tionalität, als ob eine echte Volksthümlichkeit ohne den
heimischen Ausdruck dafür jemals feste Wurzel schlagen
könnte. Fragt einmal bei Ernst Moriz Arndt an, ob
der Ausdruck für eine deutsche Sache ein so gleichgülti-
ges Ding ist, wie ihr etwa euch einbildet? Er wird's

euch schon sagen. — Bei der Verhandlung über die Be-
schlußfassung, von Struve meisterhaft geleitet, erlebte ich
unter meinen Pelzkappen manchen Spaß. Wenn Struve
weiß sagte, verstanden sie schwarz, was sie jedoch. nicht
hinderte, beistimmend die Hände zu erheben. Der auf
dem Söller ermangelte seinerseits nicht zu äußern: des
Volkes Wille sei allein entscheidend; sobald dann hundert
Stimmen auf einmal sprachen, fing er natürlich das
heraus, was ihm just taugte, auch wenn es etwa gar
nicht gesagt worden. Das gehört aber zur Kunst der
Volksanführung. Die Hanauer begehrten, daß der lan-
desherrliche Förster nichts im Gemeindewald zu befehlen
habe, worauf es droben hieß: „Das Volk will, daß alle
Vorrechte abgeschafft werden, welchen Namen sie tragen."
— „Der versteht's," jubelten die Bauern mit erhobenen
Händen, fest überzeugt, daß sie fortan nach Gutdünken
im Walde wirthschaften dürften. Auch auf der Rednerbühne fehlte nicht das lustige Nachspiel. Nachdem die
Beschlüsse gefaßt worden, kam Fickler zum Vorschein,
der Herausgeber der Seeblätter, um in seiner Art Reu
und Leid zu machen. Dieser Mann, nicht ohne gesunden
Mutterwitz, wenn schon nur mangelhaft gebildet, ist zu
Constanz eine volksthümliche Erscheinung, und in neue-
ster Zeit der Wortführer der Freistätler. Dießmal gab
er zu erkennen, er wolle sich einstweilen bescheiden. Dasselbe sagte nach ihm, aber in würdiger Weise, der alte
Winter von Heidelberg.

Nach dem Schluß der Verhandlung eilte die Menge
den Wirthshäusern und Schenken zu. Viel wurde gegessen, mehr getrunken, nicht weniger geplaudert, doch

lief alles ganz anständig ab, und von der gemeinsamen
Fahrt nach Karlsruhe war keine Rede mehr. Das Volk
hatte seine Angelegenheit förmlich und feierlich in seiner
Anführer Hände gelegt und schien entschlossen, den Verlauf der Sache abzuwarten. Die just eingetroffenen Nachrichten aus Wien trugen viel dazu bei, alles Mißtrauen
gegen die Machthaber zu beschwichtigen. Wenn man auch
nicht eben glaubte, daß die Wiener (wie Kapp erzählt
hatte) die Schienen ihrer Eisenbahn als Keulen geschwun-
gen, so glaubte man doch an Metternichs Sturz, und
das war die Hauptsache. Alle Bedenklichkeiten, alle Furcht
hatte die große Neuigkeit von dannen gescheucht. Nach
Offenburg waren Parteimänner gekommen, von Offenburg gingen fast nur Deutsche heim, voll des gewaltigen Gedankens von dem einen großen Vaterland.“

55.

Der Tag von Offenburg hatte vieles verheißen, aber
die Erfüllung stellte sich nicht ein. Vor allem war die
Thorheit des Volkes daran schuld, das falschen Pro-
pheten folgte. Doch das geschah nicht blos in Baden
und nicht allein in den deutschen Barbaresken, sondern
auch in großen Ländern. Das Jahr 1848 war eben
nur eine Probe, welche unser Herrgott mit den Völkern
anstellte; sie bestanden schlecht genug und wurden in die
Schule zurückgeschickt. Gegenwärtig (1863) ist eine neue
Prüfung in vollem Zuge; sie scheint einen besseren Verlauf zu nehmen, als damals. Doch diese Schilderungen haben sich lediglich mit jenem „damals“ zu befassen
und langen bei der entscheidenden Wendung an, auf
welche hindeutend die allgemeine Uebersicht der Ereignisse

im Breisgau vorhin sich abschloß. Auch aus jenen ver-
hängnißvollen Tagen besitze ich noch eine Aufzeichnung,
die ich unmittelbar nach den Vorfällen niederschrieb. Ich
schalte sie hier ein, um dann, nach wie vor, mich wieder
der einzigen Leitung des Gedächtnisses anzuvertrauen.
Regelmäßige Tagebücher habe ich nie geführt und die
vereinzelten Schilderungen besonderer Vorkommnisse nicht
gesammelt und geordnet aufbewahrt. Ich beklage, dieß
unterlassen zu haben, aber die Reue kommt zu spät.
Die Aufzeichnung war „Rothe Ostern zu Freiburg"
überschrieben, welche Benennung nachmals stark in die
Mode kam. Sie lautete wie folgt:

„Frühling und Ostern sind zwei Worte, doch beinah
nur ein Begriff. Zu Ostern erneut sich die Erde, ver-
jüngt sich der Mensch an Leib und Seele und geht einem
Schmetterling gleich aus trübseliger Verpuppung hervor.
Auch sind die Vorbereitungen und Vorspiele viel länger,
als vor jedem andern Fest, und beginnen nach alter
Sitte schon mit dem stillen Freitag, eine Woche vor
dem Charfreitag. Am stillen Freitag gedenken wir der
schmerzhaften Mutter, und wo sie etwa eine Kapelle hat,
wandeln wir hin. Am Palmsonntag tragen die Kinder
Büschel grünen Laubes und „Kätzchen" *) umher, von
Priesterhand geweiht; der fromme Wahnglaube steckt
diese „Palmen" wol auch auf's Dach, zum Schutze gegen den Wetterstrahl. Dem Palmsonntag folgt in feier-
licher Stille die Charwoche, worin wir die alten Sünden
von uns thun, und darauf lassen wir uns wolsein,

---

*) Kätzchen, alemannisch auch Katzebusele: Blüthenkolben,
die an mehreren Baumarten vor dem Laub kommen.

„wie der Pfaff am Ostertag," sagt das Sprüchwort.
Nun ist unser Freiburg im Breisgau eine gut katholische Stadt und pflegt ihre Ostern nach der Väter Sitte
zu begehen; dießmal aber war von Frömmigkeit wenig
zu spüren, und das hatte seine triftigen Gründe. Die
Charwoche brachten wir unter Aufregungen aller Art
zu, das Fest der Auferstehung feierten wir mit Blutvergießen und unsere Ostereier flogen, gar zu hart gesot-
ten, aus Mündungen von Glockenerz durch die Luft.

„Der Volksversammlung von Offenburg folgte am
Sonntag darauf (26. März) die von Freiburg, und
dem Tage stand damals schon zu weissagen, daß schwere
Verhängnisse sich aus ihm entwickeln sollten. Zu Offenburg hatte Itzstein durch seinen überwiegenden Einfluß
Heckers und Struves Ungestüm im Zaum gehalten; hieher kam Struve ohne Aufsicht. Des lästigen Hofmeisters
ledig, folgte er den Eingebungen des eigenen Herzens
ohne Rückhalt. Vom Söller des Geistwirthshauses am
Münsterplatz donnerte er für die Form des Freistaates.
Nun begreift unser Landvolk kaum, was ein Freistaat
eigentlich bedeutet; „Republik ist, wo mer nix zahlt,"
sagt der Bauer, und will sonst nichts wissen; — mit
solcher Vorspiegelung waren die Leute hinlänglich be-
thört, und das Uebrige thaten zweckmäßig getroffene
Anstalten. Die Plätze vor der Rednerbühne behaupteten
die Anhänger und Meinungsgenossen Struves, zum
großen Theil junge Leute mit kräftigen Stimmen, und
die Erfahrung lehrt, daß bei großen Versammlungen die
nächsten Umgebungen eines Redners den Erfolg entscheiden, wenn sie nicht gar zu auffallend in der Minderzahl

bleiben. Für die Republik traten der Redner noch mehrere auf und erhielten Beifall; wer Einreden erheben
wollte, wurde abgeschreckt. Kaum gelang es dem Abgeordneten Metz, die Erklärung durchzusetzen, daß Baden
nicht für sich einen Freistaat zu bilden meine, sondern
sich der Entscheidung des deutschen Reichstages fügen
werde, weil die Einheit Deutschlands allem vorgehe. So
ward denn durch einen Haufen Schreier und etliche Schaaren unvernünftiger Landleute die wolgesinnte Bürgerschaft
der Kreisstadt mundtodt gemacht. Zwar hielt sie späterhin, als Hecker seine Schilderhebung begann, eine eigene
Versammlung, worin sie, den Bürgermeister an der Spitze,
sich gegen alle Sonderbündlerei erklärte, aber das Heft
war aus der Hand gegeben und nicht so wolfeilen Kaufes
wiederzugewinnen. Von Tag zu Tag wuchs zusehends
eine Gestaltung der Dinge, welche, wenn sie ihren un-
gehinderten Verlauf nahm, sich zur Schreckensherrschaft
ausbilden mußte, und in der That zuletzt auch so weit
gekommen ist, daß grade nur das Alleräußerste noch un-
geschehen blieb; doch bloß weil im entscheidenden Augenblick ein Gott sprach: „Bis hieher und nicht weiter!"

„Die Freiheit der Rede, die freie Presse waren nur
eine leerer Schall; wer nicht sprechen und schreiben wollte,
wie es den gestrengen Herren gefiel, der that klug, zu
schweigen. Alle Gewalt ruhte thatsächlich in den Händen
des Klubs, welcher in der bürgerlichen Lesegesellschaft
seinen Sitz hatte. Führer waren hier: der Anwalt Karl
von Rotteck (Sohn des Geschichtschreibers), Weißegger
von Weißenegg, ebenfalls ein Fürsprech, der Buchhändler Emmerling, der Schriftverfasser Reich, der Hoch-

schüler Hägele, und sonst noch einige Leute, deren Namen
mir im Augenblick nicht beifallen. Ihr Anhang bildete
sich vorzüglich aus der Turnerschaar, an deren Spitze
Georg von Langsdorf stand, ein Sohn des bekannten
Gelehrten. Die führten im sogenannten Vaterlandsverein
das große Wort, und vergeblich blieben alle Bemühungen
wolgesinnter Männer, sich Gehör zu verschaffen. Ver-
nünftige Vorstellungen schlugen an taube Ohren, und
vor der Versammlung zu reden war nur denen vergönnt,
von deren „Gesinnungstüchtigkeit" die Hörer schon zum
voraus überzeugt waren, so daß es keine Erörterungen,
sondern nur fernere Aufreizungen geben konnte. Neben der
Bürgerwehr, die zur Aufrechthaltung der Ordnung zusammengetreten war, bildete sich eine sogenannte Freischaar, deren Bewaffnung großentheils aus Sensenspießen
bestand. Die Turner, von den Behörden mit Gewehren
versehen, gehörten dem Namen nach zur Bürgerwehr,
wurden jedoch von der allgemeinen Meinung zur Freischaar gerechnet, deren Bestandtheile den Hefen der Bevölkerung entnommen waren. Nach Verlauf einer gewissen Zeit wurden die Sensenmänner wieder entwaffnet.
Diese Maßregel ließ der Klub sich ohne Einrede gefallen;
wir wunderten uns darüber, weil wir nicht wußten, daß
die Sensen auf der Lesegesellschaft aufgehoben wurden,
wo sie in jedem Augenblick zur Verfügung der Republikaner standen. Das hieß den Bock zum Gärtner be-
stellen, und es gibt Leute in der Stadt, welche die Zwei-
deutigkeit dieser halben Maßregel gradezu dem neuer-
wählten Bürgermeister (Joseph Rotteck) als Schuld an-
rechnen. Jedenfalls war es ein Versehen von seiner

Seite, und versehen ist verspielt, besonders in so auf-
geregter Zeit. Die Umstände nöthigen mich zu einer aus-
brücklichen Verwahrung. Persönlich von des Bürgermeisters redlicher Gesinnung überzeugt, will ich mich nicht
benen zugezählt wissen, welche dieselbe verdächtigen. Der
Bürgermeister stand mehrere Tage und Nächte lang un-
ausgesetzt im Gedräng zwischen der gesetzlichen und der
ungesetzlichen Kriegsgewalt; er überblickte den ganzen
Umfang der Gefahr, welche von jeder Seite uns drohte,
er sah die Brandfackel in den Fäusten blutbürstiger und
beutelüsterner Freischärler in der Stadt, er sah die glim-
mende Lunte draußen in der Hand des Stückknechtes;
er durchschaute die Plane der Verräther in unserer Mitte,
ohne die Macht zu besitzen, dieselben ohne Beistand von
außen zu vereiteln. Seine zweckmäßigsten Anstalten sind
durchkreuzt, gelähmt, wol auch in ihr Gegentheil verkehrt worden. Des Bürgermeisters Leben sogar war von
beiden Seiten bedroht, ist es zum Theil wol noch, zum
Zeichen, daß sein Pfad mitten hindurchführt. Diese Erklärung glaube ich der Gerechtigkeit gegen einen redlichen Mann schuldig zu sein, doch kann die Anerkennung persönlicher Vorzüge mich unmöglich abhalten, die
Thatsachen zu geben, wie ich sie finde.

„Von den Bewegungen im Seekreis wissen wir hier
nicht mehr als alle, die sie aus öffentlichen Berichten
erfuhren. Der Herausgeber der Seeblätter, Fickler, mag
den Zusammenhang leicht besser kennen, doch ist es nicht
möglich, ihn darüber zu befragen, da er hinter Schloß
und Riegel zu Rastadt sitzt. Seine Verhaftung im Bahnhof zu Karlsruhe war ein Donnerschlag für die Partei.

Kaum war sie bekannt, so verschwanden Hecker und Struve, um sofort im Seekreis wieder aufzutauchen und das Banner offener Empörung aufzupflanzen.

„Offenbar war der sonst so verständige Hecker über die Volksstimmung im Seekreis getäuscht, so wie über den Geist des badischen Heeres; denn sonst hätte er sicherlich den verzweifelten Schritt unterlassen und sich einfach mit der Flucht begnügt, sobald er durch Ficklers Verhaftung sich bloßgestellt sah. Seine Anhänger mögen ihm gesagt haben, er brauche sich nur zu zeigen, um zehn, zwanzig, dreißig Tausend in Waffen um sich versammelt zu sehen. Wer gern tanzt, dem ist leicht gepfiffen; das gilt von Hecker selbst wie von denen, welche ihn mit haltlosen Berichten irre führten. Beim Schoppenglas gibt's keine bessere Unterhaltung als das sogenannte Aufbegehren, und wenn vollends die Polizei schlafen gegangen, so wird jeder zum Weltenstürmer. Viel Schwatzen macht Durst, der Durst macht trinken, der Trunk führt zum Rausch, und der bezechte Mann sagt mehr als er zu vertreten Willens ist. Die Wirthshäuser im Seekreis hallten wider von aufrührerischen Reden, und auch unter dem Kriegsvolk riß ein böser Geist der Zuchtlosigkeit ein, so daß Heckers Rechnungsfehler wenigstens erklärlich wird. — Wie arg er sich verrechnet, darüber belehrte ihn zum Theil der Erfolg seines ersten Auftretens im Seekreis; nur Wenige gesellten sich zu ihm, und wenn er mit diesen wenigen eine größere Menge zum Mitziehen nöthigte, so vermochte er das nur darum, weil kein geordneter Widerstand zur Hand war. Das Treffen von Kandern mußte ihm vollends die Augen öffnen; die Solbaten fielen ihm grade so zu, wie vor brei Jahrhunderten die Stückugeln sich vom Mantel des Thomas Münzer auffangen ließen. Der Zusammenstoß bei Kandern wäre schier mehr ein Possenspiel denn ein Treffen zu nennen, wenn nicht ein edles Heldenleben dabei verloren gegangen. Die Kugel, welche für den tapfern Gagern gegossen war, hatte sich in das Rohr eines armseligen Hallunken verirrt; doch brachte der Fall des theuern Mannes der guten Sache vielen Nutzen, indem er das Kriegsvolk gegen die Empörer bis zur Wuth erbitterte. Noch bis zur Stunde schwört der Soldat, Gagern sei während des Unterhandelns meuchlings erschossen worden, und alle Berichtigungen sind nicht im Stande seine Ueberzeugung zu erschüttern. Ich will übrigens auch nicht behaupten, daß alles ehrlich zugegangen sei *).

„Die Nachricht von Heckers Niederlage klang trostreich in trübe Besorgnisse. Schon seit ein paar Tagen war eine Kreisversammlung auf Sonntag, den 22. April, ausgeschrieben. Den Vorwand dazu mußten die Vorwahlen zum deutschen Reichstag herleihen. Die neue Wahlordnung schien den Republikanern nicht gemein genug; sie wollten erstens, daß jeder Deutsche wähle, und nicht einmal den Handwerksburschen auf der Wanderschaft davon ausgenommen sehen; zweitens sollte eine

---

*) Der Leser vergesse nicht, daß diese Darstellung früheren Ursprungs ist als die oben angeführten Mittheilungen über die republikanischen Bewegungen, woraus er bereits entnommen hat, daß Gagern bei Kandern wirklich ermordet wurde. Soviel ist gewiß: auch scheint es, daß Hecker selbst den Befehl zum Morde gegeben, doch ist das unerwiesen.

unmittelbare Wahl der Abgeordneten nach Frankfurt stattfinden, wahrscheinlich zu Nutz und Frommen besagter Handwerksgesellen. Der Ehrgeiz ist freigebiger als die Barmherzigkeit. So wichtig diese Punkte für die Partei immerhin scheinen, dennoch war allgemein bekannt, daß sie dießmal nur im Hintertreffen standen. Sendlinge durchzogen den ganzen Gau, um das Landvolk durch falsche Vorspiegelungen, durch lockende Verheißungen, durch Drohhungen sogar zu bethören. Hauptinhalt ihrer Reden war: Hecker hat bei Kandern gesiegt, das Kriegsvolk ist mit Sack und Pack zu ihm übergegangen, die Bürgerschaft Freiburgs rüstet sich, zu ihm zu stoßen, ihr sollt auch mitgehen und habt deßhalb gewaffnet zu erscheinen. Wer sich weigert, ist ein Volksverräther und wird seine Unklugheit schwer bereuen. Den Schuldigen soll der Tod treffen, auf seinem Dach wird der rothe Hahn krähen; den kühnen Vaterlandsfreund dagegen erwartet Wolleben. Gefahr ist nicht dabei, denn überall weigern sich die Soldateu auf uns zu schießen und stoßen ihre eigenen Führer nieder, wenn diese nicht zum Volke stehen wollen.

„Am Charsamstag kamen die Landleute in hellen Haufen zur Stadt, theilweis mit wehenden Fahnen und klingendem Spiel, und kaum diejenigen unbewaffnet, welche blos des Wochenmarkts wegen sich eingefunden. Viele der Bewaffneten waren schon des Weines voll oder beeilten sich es zu werden, andere befing die noch hartnäckigere Trunkenheit der innern Aufregung. Jeder Belehrung zeigten sie sich vollständig unzugänglich; wer ihnen sagte, Hecker sei geschlagen und bereits in die Schweiz geflohen, den ziehen sie der Lüge, nannten ihn einen „Arischtokratten," bedrohten ihn wol auch als einen „Volksrebellen" mit Prügeln, Mord und Tod. — „Was ist denn eigentlich ein Aristokrat?" fragte jemand eine Gruppe. — „Ha, das ist einer, wo Hypotheken bei den Bauern liegen hat und Zins dafür nimmt," sagte einer; der zweite: „der wo nix schafft"; der Dritte und der Vierte wußten wieder andere Auslegungen, die übrigens alle darauf hinaus liefen, daß sie unter einem Aristokraten jeden verstehen, der nicht in allen Stücken von außen und von innen dem armen Manne gleicht. Wenn den Führern und Anstiftern selber unter diesem süßen Pöbel nicht übel geworden ist, so müssen sie einen guten Magen haben.

„Die Verhandlungen auf dem Karlsplatze liefen ab, wie sie unter solchen Umständen allein ablaufen konnten. Zu den Landleuten hatten sich die Turner sammt der hiefigen Freischaar gesellt. Der Freischaar waren schon ein paar Tage zuvor ihre Sensen zurückgegeben worden, an demselben Abend, der die Nachricht von Heckers Niederlage brachte, welche damals von den Republikanern als eine zwar rückgängige, aber siegreiche Bewegung ausgelegt wurde. Der Versammlung auf dem Karlsplatz kamen gedruckte Zettel zu, worin Struves Verhaftung zu Säckingen verkündet wurde; viele der Leute zerrissen diese Zettel und nahmen sie sogar andern gewaltsam weg. Wieder die alte Geschichte vom Schiffer, der nach dem Sturmvogel schießt! Die Versammlung beschloß: „Hecker steht siegreich im Felde, Struve und Herwegh führen ihm nun Tausende zu; wir stoßen ebenfalls zu ihm, und Langsdorf soll unser Führer sein."

„Der erwählte Hauptmann traf sofort die ersten Anstalten, ließ die Hauptwache sammt den Zugängen zur Stadt besetzen, Verrammlungen anlegen und gehabte sich überhaupt als Befehlshaber der Stadt. So hatte denn ein Beflissener der Heilkunde Freiburg erobert. Das war eigentlich schon viel zu viel, und wäre vielleicht dennoch schweigend hingenommen worden, hätten die Aufrührer sich nicht verlauten lassen, sie müßten die städtischen Stücke haben. Die Gemeinde besitzt — um Vergebung, ich verschrieb mich da, sie b e s a ß vier Sechs-pfünder nebst Zubehör, womit sie bei feierlichen Gele-genheiten sich vernehmen ließ, z. B. am Frohnleichnams-fest; da pflegte es zu heißen: „gut gebrüllt, Löwe!" doch sollte ein rechter Leu mehr vermögen als eben nur brüllen. Die Bürgerwehr wurde berufen, nämlich die freiwillige, wie sie seit sieben Wochen bestand, weil die gesetzlich verpflichtete Mannschaft noch immer nicht auf-geboten war, obschon die Einzeichnungen längst hätten vollendet sein können. Die Bewaffneten traten zusam-men, die Bemannung der Stücke fand sich beim Geschütz ein, und alle äußerten sich dahin, daß die Stücke nicht abgegeben werden sollten. Jetzt eröffnete der Bürger-meister Unterhandlungen mit den Meuterern, statt ganz einfach eine Abtheilung Soldaten zu berufen, von denen die Stadt in nächster Nähe rings umgeben war. Das Einrücken eines Fähnleins Reiterei würde den Aufruhr schon durch Drommetenklang von dannen gescheucht haben, und wir hätten uns um jeden Preis der Last entledigen sollen, da ja längst bekannt, daß Freiburg zum Mittel-punkt des Aufstandes erkoren war. Die Unterhandlungen

führten insofern zum Ziel, daß Langsdorf die Ver-
haue wegnehmen, die Posten einziehen ließ und friedliche
Haltung gegen Leben und Eigenthum zusicherte, woge-
gen die Freischärler, welche in der Stadt bleiben wollten, auf Kosten der Stadt abgefüttert und untergebracht
werden mußten. Zugleich wurde bedungen, daß während
der Nacht kein Kriegsvolk einrücken sollte. Die Bürger
bezogen die Wachen und die Nacht verlief ruhig, so daß
man für gerathen fand, die Mannschaft schon um zwei
Uhr aus dem Dienst zu lassen, überzeugt, daß die Freischaaren am Morgen abziehen würden, wie der Ueber-
einkunft letzter Punkt festgestellt hatte. Das jedoch ließen sie bleiben; satt und ausgeruht, wie sie waren,
liefen sie auf dem Münsterplatz zusammen und äußerten,
sie würden nicht ohne die Geschütze von dannen weichen.
Die Bürgerwehr wurde abermals berufen; anfangs kamen
nur wenige, bis nochmals durch den Ausscheller bei Eid
und Bürgerpflicht geboten wurde und nach und nach
eine größere Anzahl sich stellte. Scharfe Patronen wurden vertheilt, die Gewehre geladen und die Mannschaft
vom Bürgermeister ermahnt, ja nicht ohne die höchste
Nothwendigkeit von den Waffen Gebrauch zu machen.
Die Leute betheuerten, sie würden sich gegen jeden Angriff zu vertheidigen wissen, aber der Bürgermeister müsse
an ihre Spitze treten. Die Mannschaft war nämlich mit
der obersten Führung längst schon mißvergnügt, sie er-
kannte deren Unfähigkeit und ahnte sogar Verrätherei.
So schlimm mag es allerdings nicht gewesen sein, doch
ist in solcher Stellung auch die Schwäche ein Verbre-
chen, und der Bürgerwehrstab hatte bedenkliche Zeichen

der Schwäche und Fahrläſſigkeit gegeben, ſo daß es ſchien, als ruhe die Leitung nicht in ſeinen, ſondern in den Händen der republikaniſchen Häupter, und als ſei der Stab ihr willenloſes Werkzeug. Die beſten und meiſten Gewehre waren nicht den Bürgern, ſondern den Turnern in die Hände gegeben worden, ſo daß mancher Meiſter das Gewehr zu den Uebungen von ſeinem Geſellen entlehnen mußte. Die Turner, als Wühler längſt berüchtigt, waren gut eingeübt, während dem beſten Willen der übrigen Mannſchaft, ſich zu üben, vielfache Hinderniſſe in den Weg geworfen wurden.

„Der Bürgermeiſter Joſeph Rotteck nahm die Stelle des Führers an, bekleidete ſich mit dem Abzeichen der weißrothen Schärpe und ernannte zu ſeinem Beiſtand und Stellvertreter einen alten Soldaten, den Kaufmann von Herrmann, welche Wahl ſich der allgemeinſten Beiſtimmung erfreute. Dieſe Vorfälle trugen ſich im Rathshofe zu, wo die Geſchütze, aus dem Schuppen hervorgeholt, gegen die Einfahrtsthore gerichtet ſtanden, von ihrer Bemannung umgeben. Der Bürgermeiſter mußte, der Unterhandlungen halber, ab und zu gehen. Die Mannſchaft rückte inzwiſchen vor dem Rathhaus auf den Franciskanerplatz hinaus, auf welchem juſt die Vorarbeiten zur Aufſtellung eines Denkmals für Karl von Rotteck, den Geſchichtſchreiber, im Gange ſind und den ohnehin ſchmalen Raum vollends beengen.*) Mit den verſchiedenen Unterhandlungen gingen ein paar wichtige Stunden verloren. Um zwei Uhr wollte General Hoffmann die

---

*) Dieſes Denkmal iſt 1852 wieder beſeitigt worden.

Stabt besetzen; leider ließ er sich bestimmen, die Frist auf vier Uhr zu erstrecken, und just während dieser Frist zeigte sich die Freischaar, welche ein gewisser Siegel (ehemals badischer Lieutenant) vom Gebirg herab führte.

„Am Waldsaum begann das Gefecht, die Truppen mußten ihre Aufmerksamkeit theilen und sich in Betreff der Stadt einstweilen damit begnügen, die Ausgänge zu bewachen. In der Stadt verbreitete sich das Gerücht, Hecker rücke heran; den Freischaaren schwoll der Kamm, den hiesigen Republikanern wuchs der Muth, und inmitten der Wehrmannschaft selber standen Verräther auf. Herrmann gebot, die Geschütze aus dem Hof hervorzubringen, in passenden Stellungen aufzupflanzen und zu laden. Die Meuterer wußten diese zweckmäßen Anstalten zu vereiteln und die geschlossenen Reihen in Unordnung zu bringen, theils durch Einschüchterung der Mannschaft und andere ähnliche Kunststücke. Endlich hieß es, wir sollten wenigstens das Rathhaus im Innern behaupten und die Fenster mit Scharfschützen besetzen. Einer von denen, die Doppelflinten führten und als Jagdliebhaber für Scharfschützen galten, wurde auch ich zu den Fenstern befehligt. Es dauerte eine gute Weile, bis ich mich durchdrängen konnte. Als ich meinen Posten erreichte, fand ich den Auftritt gänzlich verändert.

„Der Platz war mit Freischärlern angefüllt, die Drohungen und Flüche ausstießen. Wie ich erschien, schrie mir ein Kerl zu, die Flinte umzukehren, oder er werde mich herunterschießen wie einen Spatzen. Knack! spannte ich beide Hähne mit einem Ruck, fuhr aber nicht zur Wange, schon darum, weil ich nie anders auffahre als mit

gekrümmten Finger. „Nicht schießen! rief es hinter mir,
„um Gottes Willen nicht schießen." Der Bürgermeister
selber war es, der uns abmahnte, dann winkend und be-
schwichtigend zum Fenster trat. Drunten schrie und tobte
das Volk. Ein junger Turner, des wackern Uhrmachers
Wehrle böser Bube, warf heftig sein Gewehr zu Boden,
entblößte seine Brust und schrie, was nicht zu vernehmen,
doch aus den Geberden leicht zu verstehen war. Vermuthlich
nannte er uns Brudermörder, Verräther und Empörer
gegen unsern König, das Volk. Es ist nämlich ein uralter
Wahn des Pöbels, sich für das Volk zu halten, da doch
von Gottes und Rechts wegen ein Theil nicht wol das
Ganze vorstellen mag. Wir gehören zum Volke wie ihr,
und euer Wort darf nicht mehr gelten als das unsere.
— Drunten wurde es etwas ruhiger. Langsdorf bedrohte
seine eigenen Leute mit blankem Säbel, wenn sie schießen
würden, und noch wurde er Meister, obwol es auch bei
ihm hieß: „Die ich rief, die Geister, werd' ich nun
nicht los." Die herbeigelockten Landbewohner waren nämlich theilweis gegen ihre Verführer erbittert, weil sie
die Stimmung in der Stadt ganz anders gefunden, als
dieselbe ihnen geschildert worden.

„Georg von Langsdorf ist ein sehr hübscher junger
Mann, schlank und schmächtig, doch kräftig und gewandt,
von blühendem Aussehen, das Musterbild eines rechten
Turners, „frisch, frei, fröhlich." Er drang in's Rathhaus, wo in der Vorhalle des obern Stocks die Wehrmänner ihn umringten. Der Rausch wilder Begeisterung
stand gut zu den ausdrucksvollen Zügen des Jünglings
mit dem flatternden Haar unter dem aufgekrempten

Schlapphut, mit dem dichten Krausbart um die hoch-
rothen Wangen. Dennoch war bei alledem etwas Ge-
machtes, und ich fühlte mich versucht zu sagen: „Geh
unter die Schauspieler, du wirst einen vorzüglichen Karl
Moor abgeben!" — Karl Moor, meinetwegen auch Ja-
romir oder sonst ein beliebiger Bretterheld brüllte uns
in Struvescher Art mit durchdringender Stimme an:
„Mitbürger, Freunde! mit sechstausend Mann steht
Hecker vor der Stadt. Die Hessen begehen die Niedrigkeit,
auf ihre deutschen Brüder zu feuern. Folgt mir, kommt,
laßt uns den Kämpfern für die Freiheit zu Hülfe eilen!"
— „Nein!" schrie eine Männerstimme in solcher Kraft,
daß die Fensterscheiben klirrten; „nein!" donnerte es
aus hundert Kehlen. Der das erste Nein gerufen, ist ein
Bürger von hier, ein stattlich schöner Mann, der Goldschmied Anton Stabler; seine Freunde pflegen ihn nur
Benvenuto Cellini zu nennen, und der Vergleich ist gut.
Stabler besitzt die Vorzüge des Florentiners, doch nicht
dessen schlimme Eigenschaften, und es ist nur Schade,
daß er in der kleinen Stadt kaum Gelegenheit findet,
seine künstlerische Begabung anzuwenden; er könnte mit
seinen Fähigkeiten das Größte leisten. Der Turner stand
von weiteren Verführungsversuchen ab, um die Geschütze
zu begehren; Karl Rotteck gesellte sich zu ihm und bemerkte, die Stücke gehörten der Stadt, nicht den Wehrmännern, auch müsse die Mehrheit entscheiden. „Wir
wollen abstimmen," riefen wir; er dagegen: „doch alle,
draußen stehen mehr, als hier innen."

„Die allgemeine Abstimmung wurde zugestanden;
wir traten auf den Platz, am Fenster erschienen neben

dem Bürgermeister die republikanischen Rädelsführer Langsdorf, Karl Rotteck und Reich. — „Hand in die Höhe, wer für Vertheidigung stimmt!" hieß es. Die Mehrzahl hob die Hände, doch Karl Rotteck behauptete, es sei die Minderzahl. Ihm selber und seiner Partei waren solche freche Kunstgriffe schon mehrfach gelungen, doch dießmal ließ die Mannschaft sich nicht so gröblich hintergehen. Sie legte Widerspruch ein; ein Rottenführer ging hinauf, um selber die Zählung vorzunehmen und das richtige Ergebniß zu verkünden. „Die Stücke werden nicht herausgegeben," lautete nun die Entscheidung. Jetzt hielt Langsdorf eine Anrede und verlangte wenigstens ein Geschütz. Von diesem einen Stück hänge Deutschlands Wolfahrt ab, äußerte er. Die Hörer lachten laut auf. Das Lachen klang übrigens schauerlich genug, denn rings umher trieb sich Gesindel mit Sensenspießen umher, und die Meuterer inmitten der Wehrmänner bedrohten ihre eigenen Kameraden, theils durch Worte, theils mit gezückter Wehr. Unsere Rotte wurde in den Hof befehligt, doch wenige nur gehorchten und kehrten sofort wieder um, da sie fanden, daß die Geschütze, von ihrer Bemannung verlassen, in den Schuppen zurückgebracht waren. Von den unter sich uneinigen Führern verlassen, verlassen von den Eingeschüchterten, welche durch Drohungen von Seiten der Freischärler mit Brand und Plünderung sich hatten von dannen scheuchen lassen, bedroht im Rücken von den Verräthern unter uns, wichen wir der Gewalt und ließen ohne Schwertstreich es geschehen, daß die Meuterer das Hofthor mit Balken einrannten. Der Verfasser, welcher Anstalten machte, den vor-

bersten der Stürmer niederzuschießen, wurde von den
eigenen Kameraden abgehalten und wäre von einem derselben beinahe erstochen worden. Ein Bürger schlug die
Waffe weg, deren Spitze bereits in den Ueberrock zu
bringen begonnen hatte. Ein Stück wurde entführt, welchem die übrigen drei in Frist einer Stunde nachfolgten.

„Die Bemannung hatte ihre Geschütze so schmählich
im Stich gelassen, daß sie sich nicht einmal Zeit ge-
gönnt, ein paar Radspeichen abzuschlagen oder das Lad-
zeug zu zerbrechen; an's Vernageln hatte vollends fast
niemand gedacht bis auf einen Mann, der zum Schmied
gegangen war, um einen schweren Hammer und lange
starke Nägel zu holen; als er damit zurückkam, war es
ihm nicht mehr möglich, zu den Stücken zu gelangen.
(Dieser Eine war ich; mein Vorhaben war inzwischen
ausgeplaudert worden und zu den Ohren gelangt, für
die es hätte ein Geheimniß bleiben sollen.) Die Nonnen
des Klosters Adelhausen mußten die Bespannung her-
geben. Der Graf Kageneck, bei welchem ebenfalls Pferde
verlangt wurden, hatte den Muth sie zu verweigern, und
verrammelte sein Haus. — Die Schaar, welche vom
Gebirg gekommen, war inzwischen in den Wald zurück-
geworfen worden und die Schlacht hatte sich zum Plänkler-
gefecht gestaltet. Die Langsdorf'schen fielen aus der Stadt,
konnten jedoch die gewünschte Vereinigung mit jenen
nicht bewirken. Das Kriegsvolk behauptete seine Stellungen und hielt die beiden Haufen von einander ge-
sondert. Vom eigentlichen Verlauf erfuhren wir natürlich so gut wie nichts, wir hörten nur schießen, bis die
Dunkelheit dem Geplänkel ein Ziel steckte. Die Empö-

rer rühmten sich, Hecker habe draußen gesiegt und werde früh morgen in die Stadt rücken, um Herwegh zu erwarten. Diesen Aeußerungen widersprach aber die eifrige Hast, womit die Verrammlung der Zugänge bei Fackelschein betrieben wurde.

„Die Stimmung der Einwohner war eine höchst besorgte, und selbst die Beherztesten hatten Grund zur Bangigkeit, theils wegen der Schreckensmänner in der Stadt, theils wegen des erwarteten Sturms von außen, der möglicherweise noch in der Nacht beginnen konnte und den wir ebenso sehr fürchteten als wünschten. Die Gäste wurden immer unheimlicher, obschon wir noch nicht mit Gewißheit den ganzen Umfang der Greuel kannten, die uns zugedacht waren. Auf der bürgerlichen Lesegesellschaft wurden, wie man jetzt weiß, drei Listen angefertigt. Die erste bezeichnete, bei wem Waffen zu holen; die zweite, wer umzubringen sei; die dritte, bei wem sich das Plündern etwa verlohne. Die Einsammlung nach Maßgabe des ersten Verzeichnisses ist theilweis vollzogen worden, und zwar durch bewaffnete Horden unter Leitung einheimischer Turner. Zur Ausführung der dritten wurde am Morgen des Ostermontags einigemal angesetzt, zum Beispiel bei Herrn Joseph Sautier, einem der angesehensten und ehrenwerthesten Bürger, dessen Vorfahren schon wie ihm selber die Stadt manches Gute verdankt.

„Der ruhelosen Nacht, den bangen Frühstunden folgte endlich der Entscheidungskampf. Das Herz ging uns auf, als der erste Stückschuß donnerte; es mag so um halb zehn Uhr gewesen sein, vielleicht noch etwas später. Ich hätte fürwahr niemals gedacht, daß mich noch ein scharfer

Schuß trösten sollte, gerichtet gegen meine Stadt aus
grobem Geschütz. Doch wer hat in dieser Zeit der Wunder
noch Zeit, sich zu wundern? Alles kommt uns ganz einfach und natürlich vor, so auch der Donnertrost aus
der ehernen Mündung. — Der Angriff war überaus
kräftig. Das Zähringerthor und den Eingang der Jesuitengasse stürmten die Badener, die mit dem Bahnzug anlangenden Nassauer griffen beim Predigerthor an,
die Hessen liefen Sturm auf's Martinsthor. Ich wohne
in der Kaiserstraße (gewöhnlich die große Gasse genannt),
und kann zum Martinsthor hinsehen. Erinnern Sie sich
noch an mein Eckfenster, durch welches wir im vorigen
Sommer mitsammen hinausschauten? Am Morgen des
Ostermontags bot es die Aussicht auf eine Verrammlung
von Pflastersteinen, Balken und umgestürzten Wagen,
besetzt mit etwa dreißig bis vierzig Schützen, die lebhaft hinaus feuerten. Von außen wurde das Thor mit
Kartätschen beschossen, die bis beinah zur Roßgasse hin
die Häuser beschädigten. Es war zum erstenmal in meinem Leben, daß mir Kartätschenkugeln um die Ohren
sausten; anfangs kam es mir vor, als hörte ich fernes
Miauen junger Katzen. Der Ton klang dem ungewohn-
ten Ohr nicht minder fremdartig, als dem jungen Jäger
das Falzen der Moosschnepfe erscheint, die um ihres
Meckerns willen auch Himmelsziege genannt wird.

Der Angriff mag im ganzen anderthalb Stunden
gedauert haben, wovon jedoch kaum ein Drittel auf das
eigentliche Gefecht kommen dürfte. Gottes gnädige Fügung führte ein schnelles Ende herbei, denn schon nahte
vom Waldgebirge her ein Zuzug von Scharfschützen,

bestimmt die Häuser im Innern zu besetzen und so den eigentlichen Straßenkampf zu beginnen; dann hätten die Stürmer unfehlbar die Stadt angezündet. Das Besetzen von Häusern war eben nur darum unterblieben, weil es den Verschworenen an zuverlässigen Schützen fehlte, die Sensenmänner aber so wenig Muth bewiesen, daß sie nicht einmal hinter den Verrammlungen recht Stand hielten. Von allen, die Sensenspieße führten, soll übrigens weder hier noch bei Kandern und Steinen auch nur ein einziger im Handgemeng sich seiner Waffe bedient haben; die Sensen schienen gerade nur zum Drohen gemacht und sind weggeworfen worden, sobald es Ernst galt.

„Nur ein geringer Theil der Meuterer hat sich mit mannhaftem Muth geschlagen, und zu dieser Minderheit gehörte nicht ihr erkorener Feldhauptmann. Karl Moor fiel aus der Rolle und ertheilte von der Höhe des Münsterthurms aus seine Befehle durch das Sprachrohr. Ein hoher Standpunkt war es wenigstens, den er einnahm, doch wußte er denselben nicht zu behaupten; als er den Sieg der Stürmer sah, stieg er herab, nicht um sich heldenmüthig den Flintenspießen entgegen zu werfen, sondern um den Dauerlauf zu beginnen, eine sehr nützliche Turnübung, besonders wenn einer gern weit weg wäre.

„In dem Augenblick, als Badener von der Jesuitengasse her die Kaiserstraße betraten, erschienen die stürmenden Hessen auf der erstiegenen Verrammlung des Martinsthors. Vereint nahmen sie die nächsten Häuser, worin noch einige Freischärler gefunden und niedergemacht wurden. In der Umgebung des Thors durfte sich

kein Kopf am Fenster zeigen, ohne alsbald zum Ziel-
punkt zu werden; die Soldaten hielten nämlich die ganze
Stadt für feindselig gesinnt und ahnten kaum, daß die
Herzen der Einwohner ihnen freudig entgegen schlugen
als den Befreiern von peinlicher Angst. Das Mißverständniß kostete, so viel ich weiß, nur ein einziges Men-
schenleben, und dauerte nicht lange. Die geschlossenen
Fensterleben öffneten sich, Weiber und Mädchen winkten
jubelnd mit weißen Tüchern, und der Frieden zwischen
der Stadt und den willkommenen Siegern war hergestellt. Die Empörer flohen mit staunenerregender Schnelligkeit. Badener, Hessen, Nassauer sammelten sich in der
Kaiserstraße, wo sie einstweilen von den Einwohnern
mit Wein und Brod erquickt wurden und dabei unter-
einander Brüderschaft schlossen, als wären sie Waffen-
gefährten seit langen Jahren. An Tapferkeit haben sie
alle mit einander gewetteifert und sich wie alte Soldaten gehalten, diese jungen Krieger in ihrer ersten
Schlacht. Unsere Badener hatten nebenbei eine Scharte
auszuwetzen; von Hetzern und Wühlern zu losen Reden
verführt, hatten sie Zweifel gegen ihre Mannszucht rege
gemacht; doch haben sie, da es galt, den kriegerischen
Gehorsam so wenig vergessen, als den kriegerischen Muth.
Ehre und Lob dafür den wackern Streitern.

„Das Kriegsvolk hat mehr gelitten als die Meuterer hinter ihren Verschanzungen. Namentlich hat das
Geschütz beim Predigerthor Schaden angerichtet, bedient,
wie es war, von einem fahnenflüchtigen Soldaten, der
hernach gefangen wurde. Die Zahl der Gefangenen ist
ziemlich bedeutend; man spricht von zweihundert. Unter

den wenigen Todten der Freischärler sind nur Leute aus den untersten Schichten der Gesellschaft zu finden, weil die Gebildeteren viel zu wolerzogen waren, um in's Feuer zu gehen.

„Die Stadt ist unter Kriegsgesetz gestellt und wimmelt von bewaffnetem Volk. Daß Verhaftungen stattfanden, bedarf wol kaum der Erwähnung. Karl Rotteck, Reich, Emmerling und der Hafner Kraus sind nach Rastadt abgeführt worden. Weißenegg hat sich unsichtbar gemacht. Die Bürgerschaft muß alle Waffen abliefern und ihre Geschütze hat sie eingebüßt, die von den Siegern mit gutem Fug als Kriegsbeute betrachtet werden. Viele Häuser sind mehr oder minder beschädigt. Die Bewirthung der Truppen muß vier Wochen von der Gemeinde auf ihre Kosten bestritten werden.

„In Zeiten der Gefahr sind Unentschiedenheit und Schwäche Sünden, welchen die Buße folgt. Die Bürgerschaft von Freiburg war in der überwiegendsten Mehrzahl immerdar gutgesinnt und hat Heckers vaterlandsverrätherische Bestrebungen nur mit Abscheu betrachtet; dennoch büßt sie jetzt für die Schuldigen, denen sie nicht zu wehren verstand. Möge die Lehre wenigstens nicht für die Zukunft verloren sein."

66.

Zur Ergänzung der voranstehenden Aufzeichnung füge ich nachträglich ein paar kleine Züge von mehr persönlicher Beschaffenheit hinzu. Empört von der Geistesträgheit der einen, von der Muthlosigkeit der andern, von der Verrätherei der dritten unter der Wehrmannschaft,

nahm Chezy sein Abzeichen vom Arm und steckte es in
die Tasche, als eben das erste der Geschütze unter dem
Jubel der „Sensualisten" von dannen geführt wurde.
Seine erste Regung hatte ihn geheißen, die Binde auf
den Boden zu werfen und mit Füßen zu treten; doch
solche Schmach wollte er den theueren Händen nicht zu-
fügen, deren Werk sie war. Der Raum zwischen dem
Rathhause und der Kirche, von letzterer St. Martins-
platz geheißen, fand sich im Augenblicke ziemlich leer, weil
der große Haufe dem Viergespann mit der Karrenbüchse
nachgelaufen war. Der Enteilende wurde, als er dem
Rathhause schräg gegenüber die Roßgasse erreichte, von
einem jungen Wälder in schwarzer Manchesterjacke an-
gesprochen: „Habt ihr euere Binde abgenommen, um
heimzulaufen?" Der Bescheid ertheilte jenes von Kopf-
nicken begleitete halblaute Sumsen, das man im Badischen ein faules Ja nennt. — „Gebt das Doppelge-
wehr her," hob jener wieder an; „ich will damit auf die
Fürschteknecht' schieße." — „Nehmt's selber," sagte Chezy,
indem er die Flinte von der Schulter langte, einen der
Hähne spannte und, die Hand am Drücker, ihm die
Mündung entgegenhielt. Der Manchesterne machte einen
Schritt um den anderen, um den Lauf von der Seite
zu packen; da jedoch die Mündung sich stets ihm zu-
kehrte und seine Vorstellungen immer ein unwandelbares
„Nur zugelangt" beantwortete, ward er nach einem
Weilchen des Spaßes auf seine eigenen Kosten satt und
fand für gut, ihn nicht zu blutigem Ernst zu treiben.
Seinem Schicksal ist er darum nicht entronnen; am
nächsten Abend befand er sich unter den zur Schau aus-

gelegten Todten von der Verrammlung am Predigerthor. „Schade um den rüstigen Kerl," sagte Chezy bei der Leiche; „doch ist mir's recht, daß wenigstens nicht ich selber genöthigt war, ihn niederzulegen."

Der abgedankte Wehrmann trug seine Lütticher Doppelflinte nach Hause und verfügte sich zu einem erhöhten Punkte an der Flanke des Schloßberges, um dem Gefechte vor der Stadt zuzuschauen. Mehrere Leute gesellten sich zu ihm, unter anderen ein junger Kaufmann, dessen ausländischen Namen ich halb und halb vergessen habe; er klang ungefähr wie Montfort. Zu sehen gab es nicht viel. Die angeblich Hecker'sche Freischaar unter Siegel hatte ihre rückgängige Bewegung schon so weit hinter Günthersthal ausgeführt, daß man vom Kleingewehrfeuer nichts mehr vernahm. Hie und da dröhnte ein Stückschuß vom Waldgebirge her. Vor der Stadt wurde viel Pulver verknallt, doch sozusagen gar kein Blut vergossen. Die Freischärler trauten sich nicht hinaus und die Soldaten hatten für den Augenblick keine andere Aufgabe als eben die, sie nicht hinauszulassen. So blieben die Pänkler beiderseits hinter Bäumen, Erdhaufen 2c. und feuerten zum Theile wol nur aufs Gerathewol. Ein hessischer Scharfschütz bemerkte die Zuschauer oben und schlug auf sie an, bedächtig zielend. Die Entfernung betrug mindestens 800 Schritte in grader Linie. „O du mein blinder Heff'!" lachte Chezy. In demselben Augenblicke ging ein Blitz aus dem Rohre. Bevor man den Rauch sah oder gar den Knall vernahm, lag ein Mann am Boden, der zwischen Montfort und Chezy gestanden. Die Sache war nicht so schlimm als sie aussah; der Getroffene hatte wol einen tüchtigen Puff auf die Brust erhalten, doch war die Kugel nicht eingedrungen. Am

schlimmsten kam der arme Montfort dabei weg. Ohnehin kränklich, war er durch die jüngsten Ereignisse sehr
angegriffen und fühlte nun sich dergestalt hinfällig, daß
wir den Erschreckten stützen mußten, um ihn auf seinen
Füßen heimzuschaffen. Der Geschossene erwies ihm den
thätigsten Beistand und war überhaupt nicht erschrocken,
sondern vielmehr überaus zufrieden, daß der Zwischenfall so glücklich abgelaufen. Der eigentlich Getroffene
blieb Montfort; er legte sich hin, bekam das Nervenfie-
ber und starb so schnell, daß er am Weißen Sonntag
schon begraben war.

Es waren gezogene Rohre von außerordentlicher Tragweite, welche die hessischen Scharfschützen führten, und
die wackeren Burschen wußten sie trefflich zu handhaben.
Ueberhaupt wird der Hesse seit Menschengedenken nicht
deßhalb blind genannt, weil man ihn für blödsichtig
hält, sondern einfach darum, weil er nirgends eine Gefahr sieht, stünde sie auch thurmhoch ihm vor Augen.

Am späten Abend traf Chezy mit Gfrörer zusammen
und fand ihn, wie er ihn nie zuvor gesehen und auch
später nicht wieder erblickt hat: mit einem richtigen „Ha-
bemus.“ Er schwankte zwar nicht und that sich auch nichts
darauf zugute, daß er seine rechte Hand von der linken
unterschied, aber die geflügelte Zunge schleppte nasses
Gefieder. „Chezy,“ sagte er, „ihr seid ein herzhafter
Bursche, nicht wahr?“ — „Fast möchte ich's selber
glauben, nachdem ich unsere Helden gesehen,“ lautete die
Antwort; „wenn der General Hofmann sich nur dazu
verstehen wollte, mir sechs Trommler und Trompeter
und fünfzig Musketiere anzuvertrauen, so würde ich den

Langsdorf mit seinen Gesellen aus der Stadt jagen, bevor der Morgen graut. Der Zugang vom Schloßberg her ist unbewacht. Ich habe dem General geschrieben…"— „Hol' ihn der Satan," fiel ihm der Professor in die Rede; „haben wir nicht selber zwei Dutzend wackere Kerls?" Er nannte eine Reihe von Namen seiner Hörer und anderer Studenten, unter denen schwerlich Leopold Eichrodt gefehlt haben wird, welcher damals die Heilkunde studirte. Der junge Mann hatte sich durch Muth, Kaltblütigkeit und rastlose Thätigkeit hervorgethan. — „Ganz recht," antwortete Chezy; „aber die gelbe Gretel und das Kalbsfell müßten das Beste thun. Der Lärm wäre die Hauptsache." — „Dummes Zeug," hob Gfrörer wieder; „nehmen wir den Karl Rotteck, den Doctor Hecker, den Reich und noch ein paar Rädelsführer fest, so wird alles gut." — „Und wo wollen wir sie aufheben?" fragte der andere, worauf Gfrörer mit rollenden Augen: „Wir drehen ihnen das Messer im Leib um." Er sagte das nicht minder malerisch als einst Fonblanque sein: „Je vous écraserai." Bis zu einem gewissen Grade hatte er allenfalls Recht, nur mit dem kleinen Vorbehalt, daß sein Plan nicht darauf hinaus lief, was die Engländer „fair play" heißen. Zum Banditen sei er verdorben, meinte Chezy und bewog den trunkenen Mann, sich heimgeleiten zu lassen und den schweren Kopf zur Ruhe zu legen. Er bewohnte das Stockwerk über dem Grammschen Bierkeller, bei welchem Chezy laut Verabredung ohnehin die Rückkehr seines Boten aus dem Lager der Reichstruppen erwarten sollte. Er harrte vergebens bis nach Mitternacht. Vielleicht habe

der Generel den Brief gar nicht erhalten, dachte er und
ging nach Hause.

Am Morgen bekam Stadler Angst für sein Waaren-
lager. In seinem Laden waren an edlem Metall und
Juwelen Werthschaften aufgehäuft, deren Verlust ihn
nicht nur an den Bettelstab gebracht sondern auch zum
bankrutten Schuldner gemacht und mit dem Vermögen
die kaufmännische Ehre gekostet hätte. Er und Chezy
waren die einzigen Männer im Hause. Gesell und Lehrling standen bei den Turnern. Die beiden waren entschlossen, im Falle eines Angriffes sich zu vertheidigen.
Sie luden ihre Jagdgewehre, Scheibenbüchsen und Pistolen, so daß sie ungefähr zwanzig Schüsse in Bereitschaft
hatten. Sie kamen nicht in den Fall, von Pulver und
Blei Gebrauch zu machen; zwar wurde von außen ein
Versuch gegen den wolverwahrten Eingang unternom-
men, doch bevor die Riegel wichen, fanden sich die
Schnapphähne bewogen, an ihre eigene Sicherheit zu
denken.

Mit den siegreichen Reichstruppen (darmstädtischen
Hessen, Nassauern und Badenern) zog Rauschenplatt,
der s. g. Kater, in die Stadt. Er trug bürgerliches Gewand und einen Schleppsäbel. Sein Name war durch
den Frankfurter Putsch vom 3. April 1833 bekannt,
dessen Anführer er gewesen. Durch den Anschluß an die
Truppen hatte er dargethan, daß er nicht zu den Republikanern gehöre; und das konnte natürlich seine einzige Absicht dabei sein.

Die gefallenen Freischärler wurden zur Schau gelegt,
muthmaßlich in der Absicht, wo möglich durch Zeugen

die Namen derselben zu erheben. In einem geordneten
Gemeinwesen, namentlich in einem Musterstaate wie
Baden, soll auch in Tagen wilden Aufruhrs der Todte
nicht ohne Paß zu Grabe gehen. Wenn ein Mann ver-
schwindet, ohne daß die Behörden genaue Auskunft über
ihn zu geben vermögen, so verursacht das den Hinterbliebenen mancherlei Umständlichkeiten, bis er für abwesend, für verschollen, für todt erklärt wird. Sein
Nachlaß bleibt mit Zinsen und Wiederzinsen unter amt-
licher Obhut liegen. Seine Witwe darf sich erst nach
dreißig Jahren wiederverheiraten, so daß schon Enkel
des zweiten Herzensbundes der Trauung beiwohnen können.
So gereichte es uns denn zum Troste, als wir erfuhren,
daß die Persönlichkeiten sämmtlich durch Zeugen festgestellt worden seien. Auch die Namen der Todten von
Kandern wußte man, bis auf den eines hübschen jungen
Herrn. Unter den Gefallenen von Freiburg bemerkte ich,
wie schon gesagt, den Burschen in der Manchesterjacke,
welchem es mit der schönen Doppelflinte aus Lüttich
ergangen war wie dem Fuchs mit den Trauben. Den
grauenvollsten Anblick bot ein alter Mann, der statt
der Brust nur noch eine weite rothe Grube zwischen den
Armen zeigte. Eine Stückkugel hatte ihn dergestalt zu-
gerichtet. Der Schuß, welcher ihn erlegte, war einer
von seltsamer Art. Ein badischer Artillerieoffizier Namens Bender, der mit einer halben Batterie zwischen
dem Prediger- und dem Martinsthore stand, bemerkte,
daß aus einer gewissen Zaunlücke ein Schütze mit sicherer
Hand vielen Schaden unter den Badenern anrichtete,
welche durch die Weingärten im alten Festungsgraben

die immer noch feste Stellung auf der Höhe des ehemaligen Walles nehmen wollten. Bender ließ einen Sechs-
pfünder mit einer Vollkugel laden, richtete das Rohr
nach der verfänglichen Stelle und commandirte: Feuer!
Die Kugel fuhr durch den Zaun, durchlöcherte den Stamm
eines Obstbaumes und traf die Brust des Freischärlers,
hinlänglich abgeschwächt, um ihn nicht auseinander und
in Fetzen zu reißen, doch stark genug, um die Schieß-
übungen des gefährlichen Schützen einzustellen.

Krönlein kam zu Chezy mit der Bitte, die nächste
Nummer der Zeitung für ihn zu machen. Er selber sei
von den Ereignissen viel zu stark angegriffen, um darüber berichten zu können. „Ich habe die Leute vor meinen Augen niedermachen sehen," sagte er; „und daran
bin ich nicht gewöhnt." — „Ich auch nicht," meinte
der andere. — „Freilich wol," fuhr Krönlein fort, „aber
Sie sind kaltblütig und von starken Nerven. Wollen
Sie mir die Gefälligkeit erweisen?" Ohneweiters erfolgte die Zusage, obschon Chezy recht gut merkte, wo
der Hase im Pfeffer lag. Der Doctor aus Gießen besaß so tüchtige Nerven, als sie sich für einen vierschrötigen Mann von 28 bis 30 Jahren schickten. Es fehlte
ihm schwerlich auch an angebornem körperlichen Muthe.
Aber er war ein vorsichtiger feiner Rechenmeister, der
es mit keiner Farbe verderben wollte, weder mit der
„causa victrix," welcher für den Augenblick die Götter
hold schienen, noch mit der besiegten Sache, die zwar eine
Niederlage erlitten, aber noch nicht ihre letzten Trümpfe
ausgespielt hatte. Von Chezy wußte er, daß derselbe
kleinlichen Rücksichten nicht zugänglich sei und mit den

Rothen nicht liebäugeln werde, was für den Augenblick
bedenklich gewesen wäre. Später ließ sich dann der Stellvertreter verleugnen, wie es in der That geschah. Im
Verlaufe des Sommers geriethen er und Kröulein auch
mehrmals öffentlich an einander, was jedoch der freund-
schaftlichen Gesinnung keinen Eintrag that, denn in einer
Nummer der Freiburger Zeitung, welche einen heftigen
Angriff gegen den Zeitschriftsteller Chezy enthielt,
begann der Nachdruck seiner Erzählung „ein durstiger
Bruder" aus den Fliegenden Blättern.

Der Oberrheinkreis war in „Kriegszustand" erklärt
worden, wie der babische Ausdruck für Belagerungsstand
lautet. Der Ausnahmszustand übte indessen nach den
ersten Tagen keinen merklichen Druck mehr. Den Bürgern wurden außer den eigentlichen Kriegswaffen ihre
Feuergewehre zurückgegeben. Man ging auf die Schießstätte nach wie vor. Auch gab es ein — freilich sehr
unwaidmännisches — Jagdvergnügen. Eine Gesellschaft
von Offizieren hatte nämlich mehrere Jahre zuvor ein
großes Jagdgehege, fast ausschließlich aus Waldungen
bestehend, gepachtet und es gehegt, um den Wildstand
herzustellen. Nichts war darin geschossen worden, als
Füchse, Raubzeug und Strichwild. Das Gehege wimmelte von Rehen und Hasen. Die Treibjagden sollten
nun im October beginnen, aber da kam das neue Jagd-
gesetz und die Pächter wurden bedeutet, daß die Gemeinden vom 1. Juli an ihre Jagden selber übernehmen
würden. Dagegen ließ sich nichts aufbringen; doch sollte
wenigstens den groben Bauern das schadenfrohe Vergnügen gestört werden, die Früchte einer langen Ent-

haltsamkeit der Stadtleute zu pflücken. Die Pächter un-
tersagten nicht nur ihren Wildhütern alles Fuchsgraben,
sondern gingen auch mit Freunden und Bekannten fleißig
hinaus, um — mit Ausnahme des Raubzeugs — alles
niederzuknallen, was ihnen vor das Rohr kam. In Bezug
auf die Hasen war das pure Aasjägerei. Und Hasen
gab es in Hülle und Fülle, so daß man sozusagen darüber stolperte. Im Anfang kam es nicht selten vor, daß
ein einziger Schütz deren zwei Dutzend vor dem Hunde
an einem Tage erlegte. Vor allem war es auf die Reh-
gaisen abgesehen, die zur Hegezeit und „in interessanten
Umständen“ ohnehin nicht besonders scheu sind. Als der
Jagdgrund abgegeben wurde, war er so gründlich ver-
wüstet wie er nie zuvor gewesen, und der Rehstand
möglicher Weise für immer vernichtet.

57.

Im Juni wurde Chezy eingeladen, die Süddeutsche
Zeitung zu übernehmen. Buß, welcher die maßgebende
Stimme in der Partei führte, mochte sich den Ansichten
der Freunde Gfrörers mehr genähert oder mindestens her-
ausgefunden haben, daß sie für den Augenblick auf
festerem Boden der thatsächlichen Zustände sich befän-
den. Zu jener Zeit sprach er das große Wort: „Auch
wir wollen die Freiheit, aber nicht aus den Händen der
Verschwörer.“ Indessen dürfte der Hauptgrund der ge-
troffenen Wahl doch in dem Umstande zu suchen sein,
daß außerhalb der Reihen einer flachen Mittelmäßigkeit
kein Mann zu finden war, welcher den Muth besessen
hätte, ein Blatt zu führen, das sich durch seine Farbe

so viele Feinde gemacht und diese Farbe bisher mit er-
staunenswerther Unbehülflichkeit vertreten hatte.

Chezy war zwar auch noch nicht zur übersichtlichen
Höhe und zum Verständniß der geistigen Bewegung gelangt, aber doch im Aufwärtssteigen begriffen. Als Redacteur, in des Wortes handwerksmäßiger Bedeutung,
litt er noch an einem Mangel der Uebung und Erfahrung.
Indessen sah er doch ein, daß seine erste und dringendste
Aufgabe darin bestehe, aus seinem Blatte eine echte und
rechte Zeitung, zu machen, das heißt: alle vorkommenden Thatsachen ohne Ausnahme mitzutheilen, ohne diejenigen entstellen oder gar todtschweigen zu wollen, welche
ihm etwa nicht behagten. Da er nur acht Spalten in
Kleinfolio zur Verfügung hatte, so ließ sich das mit dem
Röthel nicht bewerkstelligen; aber er war auch nicht fe-
derscheu und ließ sich die Mühe nicht verdrießen, in drei,
fünf, zehn, zwanzig oder fünfzig Zeilen klar und faßlich
wiederzugeben, was er anderswo in 20 bis 500 Zeilen
gelesen. Und da das deutsche Vaterland im Jahre 48
eine ungeheure Ueberfülle des Stoffes bot, so ließ sich
die Aufgabe, wie Zeit und Umstände sie eben stellten,
nicht anders bewältigen als durch eine sehr lakonische
Behandlung des Auslandes. An dieser nahmen manche
Anstoß, weil der alte Schlendrian das Ausland mit Vorliebe behandelt hatte. In der Allg. Ztg. waren bisher
Frankreich und Großbritannien der Rubrik Deutschland
stets vorangegangen, und zwar mit vollem Rechte bis
zum Jahre 48, welches den Stand der Dinge und die
Reihenfolge im Augsburger Blatt änderte.

Aus der Südd. Z. hat, wie ich glaube, Chezy alles

gemacht, was sich auf dem verlorenen Posten abseits vom großen Verkehr aus einem örtlichen Parteiblatt mit noch nicht 1000 Abnehmern innerhalb drei Monaten machen ließ. Der Kleinbürger, der Landmann, welche nicht viele Zeit aufs Lesen verwenden konnten, erhielten eine übersichtliche Darstellung der Welthändel, klar, unverfälscht und vollständig in ihrer bündigen Kürze, wie die verlogenen Rothen sie niemals gaben. Die Katholiken fanden Auskunft über kirchliche Begebenheiten und Zustände, die kein anderes Blatt des Landes brachte. Nur die Leitartikel ließen zuweilen vieles zu wünschen übrig, weil hie und da die Gönner lange Ausführungen lieferten, die zwar überaus gelehrt, geistreich und mit sonstigen Vorzügen begabt waren, aber die volksthümliche Haltung aus dem Gleise warfen und schon durch ihre Länge und ihre Schwerfälligkeit mehr schadeten als nützten. Die Redaction, welche Chezy ohne einen Gehülfen führte, war seine Lehrzeit für diese Art von Zeitungen außerhalb großer Hauptstädte; in Wien hat er später eine andere im Mittelpunkte des Reiches durchzumachen gehabt, wovon seinerzeit zu sprechen sein wird.

Wenn Chezy nach drei Monaten die Süddeutsche aufgab, so geschah es darum, weil ihm von Köln aus ein größerer Wirkungskreis angetragen wurde, und zwar unter Bedingungen, welche eine der brennendsten Lebensfragen für ihn befriedigend lösten. Er hatte nämlich die Zeitung als sein Eigenthum gegen Gewährleistung der Kosten, aber ohne Gehalt übernommen. In einen solchen, für den Augenblick sehr lästigen Vertrag

hatte er vor allem deßhalb gewilligt, weil Buß ihm
mit Bestimmtheit zugesagt, er werde die Süddeutsche
Zeitung zum gemeinsamen Verkündiger der katholischen
Vereine im Lande machen, so daß jeder davon wenigstens ein Exemplar halten müsse. Bisher hatte er solcher
Vereine gegen 1500 zusammengebracht und noch täglich
liefen zahlreiche Anzeigen von neuem Zusammentritte
ein, so daß man annehmen konnte, ihre Zahl werde sich
auf mindenstes 2,000 erstrecken. Da nun tausend Abnehmer, welche das Blatt ohnehin bis auf 15 — 20 %
bereits besaß, die Kosten gedeckt hätten, so wäre ein statt-
licher Gewinn herausgekommen, wenn der Vertrieb auch
die zweitausend Abbrücke nicht überstiegen hätte. Nichtsbestoweniger konnte man auf mindestens 2500 rechnen,
eine für die badischen Verhältnisse sehr bedeutende Anzahl, welche in kurzer Frist bewirken mußte, daß die
vierte Seite, welcher zur Zeit noch die bezahlten Einrückungen fehlten, mit dergleichen sich fülle, worauf der
Verleger — nach dem damaligen Herkommen — nicht
anstehen würde, gegen Ueberlassung der Inserate auf
seine Kosten den Satz, den Druck und das Papier zu übernehmen. Das waren lachende Aussichten. Aber Buß zö-
gerte mit der Erfüllung seiner Verheißungen, vielleicht
nur deßhalb, weil sein Einfluß nicht weit genug reichte,
seine Absicht durchzusetzen. Es fehlte aber auch nicht an
böswilligen Muthmaßungen, daß er noch gar keinen
Schritt in dieser Richtung gethan habe. Inzwischen gerieth Chezy immer mehr in die Klemme. Sein Noth-
pfennig bestand theilweise in Summen, welche bei den
Landleuten ausstanden, die vorläufig keinen Zins mehr

entrichteten, weil sie die Hauptsumme bereits für ihr
Eigenthum erklärten; theilweise in österreichischen Banknoten, die nichts mehr galten, seit kein Silber aus dem
Kaiserstaate hinausgelassen wurde. Er sprach Spindler
um ein Darlehen an und erhielt von diesem einen...
österreichischen Hunderter. „Solche Wische hätte ich schon
selber," brummte er. „Und meine silberne Barschaft,"
hieß die Antwort, „besteht in einer angebrochenen Knack-
wurst." Der letztere Ausdruck bedeutete in unserer besonderen Redeweise eine der landesüblichen Rollen von
40 Kronthalern (108 Gulden rheinländischer Währung.)
Die Banknoten in Chezy's Besitz waren diesem im
März aus Spindlers Händen zugekommen als Antheil
am Ertrage eines literarischen Geschäftes.

Im Drange der Umstände hatte Chezy Silber und
Gold über Bord geworfen, ausständige Forderungen
zu Schleuderpreisen an drängende Gläubiger abgetreten
und bei alledem mit der Feder kaum soviel verdient, als
er für Bier und Tabak bedurfte, weil die fleißig durch-
gearbeitete Zeitung seine ganze Zeit in Anspruch nahm.
Diese Stellung mit der Aussicht auf goldene Berge war
nahezu unhaltbar geworden, als von Köln durch Gfrörers
Vermittlung die Einladung einer Actiengesellschaft an
Chezy einlief, die Redaction einer großen Zeitung zu
übernehmen, die vom 1. October an unter der Ueberschrift „rheinische Volkshalle" erscheinen sollte.

Da bereits der September angebrochen, war keine
Zeit zu verlieren. Chezy sagte zu, vorzüglich darum, weil
ihm jetzt nach drei Monaten ernstliche Zweifel daran aufge-
stiegen, ob Buß die katholischen Vereine dahin bringen

werde, die Süddeutsche zu ihrem „Moniteur" zu machen. Am guten Willen des thatkräftigen Mannes zu zweifeln, schien ihm gradezu lächerlich, weil ein so fähiger und geübter Parteiführer den Werth einer eigenen Zeitung von bedeutender Verbreitung zu unterschätzen gewiß nicht geeignet war. Für Chezy's Auslegung stritt auch der Umstand, daß nach seinem Scheiden die Süddeutsche in früher schon erwähnter Weise aufgegeben wurde. Sie ging im deutschen Volksblatt (zu Stuttgart) in derselben Weise auf, wie nach den Wünschen der Großdeutschen alles preußische Land im deutschen Reiche, oder nach dem Begehren der Gothaer alle deutschen Landschaften in Preußen aufgehen sollen. Die Kölnischen Anerbietungen waren der Spatz in der Hand, wofür Chezy die Taube auf dem Dache im Stiche ließ. Zum guten Glücke, denn im Frühling kam im badischen Lande die große Meuterei der gesammten Heeresmacht zum Ausbruche, welche das Großherzogthum für einige Wochen in eine Republik verwandelte. Den nicht allzu wahrscheinlichen Fall vorausgesetzt, daß Chezy mit heiler Haut durch die Wirren hindurchgekommen, so wäre ihm damit nicht sonderlich geholfen gewesen, denn die Preußen, welche die Rothen aus dem Lande gejagt, hielten es besetzt und spielten die Herren darin in einer Weise, welche keinen Zweifel darüber ließ, daß eine Einverleibung in ihrer Absicht liege. Was unter so bewandten Umständen aus einem Großdeutschen Blatte geworden sein würde, läßt sich denken. Auch gibt es noch einen besonderen Anhaltspunkt für Muthmaßungen darüber. Als nämlich im Jahre 1850 Unterhandlungen im Zuge waren, Chezy zur Re-

ächsweise davon ver-
nahm: „Den lasse ich keine 24 Stunden in der Stadt,
wenn nicht etwa hinter Schloß und Riegel."

zy zu Freiburg, wie Helmina etwa sich
ausgedrückt haben würde: vollends unter die Drachen
ging, schrieb er für das Morgenblatt, die Fliegenden
Blätter, die Kölnische Zeitung und für Spindler eine
Anzahl von größeren und kleineren Erzählungen, um
von brieflichen Mittheilungen für die Oeffentlichkeit,
kleinen Schwänken und sonstigen Hobelspänen zu schweigen. Insofern der Nachdruck einen Maßstab für den
Erfolg gibt, so machten seine Beiträge in den Fliegenden Blättern das meiste Glück; er hat sie häufig
in gerothstifteten Feuilletons und Kalendern wiedergefunden, meistens ohne Angabe der Quelle, gewöhnlich
ohne den Namen des Verfassers, zuweilen mit veränder-
ter Ueberschrift und wol auch mit einem falschen Namen.
Derlei ist gäng' und gebe im deutschen Vaterlande, und
den Fliegenden namentlich werden nicht nur die gedruckten Beiträge gestohlen, sondern auch die bildlichen Darstellungen. Ihre älteren Jahrgänge sind z. B. eine
Fundgrube für die Zeichner einiger der kleinen s. g.
Witzblätter in Wien.

Der gesellige Verkehr in Freiburg war nach Landesart hauptsächlich ein wirthshäuslicher, einigermaßen durch
die Form geschlossener Gesellschaften geregelt. Das weib-
liche Geschlecht verkehrte unter sich am nachmittäglichen

Kaffeetisch; doch ward es zur schöneren Jahreszeit auch an öffentlichen Versammlungsorten im Freien gefunden. Selbstverständlich gab es wie überall Kreise am häuslichen Herd, doch bildeten diese eben nur die Ausnahmen. Der Verkehr im Museum war ein leichter und angenehmer, soll aber späterhin merklich gelitten haben, als die bureaukratische Verfolgung gegen den Erzbischof ausbrach. Ich habe davon nichts gesehen und bin also nicht genöthigt, Auskunft darüber zu ertheilen; indessen mag ich mein Bedauern darüber nicht verschweigen, daß die religiöse Unduldsamkeit der Anhänger einer unbedingten Staatsallmacht im Stande war, eine Einhelligkeit zu stören, welche die Stürme von 1848 für immer befestigt zu haben schienen.

Zu den heitersten und anregendsten Gesellschaftern in Freiburg gehörte der Major Hennenhofer. Es ist früher schon von ihm erzählt worden, wie das widersinnigste aller Gerüchte ihn zum großherzoglich badischen Orloff gestempelt hatte. Zu derselben Zeit, als Kaspar Hauser in Anspach sein räthselhaft blutiges Ende fand, lag Hennenhofer, vom Schlage gerührt, in Malberg (bei Lahr) auf dem Krankenlager. Seitdem war er auf einer Seite gelähmt, aber hellen Kopfes geblieben. Er hatte die Zeit nicht vergessen, worin er des rheinischen Hausfreundes „Adjunct" gewesen, und gab den Lahrer hinkenden Boten in altherkömmlicher Kalenderform heraus. Er verstand sich trefflich darauf, schriftlich mit dem gemeinen Mann zu reden, indem er den Ton weder zu hoch noch zu tief anschlug, weder den herablassenden Herrn noch den Schulmeister oder gar den Hanswurst spielte, und wußte in seiner treuherzigen Redeweise Geist und Gemüth angenehm zu beschäftigen. Der Adjunct fand nicht, wie einst sein Meister Hebel, in weiteren Kreisen Theilnahme; aber in seinem engeren Berufe genügte er vollkommen. Der hinfällige Körper des alternden Mannes war von unzerstörbarer Lustigkeit und ungebändigtem Uebermuth beseelt; sein Gespräch ein Feuerwerk; sein Gedächtniß eine unerschöpfliche Fundgrube — nicht gelesener, sondern erlebter Begebenheiten und Anschauungen; sein Vortrag überaus anziehend; sein sprühender Witz niemals giftig, obschon nicht selten scharf gepfeffert. Noch sehe ich ihn vor mir mit dem runden breiten und etwas plattgedrückten Antlitz, worauf „der Teufel Erbsen gedroschen;" den wasserblauen Augen; dem verzogenen Munde; der an einer Seite zur Halbleiche gewordenen Gestalt. Wer ihn kannte, hatte ihn gern um seiner unverwüstlichen und gutmüthigen Laune willen, doch sonst ruhte der Haß auf ihm, welchen nach dem Tod des Großherzogs Ludwig alle jene geerbt hatten, die im Leben ihm nahe gestanden.

Von den vielen guten Bekannten, welchen Chezy mehr oder minder nahe stand, wäre noch mancherlei zu berichten gewesen in Ernst und Scherz, wenn nicht der kleine Zipfel Zeitgeschichte, welcher uns alle in sein Schlepptau nahm, den Raum auf diesen Blättern für sich allein in Anspruch genommen hätte. Ungern genug trennte sich Chezy von dem gemüthlichen Verkehr in der schönen heiteren Stadt.

IV. Köln und das Rheinland von 1848 bis 1850.

59.

Am 16. September 1848 nahm Chezy zu früher Morgenstunde seinen Platz im Bahnwagen ein, vorläufig ohne die Seinen. Er war dringend zur Eile ermahnt worden, weil die Zeitung, welche bereits am 1. October zu erscheinen beginnen sollte, noch nicht einmal sich eines Verlegers, eines Papierlieferanten, einer Räumlichkeit für die Redaction 2c. versichert hatte. Von alledem habe der Verwaltungsrath auch nicht den leisesten Begriff, stand im Briefe, der, mit einem stattlichen Wechsel als Unterfutter versehen, am Nachmittage zuvor eingelaufen war. Chezy hatte seine kleinen Rückstände ausgeglichen, die noch keine 200 fl. betrugen, und den Abend im wilden Mann mit Spindler zugebracht, den er hienieden nicht mehr mit Augen sehen sollte. Doch davon ahnten beide nichts, sonst wären sie nicht so lustig gewesen. Spindler bequemte sich dazu, aus seiner gewohnten Ordnung herauszugehen und „setzte" einige Flaschen Kastelberger. Diesen edelsten aller Markgräfler hatten sie fünfzehn Jahre zuvor durch den seligen Baber kennen gelernt. Seinem Andenken ward ein voller Becher geweiht und dabei in Ehren auch Hölzlins erwähnt, welcher den adeligen Tropfen nicht minder unverfälscht erhielt wie der Araber das Blut seiner Rosse. Der Volkshalle prophezeite der Freund keinen langen Bestand. Seine Abschiedsrede lautete:

„Wenn ich dir gut zum Rathe bin, mein Alter, so

hamstere preußische Thaler ein, soviel du überkommen
magst. Die Herrlichkeit wird ein schnelles Ende mit
Schrecken finden. Du jagst die Pickelhauben nicht von
dannen, aber sie dich. Ferner kommt ein ehrlicher Bären-
häuter ohne ein falsches Aederchen niemals mit den
Pfaffen*) zurecht, für welche du viel zu hochfahrend bist.
Sie begehren heuchlerische Knechte, welche den lieben Heiligen die Füße abbeißen. Mit rechtschaffenen Freunden
von unabhängiger Gemüthsart ist ihnem nicht gedient.
Hier hast du es nicht erfahren, weil zur Zeit noch der
Knüppel beim Hunde liegt, aber drunten wirst du es
innewerden, sobald der Himmel sich nur ein wenig auf-
hellt. Vor allem schaue dem Dieringer auf die Pfoten.
Ferner wirst du den köl'schen Klüngel kennen lernen.
Nimm dich vor dem in Obacht; doch nein, thu es lieber
nicht. Die Mühe wäre verloren. Verwende deine Aufmerksamkeit vielmehr darauf, dir den Ranzen mit preußischen Thalern zu füllen. Sie mögen dir wolbekommen,
ehrliche Haut."

Das Gedächtniß hat diese Worte des scharfblickenden
Freundes treu bewahrt, wie ein zuverläßiger Bote den
verschlossenen Brief, doch ist der volle Sinn in allen
seinen Beziehungen dem Verständniß um eine Reihe von
Jahren später klar geworden, als recht und billig gewesen wäre. Den „köl'schen Klüngel" freilich hat Chezy

---

*) Ich gebe Spindlers eigenste Ausdrücke wieder und muß
dazu bemerken, daß er die eben angeführte Bezeichnung nicht auf
die Gesammtheit des hochwürdigsten und hochwürdigen Clerus
anwendete, sondern auf die Ausnahmen von der Regel. Er war
so gut katholisch wie ich.

nur zu schnell kennen gelernt, aber die andere Andeutung
erst ein volles Jahrzehent nach dem Abend im wilden
Mann' vollständig begriffen.

Das herrlichste Septemberwetter begünstigte die rasche
Fahrt durch eine der reizendsten und zugleich fruchtbar-
sten Gegenden des deutschen Vaterlandes. In den Wein-
gehegen strotzten die Reben von schwellenden Trauben.
Der Segen eines günstigen Jahres offenbarte sich an
den fruchttragenden Bäumen, auf den zum drittenmal zu
mähenden Wiesen, auf den Aeckern mit Rüben und anderer Nachsaat. Wenn im Lenz der hessische Scharfschütz,
eines armseligen Landstriches Sohn, sich verwundert hatte,
wie der Bauer in einem Lande, wo es im Ueberfluß
Korn und Reben und für das liebe Vieh so reichliches
Futter gab, überhaupt nur aufzustehen der Mühe werth
gefunden, ebenso fragte sich nun der Reisende, welche
geistigen Güter denn die öffentliche Gewalt dem Lande
vorenthalten habe? Er vermochte keines herauszufinden, denn welche Verbesserungen auch der allgemeinen Meinung wünschenswerth erscheinen mochten, sie waren erreich-
bar, und zwar umso schneller, je entschiedener das Land
sich klar darüber geworden und sie durch seine Abgeordneten verlangte. Schon zu Ende des Monats Februar
hatte sich die badische Regierung an die Spitze der freisinnigen Bewegung gestellt. Abermals gelangte er zu dem
Ergebniß, daß der Jammer des Volkes im badischen
Lande nichts anderes gewesen als das unverständige Ge-
heul eines Kindes, das weint und zappelt, weil man ihm
vorheult, und das nicht eher wieder vernünftig wird, als
bis es die Ruthe gekostet. In dieser Auffassung sollte

er im nächsten Jahre noch bestärkt werden, als er vernahm, in welcher Weise die sonderbündlerischen Republikaner in Baden wie in der bairischen Pfalz den Herrn
und Meister spielten, fürwahr nur um vollends zu ver-
wüsten, was in Wien und in Berlin der October und
der November 1848 an deutschen Hoffnungen noch übrig
gelassen hatten. Das Großherzogthum Baden war bis zum
48er Jahre das mindest besteuerte Land. Die Abgaben
betrugen um 90 % weniger als in Frankreich. Seit
1849 hat es sich in die Reihe der höchstbesteuerten em-
porgeschwungen.

Vorüber dampfte der Bahnzug am Ooßthale. Noch
einmal, vermuthlich zum letztenmale im Leben erblickte
Chezy das alte Schloß Hohen-Baden, den großen Staufen-
berg mit seinem schlanken Luginsland, die Waldgebirge
zur Rechten und die Rheinebene zur Linken, wo er fünfzehn Jahre hindurch ein freisames Jägerleben geführt.
Noch einmal erblickte er Karlsruhe, die zwar etwas lang-
weilige, doch liebe Stadt; noch einmal Heidelberg, die
Ruhestätte seines Bruders und so vieler werther Erinnerungen. Am Abend wurde Frankfurt erreicht, wo er
trotz aller Eile einen Tag zu verweilen beschlossen hatte,
um mit Gfrörer und dessen politischen Freunden in Angelegenheiten der Volkshalle zu verkehren. So war es
brieflich verabredet worden.

Die Stadt gärte auf den Hefen. Unruhig wogte das
Volk durch die Gassen. Ueberall vernahm man wüstes
Schimpfen und unflätiges Drohen. Der Reichstag in
der Paulskirche hatte soeben nach langer stürmischer Verhandlung den Waffenstillstand von Malmö gutgeheißen.

Die Leute auf der Gasse gebarten sich, als seien eigentlich sie des deutschen Volkes erkorene Vertreter und von denen in der Paulskirche um ihr Stimmrecht geprellt worden. Derlei Anmaßung ist in stürmischen Zeiten herkömmlich, seit die Pariser Fischweiber in der französischen Nationalversammlung die Geschicke des Reiches lenkten.

Chezy versicherte sich seiner Unterkunft in der Herberge und suchte Gfrörer in seiner Stammkneipe auf, deren Namen er kannte. Ortskundig wie er war, bedurfte er keines Führers. Der Freund fand sich bereits zur Stelle. Draußen wurde der Lärm immer toller. Nach einer Stunde erschien der Wirth und ersuchte die Gäste, ihm die Ehre ihrer Gegenwart für diesen Abend zu entziehen. Einige Pflastersteine, die durch zerschmetterte Fensterscheiben in den Saal flogen, gaben seiner Bitte Nachdruck. Die Gaslichter wurden abgedreht und die Kunden verloren sich. Gfrörer begleitete Chezy in seinen Gasthof, der unangefochten blieb, weil kein Klub von Abgeordneten seinen Sitz darin hatte. Des Wiedersehens froh, ließen sie einige Flaschen Hochheimer fein langsam nach und nach hinabrinnen und wickelten in gelassenem Gespräche ab, was zu bereden war. Gfrörer fühlte sich keineswegs verstimmt oder gar eingeschüchtert. Er sprach lebhaft und mit freiem Geiste, aber ohne zu prasseln und rasseln, auch nachdem er bereits eine hübsche Ladung vom goldigen Feuer der Dechanei in sich hineingegossen; offenbar verstand er den vollen Ernst der Lage, welchen der andere nicht so genau abmessen konnte, da er mit den örtlichen Verhältnissen und Beziehungen in Frankfurt minder vertraut war und die republikanischen Zettelungen in und bei der Paulskirche sozusagen gar nicht kannte. Nach Mitternacht brach Gfrörer auf. Chezy begleitete ihn, um am anderen Morgen die Wohnung des Freundes desto leichter zu finden. Ich weiß nicht, ob es zur Stärkung seines Gedächtnisses geschah, daß er die Brandröhrchen seiner geladenen Pistolen bewehrte, sein Fangmesser zu sich steckte und den Begleiter ersuchte, ihm seinen amerikanischen Schädelbrecher zu tragen. Die Vorkehrung gegen etwaige Zerstreuungen der Aufmerksamkeit auf die Wahrzeichen des Weges war überflüssig. Auf den Straßen zeigte sich fast niemand, als einige jüngere Brüder des Weines, die mit ihren Füßen allerlei Verdrießlichkeiten hatten, und eine ruhig einherschlendernde Streifwache der Bürgerwehr, die ein paar hingestürzte Trunkenbolde säuberlich auf den Gangsteig bettete.

Der nächste Tag war ein Sonntag, mithin fand keine Sitzung in der Paulskirche statt. Den Morgen nahm der Verkehr mit Döllinger und anderen Parteigenossen in Anspruch. Chezy hätte gern dem Reichsverweser seine Aufwartung gemacht, aber es war ihm zu lästig, den Koffer aufzumachen und sich in Schwarz zu kleiden, sowie auch viel zu umständlich, sich zum Vorzimmer durchzuschlagen. Die Zeiten waren vorüber, in denen man zum steirischen Erzherzog in Lederhosen nur so hinlief wie zum erstbesten Hammerwerksbesitzer; das hatte er zwei Jahre zuvor schon in Aussee vernommen, und jetzt war der Prinz noch dazu deutscher Kaiser auf dem Halm.

Für den Nachmittag war die (später so vielfach ge-

nannte) Volksversammlung auf der Pfingstweide ausgeschrieben. Das Wetter war unfreundlich kalt; nichtsdestoweniger fuhren Gfrörer und Chezy hinaus. Sie lang-
ten nicht gar früh an, weil sie spät und sehr lange in
„Westendhall" getafelt. Die Versammlung war zahlreich und befand sich bereits in der Siedhitze. Von der
Rednerbühne belferte eben der rothe Namensvetter des
ehemaligen Staatskanzlers. Dieser Metternich war derselbe, welcher eines Tages als Gefangener aus Mainz
abgeführt, an verabredeter Stelle vom Dampfer in den
Rhein sprang und von den harrenden Freunden in Sicherheit gebracht wurde. Der kühn und glücklich ausgeführte
Plan war überaus geschickt angelegt. Eine Anzahl der
Fahrgäste und vermuthlich auch der Capitän wußten um
das Geheimniß. Als das Schiff sich der verabredeten Stelle
näherte, verursachten sie ein Gedränge, das die beglei-
tenden Gendarmen vom Gefangenen und zugleich vom
Geländer des Steuerbords trennte, während das Fahr-
zeug mit vermehrter Schnelligkeit ruderte. Als die Wächter
des Fluchtversuches wahrnahmen, schwamm der Entsprun-
gene bereits hinter dem Dampfer außer Schußweite dem
rechten Ufer zu. Sie wollten aufs Gerathewol feuern,
wurden aber — scheinbar ganz zufällig — daran verhindert. Die Strömung ging wol rasch, aber das Schiff
noch viel rascher. Bevor es gestoppt und das kleine Ret-
tungsboot flott gemacht war, mußte an und für sich
eine geraume Weile verstreichen, welche durch den Mangel
an gutem Willen von Seiten des Capitäns und der
Mannschaft noch merklich verlängert wurde. Nachdem
endlich und endlich die Verfolger zum Lande gekommen,

merkten sie, daß sie sich auf einer Au befanden. Am jenseitigen Ufer entdeckten sie einen Nachen, vermuthlich
denselben, auf welchem der Flüchtling hinübergekommen;
aber kein Schiffmann war dabei und die Gendarmen
hatten den Hinweg für den Herweg.

Gfrörer und sein Begleiter hielten sich am lockeren
Saum des Gedränges bei der Rednerbühne. Als letzterer zufällig sich auf eine kurze Strecke von ihm getrennt
hatte und ihn nun mit den Augen suchte, ward er Zeuge
einer unglückweissagenden Pantomime. Hinter dem Freunde stand eine Gruppe von Turnern, welche mit schaden-
frohem Grinsen verdächtige Zeichen auf ihn hin machten, deren Schluß deutlich genug besagte, daß sie ihn
aufknüpfen wollten. Um diesen sauberen Anschlag wenigstens für den Augenblick zu vereiteln, verlor sich Chezy
zu dem Bedrohten hin und äußerte, er habe nach Tische
noch keinen schwarzen Kaffee getrunken und trage umso
größeres Verlangen nach dem gewohnten Genuß, als
er seit längerer Zeit des Weines beim Mittagstisch gänzlich entwöhnt gewesen. Gfrörer ging darauf ein, ohne
den eigentlichen Grund zu argwöhnen. So verließen sie
den Platz, auf welchem — wie sich nachmals zeigte —
schweres Unheil ausgebrütet wurde. Die beiden verplauderten noch ein Stündchen und nahmen herzlichen Abschied. Gfrörer hatte sich zu einer Parteiberathung zu begeben und Chezy vor der Abfahrt nach Bieberich noch
den Frh. v. Closen aufzusuchen, der ihn auf eine schrift-
liche Anfrage zu sich beschieden. Leider konnte die Unter-
redung nur kurz sein. Closen hatte eben gesagt: „Ich
werde Sie zum Bahnhof bringen, bis dahin bleiben wir

beisammen; hernach muß ich zu Schmerling," als eine
Botschaft eintraf, welche ihn eilig zum Reichsverweser
berief. Er ließ vorfahren, brachte den Freund zu seiner
Herberge im großen Landsberg und sie trennten sich. Zwei
Jahre darauf trafen sie in Wien wieder zusammen.

Chezy machte einen Rundgang durch die wolbekann-
ten Straßen der alten Stadt. Das Getümmel war noch
ärger und bedrohlicher als Abends zuvor. An einer Ecke
rief eine grelle Stimme seinen Namen. Lewald stand
vor ihm, begleitet von Dr. Jeitteles, dem Abgeordneten
aus Brünn, welchen Chezy vor Jahren in Wien gekannt.
Sie verabredeten, im englischen Hofe zusammenzutreffen.
„Wenn Sie morgen mit dem ersten Zuge abfahren,"
sagte Lewald, „so kommen Sie ebenso gut auf's Dampfschiff, wo Sie vollends ausschlafen können." Chezy setzte
seinen Rundgang fort. Vor der Hauptwache reizte und
verhöhnte der Pöbel die Mannschaft. Die stattlichen
Kurhessen standen, Gewehr in Arm, ruhig wie Erzbilder
da und schienen auch ebenso taub. Zu Thätlichkeiten
kam es nicht. Des wüsten Getümmels endlich müd',
trat Chezy den Weg zum englischen Hofe an. Dort aber
war nicht in's Haus zu gelangen, dessen Thor sich vor
einem tollen Haufen verschlossen hatte, der eine Katzen-
musik brachte, um dann später, wie ich nachmals in den
Zeitungen gelesen, die Fenster einzuwerfen und sich durch
sonstigen Unfug um das Vaterland verdient zu machen.
Gelangweilt von dem unbehaglichen Wirrwarr ging
Chezy zum Landsberg zurück und kam eben recht, um
mit dem Omnibus zum Bahnhofe abzufahren. Dort
ging es lebhaft her. Die Meuterer waren just daran,

die Telegraphenleitung zu zerstören, ohne zu ahnen, daß wenige Minuten zuvor das Telegramm abgegangen, welches bewaffneten Zuzug von Bundestruppen aus Mainz anbefahl.

Welche Gräuel der 18. September über Frankfurt brachte, ist männiglich bekannt. Vielleicht aber wissen nicht viele, daß von Schmerling erzählt wird, er habe eine Prophezeiung ausgesprochen. Auf der letzten erstürmten Barricade stehend, soll der Reichsminister gesagt haben, daß vor der Hand dem Aufruhr das Haupt zertreten sei, aber in fünfzehn Jahren der Teufel wieder, und dann erst recht losgehen werde. Gegenwärtig (im Juli 1863) sind die 15 Jahre nahezu vorüber und es sieht in der Welt aus, als habe der berühmte Staatsmann sich etwa ein wenig in der Zeit verrechnet, doch sonst nicht weit gefehlt.

Zu Bieberich saß ein kleiner Kreis von Schoppenstechern so friedlich beisammen, als schriebe man noch 1847. Am frühen Morgen dampfte der „Schiller" von Mainz herunter und nahm die harrenden Fahrgäste auf. Der September hatte seine gute Laune wiedergefunden. Es gab eine herrliche Rheinfahrt. Der Reisende schwelgte im Anblicke der Herrlichkeiten, die er seit 33 Jahren nicht mehr gesehen. Vergessen hatte er sie nicht, doch waren viele Einzelheiten ihm fremd geworden und die anderen verloren ihre Großartigkeit, weil er ja in der Zwischenzeit die Alpen kennen gelernt, abgesehen davon, daß sie, gleich dem Heidelberger Schlosse, in der Erinnerung aus der Kinderzeit gewachsen waren. In Mitteleuropa steht der Rheingau von Bingen bis Koblenz keiner Flußge-

gend nach als der unteren Donau von Belgrad bis Or-
sowa. Diese ist von herrlicher Großartigkeit, entbehrt
jedoch zur Zeit noch der rheinländischen Lebendigkeit.
Nachmittags langte das Reiseschiff um 4 Uhr vor Köln
an. Im rheinischen Hofe fand Chezy die Einladung vor,
sich zu Eduard Schenk zu begeben, dem Bruder eines
der Verwaltungsräthe der Volkshalle, des Advocat-An-
waltes Gustav Schenk. Eduard besaß „unter Goldschmied"
ein für Köln sehr großes Haus mit einem Garten, das
er mit seiner Frau und ein paar kleinen Kindern allein
bewohnte. Er wies dem Gaste zum Aufenthalte den Saal
im ersten Stockwerke nebst einem Schlafzimmer an.

Einige Mitglieder des Verwaltungsrathes, betraut
mit der ersten Einrichtung des Blattes in Bezug auf
die Erfordernisse der Druckerei ꝛc., waren bald zur Hand.
Sie hatten Anerbietungen von einigen Druckereien nebst
Schriftproben und was sonst noch dazu gehörte. Von Chezy
vernahmen sie, was für die Redaction unbedingt erfor-
derlich, was wünschenswerth sei und zu welchen Leistungen in gewissen einzelnen Beziehungen die Druckerei zu
verpflichten sei. Nachdem ein paar der Herren noch zu
den Druckereibesitzern gegangen, um über jene Punkte
Nachfrage zu halten, von denen sie eben erfahren, daß
dieselben wesentlich zur Sache gehörten, wurde die Berathung mit dem vorläufigen Beschlusse beendet, den
Vertrag mit Bachem einzugehen, welcher der Redaction
drei Zimmer in seinem Hause abtreten wollte und sich
erbot, innerhalb zehn Tagen auf seine Druckerei im
Hinterhause ein Stockwerk zu setzen, um einen Raum
für 15 — 20 Setzer herzustellen. Letzteres Anerbieten

klang im Ohre des Fremdlings einigermaßen aben-
teuerlich, weil er noch nicht wußte, wie schnell man in
Köln baut. Die Arbeit ist freilich liederlich genug, doch
darauf kam es im gegebenen Falle nicht an. Der end-
gültige Beschluß wurde auf den nächsten Morgen nach
vorgenommener Besichtigung der Oertlichkeit vertagt.

Da an demselben Abend der Piusverein eine Versammlung abhielt, verstand es sich von selbst, daß der
Ankömmling hingeführt wurde. Der Verein hatte damals noch nicht jenen muthlosen Beschluß gefaßt, sich
durchaus nicht mit Politik zu beschäftigen, wodurch er
für uns Großdeutsche später allen Werth verlor, indem
er in den Rang einer gewöhnlichen Bruderschaft zurück-
trat.

Im Saale war ein „public character" von Köln
anwesend, der gelehrte Gymnasial-Professor Kreuser,
welcher von der Leidenschaft besessen war, öffentlich zu
reden. Wenn er einmal angefangen, wollte er nimmer
aufhören; in dieser, aber auch nur in dieser einzigen
Beziehung erinnerte er an Buß, doch mit dem wichtigen
Unterschiede, daß er nicht, wie dieser es that, wirkliche
Gedanken aneinander reihte, sondern leeres Stroh drosch.
Kreuser ließ sich die günstige Gelegenheit zu einer Rede
nicht entgehen. Er lenkte die Aufmerksamkeit der geehrten
Versammlung auf die Ankunft des Redacteurs der mit
freudiger Sehnsucht erwarteten Volkshalle und forderte
sie auf, denselben feierlich zu begrüßen. Diese Aufforderung wurde sofort mit rettender Geistesgegenwart von
der Versammlung als Anlaß ergriffen, in ein betäuben-
des Lebehochgeschrei auszubrechen, das nicht eher endete,

als bis der Begrüßte einen erhöhten Platz betrat, um sich zu zeigen. Seinen Dank sprach er in bündigster Kürze aus. Ein Jubel antwortete, wie nur die Dankbarkeit für eine glücklich verstopfte Schleuße ihn eingeben konnte.

60.

Köln erinnert an Konstantinopel, an Venedig und an Nürnberg. Mit der Stadt am Goldenen Horn besitzt es die eine Aehnlichkeit, daß die Pracht und Herrlichkeit des äußerlichen Anblickes vom armseligen Elend im Inneren der Lüge gezihen wird. Das stattliche Aussehen von der Rheinseite her verhält sich zu dem schmierigen Gewirr von Gassen und Gäßchen wie das Kölnische Wasser von Johann Maria Farina zu den Flüssigkeiten, welche im Innern die Nase beleidigen. Wer durch vier Jahreszeiten hindurch Kölnisches Wasser von unanfechtbarer Echtheit getrunken hat, wird verstehen, daß Einer in der heiligen Stadt von Kindesbeinen aufgewachsen sein muß, um solchen Jammer gleichmüthig zu ertragen. Doch davon erfahren die Tausende von Lustreisenden wenig, welche von der Stadt sozusagen nichts sehen als einen Gasthof am Gestade und den Dom. In ihrem Gedächtniß bleibt nur die Erinnerung an den großartigen Kreisausschnitt zurück, welchen der breite Strom bildet, worin sich hundert Thürme malerisch wiederspiegeln. Alle Bilder der Stadt werden von der rechten Seite des Rheines aufgenommen, an dessen linkem Gestade sie auf dem sanftanlaufenden Erdreich einen halben Bogen bildet.

Am oberen (südlichen) Ende ragt der trotzige Baien-

thurm, ein alter Bau von unversehrtem Aussehen. Aus
behauenen Steinen gefügt, mit vorspringendem Zinnen-
kranze gekrönt, hebt er, ein schlankes Achteck, sich alter-
thümlich über die neuen Befestigungen empor. Von der
Ringmauer blickt das steinerne Bild des heiligen Niklas,
ein Verkünder der christlichen Liebe und Eintracht zwischen
den ehernen Mündungen der Geschütze, die in drohender
Ruhe wie Tigerkatzen mit zugekniffenen Augen durch die
Schießscharten lauern. Einen ähnlichen Gegensatz bilden
die Bischofsmütze des Heiligen und die Pickelhaube des
Preußen auf der Zinne, die eine vom Krummstab, die
andere vom dreischneidigen Flintenspieß begleitet. Unten
am Fuß des Thurms, jenseits des Weges, springt noch
eine Stückbettung in den Rhein vor, worunter der Anfang eines zerbrochenen Bogens sichtbar wird, wie die
Spur einer alten Steinbrücke, wovon kein Mensch mehr
weiß. Am unteren (nördlichen) Ende, wol eine halbe
Stunde Weges vom Baienthurm entfernt, bezeichnet ein
alter Rundthurm, „das Thürmchen," den Abschluß der
Stadt. (Wolgemerkt: diese Schilderung gibt das Bild
der Stadt in den Jahren 1848 — 50. Seitdem hat
sich manches verändert, doch habe ich selber nichts davon
gesehen und weiß z. B. nur aus den Zeitungen, daß
unterhalb der Schiffbrücke die stehende Eisenbahnbrücke
gebaut worden ist. Hier rede ich von dem, was meine
eigenen Augen gesehen.) Beim „Thürmchen" blickt ein
steinernes Heiligenbild wie ein Wächter auf den Strom
hinab, Sanct Peter, der in der Nische des hohen Ca-
valiers steht. Wo und wie der Heilige sonst gestanden,
ist mir unbekannt; der Cavalier ist nach der Franzo-

senzeit von den Preußen erbaut, und das alte Steinbild
wird die Nische weniger der Ehrfurcht verdanken als der
Furcht. Doch nur für den Fremdling schließen das Bild
am Rhein der Baienthurm und das Thürmchen. Der
Einheimische schaut etwas höher hinauf, um sich den
Anblick der heiligen Stadt nach den Glockenthürmen
einzutheilen. Für ihn hütet den obern Eingang Sanct
Severin, die uralte Kirche, von welcher die Sage geht,
daß im vierten Jahrhundert ein römischer Imperator,
der Franke Silvanus, darin ermordet worden. Der hohe
Hauptthurm dieser Kirche ragt mit seinem spitzigen
Dach sehr kenntlich empor; zwei kleinere Thürme, ganz
und gar von demselben Zuschnitt, schmücken das östliche
Ende des Langhauses, und ein ganz kleines Thürmchen
schmiegt sich, wie ein Kind an die Mutterbrust, an den
Hauptthurm, weßhalb derselbe oft genug einer Mutter
mit zwei halbgewachsenen Töchtern und einem Säugling
verglichen wird. Um so besser paßt das Gleichniß, als
die Kirchthürme der Dörfer an der Südseite von Köln
ganz dieselbe Form tragen und ebenfalls Kinder dieser
Mutter scheinen. Am untern Ende spiegelt sich im Strom,
in gleichem Verhältniß dreifach gethürmt, Sanct Ku-
niberts gewaltiger Bau.

Doch auf diesen Einzelheiten haftet der Blick des
Ankömmlings nicht gar zu lange. Er gleitet flüchtig darüber hin, bis er, mächtig angezogen, das alte Wahrzei-
gen von Köln findet, den Krahn auf dem unvollende-
ten Dom, das Sinnbild der deutschen Einheit. Letztere
Andeutung klingt wie ein Gemeinplatz, ist aber leider
noch keiner, denn seit im Jahre 1842 der Erzherzog

Johann in seinem berühmten Trinkspruche sagte: „Kein Oesterreich, kein Preußen mehr, sondern ein einiges Deutschland!" sehen wir immer noch „ein Oesterreich, ein Preußen und den alten Bundestag."

Die gewaltige Masse des Domes, die wie ein Fels-gebirg sich erhebt, scheidet die zwei obern vom untern Drittel des städtischen Bildes. Mehr gegen die Mitte hingerückt finden sich Groß-Sanct-Martin und der Rathhausthurm mit seiner „Laterne," welche den gele-gensten Uebersichtspunkt für das Rundgemälde bietet. Die Kölner Martinskirche, um ihrer eben so schönen als ei-genthümlichen Bauart willen berühmt, ist vorzugsweise oft abgebildet zu sehen und darum ihrer Gestalt nach weit und breit bekannt. Die besonderste Eigenheit des Baus ist seine schlanke Höhe. Von drei Thürmchen ein-gefaßt strebt der Thurm gewaltig aufwärts, wetteifernd ihm nach die Rundung, bis sie auf halbem Wege endlich einhält, grade nur wie um dem Beschauer nicht die Zier-lichkeit ihrer Einzelheiten zu entziehen.

Zwischen dem Dom und St. Kunibert zeichnen sich durch Höhe wie durch eigenthümliche Gestalt zwei Thürme aus, die zu der Jesuitenkirche und zu St. Ursula ge-hören. Den Knauf des letztern bildet eine geschlossene Krone mit Kugel und Kreuz, deren Bild sich unverlösch-lich dem Gedächtniß einprägt. Die Krone ist keine bloß zufällige Zierde des Gebäudes. Dem Schutz und Hort der heiligen Ursula mit ihren elftausend Jungfrauen ist Köln ganz besonders empfohlen und anvertraut, so daß die Fürstentochter aus Britannien gleichsam die Königin dieser Stadt vorstellt. Uebrigens sind die Thurmzierden

hier auch für das ausgemachteste Weltkind von ganz ab-
sonderlicher Bedeutung, und darum wol zu merken. Wer
nämlich als Fremder die weitläuftige Stadt durchwan-
delt, kann sich keiner bessern Wahrzeichen bedienen, als
eben der Thurmspitzen. Wenn er nach dem Dom mit
seinem Krahn, nach den Endpunkten St. Severin und
St. Kunibert sich noch Gestalt, Lage und Verbindung
von St. Ursula, dem Capitol und der Apostelkirche ganz
besonders in das Gedächtniß prägt, so wird er Meister
eines Dreiecks mitten in der Stadt sein und nicht leicht irre
gehen. Der Apostelthurm steht so weit gegen Westen, daß
er trotz seiner bedeutenden Höhe vom rechten Ufer erst in
gewisser Entfernung zu entdecken ist; sein Abzeichen sind die
steilen glatten Giebel auf den vier Stockmauern, welche des
Dach von vier langgedehnten Rauten zur Hälfte umfangen,
zur Hälfte tragen, so daß die abwärts zugespitzten Flächen
des Daches auf Mauerkanten auslaufen, und die Fläche
jeder Mauer immer durch die Giebelspitze sich an den auf-
wärtsstrebenden First schließt. Das Capitol mag früher
vom jenseitigen Uferrand aus sichtbar gewesen sein, jetzt
verdecken es hohe Gebäude. Südwärts vom Dom schließt
es das obere Drittel der Stadt ab; doch hat dieses Drittel der Fuchs gemessen, welcher bekanntlich immer den
Schwanz zugibt. Der Hügel mit dem Capitol bildete
die südöstliche Ecke der alten Römerstadt. Bedeutsame
Erinnerungen knüpfen sich an dieses Stückchen Erde.
Auf den römischen Grundvesten erhob sich die Hofburg
der Frankenkönige, und diese Umgestaltung eines Gebäudes stellt sinnbildlich den Entwicklungsgang der großen
Weltgeschicke dar. Von Köln aus beherrschte der Römer

das Land, welches seine Schriftsteller als Germania
secunda bezeichnen, und am Niederrhein „erwuchs (wie
der alte Arndt so treffend es ausspricht) aus dunkeln Anfängen die Kraft jenes großen Volkes, welches im fünf-
ten und sechsten Jahrhundert ganz Gallien innerhalb
der Alpen und Pyrenäen eroberte, welches von hier aus,
von seinem Stammlande aus, gegen Osten und Norden
pulsirend, das gewaltige Reich deutscher Nation durch
Eroberung oder Zugesellung stiftete. Hier blieb Jahrhunderte lang des Reiches Mittelpunkt, hier, auf den frucht-
baren Gefilden und wasserreichen Marschen des Nieder-
rheins, der Maas und der Schelde erblühte die erste
wimmelnde mächtige Volksmenge mit mancherlei Kunst,
Gewerb, Schifffahrt und Handel, wozu die Ströme und
Küsten reizten. Köln behauptete auch darin, wie in
seinen altüberlieferten Ehren aus der römischen Zeit, bis
in das fünfzehnte Jahrhundert unbestritten die erste
Stelle."

Von den Thürmen und Kirchendächern zu den Schorn-
steinen und Giebeln der Häuser, und von da noch weiter
abwärts sich senkend, trifft der Blick auf die Mauer,
welche theils freistehend mit länglichen Schießscharten,
theils als Grundveste hoher Gebäude den belebten Strand
von der Stadt absperrt. Eine Doppelreihe von Pap-
pelweiden verdeckt diese Ringmauer vom Baienthurm
bis gegen das Holzthor hin. Doch was hilft alles Verdecken, hier durch das Grün der Bäume, weiter unten
durch das wimmelnde Uferleben mit dem lauten Verkehr - vom Schiff zum Strand und vom Strand zum
Schiff? Die starre Unbequemlichkeit der Ringmauer am

Strome wird dadurch nur um so auffallender, vor allen
Dingen für den Reisenden. Flügelschnell braust das
Dampfschiff heran, die rasche Woge mit ungestümen
Schaufelschlägen hinter sich lassend; stattlich nimmt es
vor der Schiffbrücke seine Wendung, für welche dem ge-
täuschten Blick sogar der breite Spiegel des Rheins fast
zu schmal erscheint; mit freudigem Herzen schaut der
Ankömmling vom Verdeck auf die lange Reihe stolzer
Gasthöfe, die so einladend von der Umfangsmauer her-
niederwinken. Kaum an's Land gestiegen, meint er den
Fuß auf die gastliche Schwelle zu setzen. Da aber hat
er die Rechnung ohne die Polizei gemacht. Durchdrängen
muß er sich durch das ganze Getümmel von Menschen,
Rossen, Karren, Ballen, Koffern und Säcken bis zum
nächsten Thor, um dann von hinten in der schmalen
schmutzigen Gasse den Eingang zu gewinnen, der so bequem gegen den Strand sich öffnen würde, wenn ihn
nicht um der „Schlacht- und Malsteuer" willen die Verwaltung mit geiziger Aengstlichkeit sperrte.

Im Innern der Stadt wird es dem Fremdling anfangs schier unheimlich zu Muthe. Die Straßen des
belebtesten Theil sind meistens so enge, daß du meinst,
du müßtest sie etwa rechts und links mit den Ellbogen
auseinander spreizen. Das Spreizen wäre in der That
manchmal nicht übel angewandt, um für das Gewim-
mel und Getümmel namentlich auf der Hochstraße Raum
zu gewinnen, besonders wenn ein mächtiger Frachtwa-
gen sich hindurchwälzt und mit seiner bauchigen Ladung
zu beiden Seiten die Häuser beinahe streift. In den ab-
gelegeneren Gegenden dagegen wird es zuweilen schauerlich

einsam, besonders wo hohe Gartenmauern lang und öde
sich hinziehen, oder wo die Festungswerke, auch von innen
unzugänglich, die Welt verbauen.

Die Stadt bildet ihrer Form nach einen Halbkreis,
dessen Sehne das Rheinufer vorstellt. Den Halbkreis
umfangen Wall und Graben, trotzig genug von Aussehen, wenn schon die eigentliche Stärke des Platzes auf
den sieben vorgeschobenen Vesten beruht, welche ihn umgeben. Diese Burgen, nach ihrem französischen Erfinder
Montalembert'sche Forts geheißen, haben bis jetzt ihre
Zweckmäßigkeit im Kriege noch nicht bewährt. Vor der
Hand ist nichts so bemerkenswerth daran, als daß Preußen
auf dem wichtigen Grenzplatz sie gegen Frankreich auf-
führte, während der Zunftgeist französischer Kriegsbau-
meister ihre Anwendung nur darum verschmäht, weil die
Erfindung nicht von einem der Ihren, sondern von einem
Panzerreiter ausging.

Vom Rhein aus hebt sich eine Strecke weit das
Gestade aufwärts, an manchen Stellen ziemlich steil, an
andern wiederum nicht sehr merklich. Die höchsten Punkte
sind beim Capitol und beim Dom zu sehen. Auf der
Höhe zieht sich, das kleinste Drittel das gegebenen Raumes
abschneidend, von Süden nach Norden, dem Rhein gleich-
laufend, die große Schlagader des Verkehrs, eine lange,
eigensinnig gezackte und gewundene Straße, welche zwischen der Severinspforte und dem Eigelsteinthor ungefähr ein halbes Dutzend Namen führt. Früher hatte sie
dieser Namen noch mehr; so wechselte die Strecke, welche
sich jetzt unter der Benennung Hochstraße zusammenfaßt,
ehemals von Ecke zu Ecke die Bezeichnung. Ein Theil

dieser Zeile, der südliche, hat an Bedeutung verloren,
seit die Straße nach Bonn vom Severinsthor weniger
befahren wird, indem aller Verkehr sich dem weiter west-
wärts gelegenen Bahnhof zuwendet: die nördliche Strecke
hat dagegen gewonnen und ist zur Weltstraße geworden.

Oben wurde gesagt, daß Köln auch an Venedig und
Nürnberg erinnere. Ich komme auf den Vergleich zurück.
Diese Städte sind drei Schwestern, anziehend ebenso
durch ihre übereinstimmenden Aehnlichkeiten wie durch
ihre eigenthümlichen Unterschiede. Jede ist für sich im
ganzen wie im besonderen anders als die übrigen zwei,
und dennoch vermag ich keine zu betrachten, ohne der
andern dabei recht lebhaft zu gedenken. Die eine davon
ist eine wälsche Prinzessin, geheimnißvoll und heiter zugleich, reich an märchenbunten Erinnerungen. In ge-
stirnten Nächten erzählt sie wundersame Geschichten von
heimlicher Minne, von Gift, Dolch und Liebesträuken,
von unterirdischen Kerkern mit Folterkammern und ge-
heimen Hinrichtungen, von fröhlichem Maskenscherz und
von verlarvtem Frevel. Alles was sie singt und sagt,
hat einen schauerlich schönen Anstrich, und auch die fröh-
lichste ihrer Mittheilungen trägt noch einen dichten schwarzen Schleier. — Die andere liebt ebenfalls das dunkle
Gewand, doch umhüllen die schwarzen Falten bauschig
den stattlichen Leib einer blonden Patrizierin mit großen
hellblauen Augen, blühenden Wangen, kirschrothen schwellenden Lippen. Wie die wälsche Schwester geheimnißvoll,
ist sie zurückhaltend und scheu, doch mehr weil der finstere Prädicant es ihr vorschreibt, als aus angestammter
Neigung. Auch sie weiß viele und schöne Geschichten zu

erzählen, aber sie spricht mit dir am hellen Tag auf
offenem Markt, und was den Erzählungen etwa an geheimnißvollen Schauern abgeht, ersetzt sich überreichlich
durch Fülle des Stoffs, durch klare Bestimmtheit der
Thatsachen, durch urkundliche Genauigkeit der Angaben.
Sie besitzt vielleicht etwas weniger Einbildungskraft, als
die erste, oder versteht dieselbe doch besser zu zügeln; um
so sicherer ist ihr Gedächtniß, um so glaubhafter ihr Wort,
um so treuer ihr Herz. — Auch die dritte Schwester ist
deutsch von Herz und Seele, wennschon altrömischen
Stammes; darum besitzt sie deutsche und wälsche Vorzüge,
wie deutsche und wälsche Fehler. Mit dem alten Glauben
hat sie sich die jugendliche Unbefangenheit, die überschäu-
mende Lebenslust, des Handelns und der Rede kecke Sicherheit bewahrt. Reich ist sie an wundersamen Märchen
und Abenteuern voll geheimnißvollen Reizes, wie die
schöne Venezia; reich auch wie Nürnberg, die alt-
berühmte Reichsstadt, an klaren Erinnerungen. Nicht
Mord und Ränke oder finstere Thaten sind ihrer Erzählungen gewöhnliche Würze; aus den dunkeln Augen blickt
eine helle Seele, und wenn die Zigeunerin zu ihr „blanke
Schwester" sagt, so irrt sie nur zur Hälfte, nämlich in
Betracht der Außenseite. Auch das Rumänenlied singt
von „weißen" Städten, und Köln am Rhein ist fürwahr eher alles andere in der Welt als eine weiße
Stadt. Hier ist alles schwarz, von den steilen Schiefer-
dächern bis hinab zum dunkeln Gemisch auf den Gassen
und bis zum schlammigen Naß der Gossen, wo das
Kölnische Wasser nicht nach eau de Cologne duftet.
Schwarz ist der Staub, schwarz das Brod.

Das ist das Bild der Stadt, worin „de köl'sche Peterlin" haust, von dem es heißt, er besitze ein großes Maul und ein kleines Herz.

61.

Die schießliche Verhandlung mit Bachem führte schnell zum Ziele. Er gab seine eigene Wohnung für die Redaction her und stellte das Empfangszimmer im Erdgeschoß dem Verwaltungsrathe für seine Wochenversammlungen zur Verfügung. Er selbst zog sich in einen rückwärts gelegenen Raum zurück, zu welchem von der Stiege aus eine Thüre durchgebrochen wurde. In welchen Rattenlöchern seine drei Kinder schliefen, weiß ich nicht. Die Tochter, Frl. Emilie, hatte tagsüber in der Haushaltung zu thun. Ihren Salon hielt sie ab, wohin er gehörte: im Empfangzimmer. Karl, der ältere Sohn, hatte seinen Standort im Comptoir, das neben der Hausthüre im Erdgeschosse lag. Karls Bruder Joseph (gegenwärtig regierender Bachem) war der Redaction zugetheilt. Das Haus, am oberen Ende der Marcellenstraße zu suchen, war für ein Kölnisches Bürgerhaus ziemlich geräumig, denn außer den öffentlichen Gebäuden, einer Anzahl von älteren Patrizierhäusern, wie Eduard Schenk eines besaß, und etlichen neueren Herrenhöfen bestand die Stadt fast nur aus schmalen Häuschen, zwei oder drei Fenster von kleinem Muster breit und so schlecht als möglich eingetheilt wie gebaut. Die niederdeutsche Sitte, welche auch in England vorherrscht, jedes Haus für eine einzige Haushaltung zu erbauen, ist grundsätzlich lobenswerth und soll an und für sich hier nicht etwa getadelt

sein; ich bemerke eben nur thatsächlich, daß Nr. 20 in
der Marcellenstraße verhältnißmäßig groß war. Die
Druckerei stand als Hintergebäude im Hofe und erhielt
für die Setzer ein Stockwerk, dessen Erbauung bereits
am Dienstag Nachmittags begonnen wurde, nachdem
Vormittags die Verabredung mit dem Besitzer endgül-
tig sich abgeschlossen. Die Redaction erhielt drei Räume;
ein zweifensteriges Zimmer, 2 Klafter breit, 3 Klafter
tief, 8 Schuh hoch, nebst einer Kammer, die halb so
groß war, und einem rückwärtigen Gemach für die Cor-
rectoren.

Das Haus kannte Chezy aus früheren Zeiten. Mit
dem alten (damals jungen) Bachem hatte Helmina viel
verkehrt. In der Nachbarschaft war der kleine Wilhelm
von einem Kupferstecher im Zeichnen unterrichtet worden
und hatte manchen Bogen großes Schweizerpapier mit
Reißkohle und schwarzer Kreide verschmiert, um einen
behelmten Diomedeskopf in halber Lebensgröße nach vor-
gelegtem Muster darzustellen. Die Art des Unterrichtes
war zweifelsohne zweckmäßig, aber die Unterweisung
konnte keine Früchte tragen, weil sie nicht lange genug
dauerte. Der Lehrer half niemals mit der eigenen Hand
nach.

Der alte Bachem gab zum Geschäfte eigentlich nur
noch den Namen her und überließ die Arbeit dem älteren Sohne. Er war, obschon nicht dick, so doch bequem
geworden und hatte sich zwar nicht förmlich, aber thatsächlich zur Ruhe gesetzt, um seines kränkelnden Körpers
zu pflegen. Er zählte noch nicht oder höchstens 60 Winter
und war vor der Zeit gealtert. Er hatte übrigens keinen

Grund, sich zu plagen, da er sich auf seine wolerzoge-
nen und tüchtigen Söhne blindlings verlassen durfte.
Der jüngere von ihnen hatte außer seiner Mitarbeiter-
schaft am Blatte auch noch die Leitung und Ueberwachung
des Satzes, der Correctur und Zusammenstellung der
Spalten zu besorgen.

Dem Gesetze gegenüber vertrat als s. g. Gerant die
Gesammthaber der Theilhaber ein Mitglied des Verwaltungsrathes, der Buchhändler Stienen, Heinrich ge-
tauft, Drickes gerufen. Dieser Vorname ist in der heiligen Stadt dergestalt häufig, daß man sprichwörtlich
„ein Kölnischer Drickes" sagt. Weiter abwärs im Nie-
derlande lautet die Aussprache: Hendrick. Verantwort-
licher Strohmann für die Redaction war Heinrichs Bruder
Ferdinand Stienen.

Der Verwaltungsrath bestand aus 16 Köpfen. Den
Vorsitz führte der Bürgermeister Gräff. Im Titel dieses
Mannes wähnte Chezy eine Bürgschaft für die Unabhängigkeit des Verwaltungsrathes zu erblicken, weil er
eben nicht wußte, daß die Vorstände der rheinländischen
Gemeinden nicht aus freier Wahl hervorgingen, sondern
verordnete Beamte der Regierung waren und auf bureaukratische Beförderung rechnen konnten, wenn sie „höchsten Ortes" sich beliebt zu machen wußten. Gräff hat
als Bürgermeister, als Abgeordneter und als Vorsitzen-
der im Verwaltungsrath der Volkshalle sich um das Ministerium „Bränd-Teufel" (Brandenburg-Manteuffel)
dergestalt verdient gemacht, daß er seinerzeit gebührend
belohnt wurde. Die übrigen Verwaltungsräthe waren
Geistliche, Beamte, Advocaten und in geringer Zahl un-

abhängige Bürger; im Anbeginn freilich einig, so lange
noch die stürmische Zeit in hohen Wogen ging, aber sich
klüftend, als in Berlin der Rückschritt die Oberhand gewann. Zu den auswärtigen Verwaltungsräthen gehörte
Dieringer in Bonn. Seinen Titel habe ich vergessen;
vielleicht lautete er Canonicus, Propst oder dergleichen.
Zur Zeit saß er als Abgeordneter in der Paulskirche.
Spindler hatte den Freund vor ihm gewarnt; woher er
von ihm wußte, habe ich nicht erfahren. Dieringer war,
wie Thissen, entschieden ultramontan in des Wortes land-
läufigem Sinne, den ich bei einem früheren Anlasse aus-
einandergesetzt habe.

Der Hauptmitarbeiter Chezys war im Anfange ein
gewisser Markwart oder Marquard, betraut mit dem gedruckten und handschriftlichen Einlauf aus Berlin. Bachem hatte Paris unter sich. Oesterreich und Italien
behielt Chezy sich vor. Zur Aushülfe gab es ein paar
Gesellen. Briefe schrieben Gfrörer aus Frankfurt und
wolerfahrene Berichterstatter aus Berlin, um von den
anderen zu schweigen, die aus vielen Städten ihre Mittheilungen sandten. Im Rheinlande und in Westfalen
fehlte es nicht an Freunden, darunter auch solchen, von
denen ein berühmtes Stoßgebet redet. In der Ferne gab es
deren ebenfalls, wie z. B. den geschwätzigen und verwor-
renen Grafen Brandis in Tirol. Doch an solchem Uebel
leiden in ihren Anfängen, wie an einer Kinderkrankheit,
wol so ziemlich alle diejenigen Blätter, welche von Gesellschaften zu Parteizwecken gegründet wurden, besonders
wenn die Gründer nicht geschlossen beisammen und nicht
„auf den Zinnen der Partei" stehen, sondern in ver-

schiedenen Stockwerken an Fenstern auf verschiedenen
Seiten. Zudem wird auch bei allen die Wahrnehmung
zu machen sein, daß die Unfähigkeit am eifrigsten mit
Ellbogenstößen sich vorzudrängen sucht und daß die Redaction von niemand so bitteren Tadel erfährt als von
den Liebhabern, deren ungewaschene Stylübungen sie nicht
aufnehmen will. So erweckte sich die Volkshalle gleich
in den ersten Tagen bissige Kritiker in den Reihen der
Geistlichkeit; die Namen dieser Gekränkten habe ich bis
auf den eines gewissen Prisac vergessen, von welchem indessen einige Beiträge Aufnahme fanden. Doch von der
Volkshalle später; das Blatt mit dem Doppeladler an
der Spitze erschien erst mit dem Anbeginn des Octobers,
bis dahin aber trug sich einiges in Köln zu, das vorher zu berichten ist.

62.

Die Aufregung von der Pfingstweide, in Folge deren unberufene und unwürdige Vertreter im Namen der
deutschen Freiheit zwei edle Männer so feige hingeschlach-
tet hatten, fand auch zu Köln ihren Nachhall. Im Rheinlande war jenes Unding Trumpf, das die Leute wunderlicher Weise „Demokratie" nannten. Das Wort stammt
nämlich vom griechischen „Demos" ab, das seinem ursprünglichen Begriffe nach die Gesammtheit einer Bevölkerung, also den Inbegriff a l l e r Staatsbürger bedeutet. Die s. g. Demokraten schlossen aber den größten
Theil ihrer Mitbürger vom Volke aus, das eigentlich
keinen Bestandtheil mehr übrig zu behalten schien als das
Proletariat der Städte mit seinen Führern und „An-
führern, — wenigstens dem Wesen nach, obschon sie im

Namen der überwiegenden Mehrheit zu reden und zu handeln vorgaben. Von einem bedingten Rechte der Minderheit hätten sie ohnehin keinen Begriff gehabt, wenn auch allein eine solche ihnen gegenüber gestanden. In diesem Stücke machten sie es wie damals die Reichsversammlung in Frankfurt es machte und später noch manche Landesversammlung es dieser nachmachte, von denen keine begreifen wollte, daß die Minderzahl das Recht besitzt, mit ihren Gründen von der Mehrheit aufmerksam und mit gutem Willen angehört zu werden. Die Demokraten verkündeten die unbedingteste Oberherrlichkeit ihrer Partei und bezeichneten jeden, auch den leisesten Einspruch als Volksverrath. Ihrem guten Willen brauchte in Köln niemand dafür zu danken, daß die Laternenpfäle nicht zu Galgen wurden; daß kein Fallbeil, in den Falzen seiner Rahmhölzer auf und nieder klirrend, entgegenstehende Meinungen zum Schweigen brachte; daß nicht Struve's „Freiheit, Wolstand, Bildung für alle" die Stadt zur Mördergrube machten.

Was von dieser Rotte zu erwarten stand, bewies der feierlich verkündete Beschluß des s. g. Arbeitervereins, wonach die Banditen von Frankfurt „sich um das Vaterland verdient gemacht" haben sollten. Mit großen Buchstaben gedruckt stand diese Schändlichkeit an allen Straßenecken zu lesen, und Kölns Bürger besaßen nicht einmal so viel Herz, die Placate (nach landesüblichem Ausdruck: „Briefe") abzureißen.

Die Demokraten beriefen eine Volksversammlung auf den Altmarkt. Von der Behörde verboten, wurde sie nichtsdestoweniger abgehalten, freilich nur von Seiten des Vereines, von welchem die Berufung ausgegangen. Die eigentlichen Theilnehmer ließen sich zählen, weil die blos Neugierigen sich in bescheidener Entfernung hielten. Die Mehrzahl der Anwesenden bestand aus Bürgerwehr, die ganz gemüthlich zusah und zuhörte, als handelte es sich um irgend eine der Vorstellungen „mit obrigkeitlicher Bewilligung." Die amtliche Aufforderung, den Platz zu säubern, ließ sie unbeachtet. Sie rührte sich nicht einmal, als unter ihren Bärten der Polizeicommissär halbtodt geprügelt wurde. Vermuthlich schien ihr das zur Komödie zu gehören. Den Rock und die Mütze des Mißhandelten schafften lärmende Gassenbuben auf die Höhe des Brunnens, wo sie als Beutestücke und Siegeszeichen bis zum anderen Tage prangten. Die Rednerbühne war ein Tisch, von welchem herab Leute sprachen, deren Namen ich vergessen habe. Einer davon sah ganz anständig aus. Ein anderer dagegen schien unmittelbar vom Trebernfressen zu kommen, wie Fallstaffs Kanonenfutter. Der ruppige struppige Kerl in seinem verschossenen Manchesterrock von vielleicht einst brauner Farbe schrie wie besessen und wollte gar nicht aufhören. Wenn er sich am anderen Tage etwa gewaschen und gestrählt hat, so wird es der Polizei mit ihm ergangen sein, wie im alten Märchen der opferwilligen Jungfrau mit des Teufels rußigem Bruder, ihrem Verlobten; sie hat ihn nicht wiedergekannt.

Abgesehen von den unvergorenen Begriffen, woraus seine Auffassung der thatsächlichen Zustände und seine verworrene Weltansicht überhaupt sich gebildet, sprach der Schreihals mit einer bewundernswerthen Rednergabe, volksthümlich eingreifend wie der tüchtigste Kapuziner, verlockend genug für den beschränkten Verstand einer ohnehin leidenschaftlich flackernden Menge. In seinem Vortrage lag ein tiefpoetischer Reiz, der, wenn er auch einen gebildeten Geist nicht hinzureißen vermochte, doch keineswegs unerkannt blieb. Der Mann, nicht mehr jung, war seines Zeichens ein Uhrmacher, der als politischer Flüchtling lange Jahre in Paris und in London zugebracht hatte. Er ist, wie ich gehört zu haben glaube, in der Schlacht bei Kuppenheim (1849) tapfer fechtend gefallen*).

Die Saat der wüthenden Reden ging Abends in Barricaden auf. Der Handel sah im Anbeginn ziemlich bedenklich aus und man konnte nicht voraussehen, daß er sich zu einem lächerlichen Possenspiel gestalten sollte.

In der Abenddämmerung kam Chezy vom Lustwandeln am Rheinufer zurück. In den paar Tagen seit seiner Ankunft war das Getümmel zu Wasser und zu Lande bei der Schiffbrücke seine bevorzugte Augenweide geworden. Er gedachte dort der alten Zeiten und jenes Regentages, an welchem der Knabe zum letztenmale die fliegende Brücke betreten, nicht — wie er gemeint — um zum Marienbildchen nach Deutz zu wandern und Abends zurückzukehren, sondern um über Müllheim nach Berlin, Dresden, Wien, München, Baden-Baden und Freiburg im Breisgau zu gehen und dann erst nach 33 Jahren einmal wieder zum Besuche vorzusprechen.

In der Friedrich-Wilhelmsstraße, welche breit und

---

*) Chezy hat diese Gestalt in einer Erzählung „Rainbauers Martin" (Morgenblatt, 1860) mit poetischer Freiheit benutzt.

bequem den einst so halsbrecherischen Durchgang ersetzt,
ging alles noch seinen gewohnten Weg, doch schon am
Heumarkt fiel dem einsamen Lustwandler eine seltsame
Hast der Begegnenden auf. Von Obenmarspforten her
wurde das Gedränge dichter und unruhiger. Obwol Chezy
im Sinne gehabt, über den Gülichsplatz zu gehen, um
sich ein Kistchen Kölnisches Wasser, vom echten und rechten
J. M. Farina mitzunehmen, bog er des Gedränges wegen rechts ab, um seinen Weg über den Altmarkt und
durch die kleine Budengasse zu seiner Wohnung zu nehmen.

Bei Farina sei hier die Bemerkung eingeschaltet, daß
es deren zu Dutzenden in Köln gibt. Der Name Farina
ist in Piemont nicht seltener, als Maier in Deutschland,
und die piemontschen Maier lassen seit Jahrzehnten ihre
Buben grundsätzlich Johann Maria taufen, weil alle
Augenblicke von Köln eine Nachfrage um diesen Namen
einläuft, damit er eine Firma schmücke. In früheren
Zeiten kannte man den wahren alten Farina an der Bezeichnung des Gülichsplatzes; doch dieser kleine Raum,
von dessen vier Flanken jede ungefähr 10 Klafter mißt,
ist seit vielen Jahren schon mit Farina's dicht bespickt.
Um den richtigen herauszufinden, gibt es (wie ich 1848
von alten ortskundigen Bürgern vernommen habe) kein
besseres Mittel, als vom Gülichsplatze her sein Gesicht
der Straße „Unter Goldschmied" zuzukehren und in das
Eckhaus derselben zur linken Hand einzutreten.

Chezy trat in die kurze Zwischenstraße „Unter Kästen",
die zum Altmarkt führt, und fand sich plötzlich unter
der feinsten Blüthe der Demokratie, die sich zum Theile

mit dem Aufreißen des Pflasters belustigte. Unbehelligt
ging er hindurch. Der geräumige Platz, damals noch mit
Bäumen besetzt, wimmelte wie ein Ameisenhaufen. Der
Fremdling traf von Schritt zu Schritt auf vermehrte
Schwierigkeiten, sich durchzudrängen, und stieß endlich
an der kleinen Budengasse auf eine Verrammlung. Mehrere Leute, welche über die — leidlich niedrige — Barricade hinausklettern wollten, sah er zurückweisen. Demnach öffnete sich ihm die reizende Aussicht, die Nacht
auf dem Altmarkt unter freiem Himmel zuzubringen,
denn an ein Unterkommen in den Häusern schien nicht
zu denken; Fenster und Thüren waren sorgfätig geschlossen und zweifelsohne von innen verammelt. Noch rei-
zender wurde die Aussicht durch die Vorstellung, daß „die
Preußen“ zu Gewaltmaßregeln schreiten könnten.

Unter Preußen versteht — beiläufig bemerkt — Peterlin oder Drickes nicht nur Preußisches, sondern alles
Kriegsvolk überhaupt. Als eines Tages mehrere Dampfer
mit Badenern an der Stadt vorüberschwammen, hieß es,
daß „badische Preußen“ nach Holstein führen. Sobald
der Kölner seiner Wehrpflicht im Heere zu genügen hat,
sagt er, er müsse ein „Prüß“ (Preuße) werden. Die
Gassenbuben sangen in jenen Tagen: „Republik, Republik, so werden wir die Prüßen quick.“ Quick heißt
quitt. Die Verwandlung des T am Schluße eines Wortes
in K kommt nicht selten vor. So hört man Dücks für
Deuz, Drück für Trud (Gertrud.)

Chezy fand keinerlei Befriedigung in dem Gedanken,
als Unbetheiligter um nichts und wieder nichts mit Spitz-
kugeln, Kartätschen, Granaten und anderem zudringlichem

Hagel näher bekannt zu werden. Doch damit hatte es keine Noth und die Sorge wegen der blauen Bohnen war der eitelsten eine. Er blieb in der Nähe der Verrammlung, um eine Gelegenheit zum Entrinnen abzupassen. Verschiedene Anreden beantwortete er in französischer Sprache. Als Franzose galt er für „gut Freund", wenn nicht etwa gar für einen socialistischen Juniflüchtling und Wühler aus Paris. Die Unkenntniß der Landessprache begründete hinlänglich den Ungehorsam gegen die vielfachen Aufforderungen zum Handanlegen. Mit vielem Pathos trug er eine Stelle aus irgend einem klassischen Trauerspiel vor, welche er zufällig auswendig wußte; vielleicht war es die berühmte Erzählung aus Phädra. Während des schönrednerischen Vortrages ergab sich die ersehnte Gelegenheit, den Feldschlüssel zu nehmen: das „Volk" stürmte einen Tuchladen, um Stoff zu rothen Fahnen zu holen. Daß bei diesem Anlaß auch der und jener sich mit Hosenzeug versorgte, scheint erklärlich; die süßen Bengel wollten nicht Sansculotten heißen.

Das Schenk'sche Haus, wo Chezy als Gast aufgenommen vorläufig wohnte, bildet „Unter Goldschmied" die Ecke zur Rechten an der kleinen und beherrscht mit einem vorgeschobenen Fenster die große Budengasse, welche die Fortsetzung der ersteren gegen Westen zur Hochstraße ist. Wenn man an der Hauptseite den Kopf durch ein Fenster hinausstreckt, sieht man nordwärts auf den Platz „Am Hof" vor dem Thorbogen der Domgracht, gegen Süden zur Linken bis zu dem winzigen Laurenzerplatz. Drei Barricaden wurden gebaut, eine rechts,

die andere links und die dritte in unmittelbarer Nähe
am Eingang der großen Budengasse. Diese letztere erregte Besorgnisse für die Sicherheit des Hauses. Die
Insassen fürchteten, daß die Fahrnisse zum Bau der Verrammlung verlangt werden und dabei auch Plünderer
sich einfinden könnten. Ferner mußten die Vertheidiger
der Barricade unfehlbar auf den Einfall gerathen, die
Eckfenster mit Schützen zu besetzen. Auch ließ sich voraussetzen, daß bei einer Beschießung der Barricade mit grobem Geschütz die vorgeschobene Ecke des Hauses arge
Beschädigungen erleiden würde. Eduard Schenk brachte
Schmucksachen, Silberzeug und andere Kostbarkeiten in
ein Versteck und schleppte seine Waffen herbei. Er und
sein Gast waren die einzigen Männer im Hause. Seine
Besorgniß vor einem Angriff von Seiten des Pöbels
war nicht bedeutend. „Unsere Gassenjungen sind ein Geschlecht feiger Hunde", sagte er; „und wenn sie gegen
alle Wahrscheinlichkeit die Thüre wirklich erbrechen sollten, so wird es genügen, die vordersten zwei oder drei
niederzumachen, um die anderen zum Rückzuge zu bewegen."

Die entschiedene Muthlosigkeit der Kölnischen Straßen-
jugend war Chezy aus der Kinderzeit bekannt. Er und
sein Bruder, damals richtige Gassenbuben, hatten die
anderen dutzendweise vor sich hergejagt und es niemals
zu einer gehörigen Balgerei gebracht, wie z. B. in Heidelberg und im Niederland. Allerdings waren es nicht
die kleineren Sprößlinge, von denen Eduard Schenk gesprochen, aber die Bezeichnung traf nichtsdestoweniger

zu, weil niemals zur Nessel geworden, was nicht früh
gebrannt hat.

Eine nähere Betrachtung der Barricadenbauer verwandelte jeden Rest von etwaiger Besorgniß in Heiterkeit und endlich in Gelächter. Die Masse bestand vorzugsweise sogar aus unreifen Buben. Nach vollendetem
Werke zog der Haufe schreiend und johlend ab, offenbar
um an anderen Plätzen denselben Unfug zu wiederholen.
Nicht einmal ein Hüter blieb zurück. Nichts erschien dabei so erstaunenswerth als die beispiellose Geduld der
zahlreichen hin und her Gehenden, welche sich, als müßte
es eben nur so sein, das Ueberklettern gefallen ließen,
statt die Verrammlung auseinander zu zupfen, welche
in ihrer losen liederlichen Fügung allerdings den Weg
sperrte, aber keinen Haltpunkt zur Vertheidigung darbot.
Die Baumeister waren viel zu eilfertig gewesen, um
auch nur die Steine des zum Theile schon aufgerissenen
Pflasters zwischen die Balken und Bretter zu füllen,
welche Fahrlässigkeit allein schon bewies, daß ihnen die
Barricade nicht Mittel zum Zwecke, sondern der Zweck
selber war.

Endlich rückte eine Rotte Bürgerwehr an, warf mit
leichter Mühe das Gerümpel zur Seite und zog ab.
Vom Zurücklassen einer Wache war abermals keine Rede.
Kaum hatte die Bürgerwehr den Rücken gewendet, als
das umgeworfene Kartenhaus wiederum emporwuchs.
So ging es in angenehmer Abwechselung fort die liebe
lange Nacht. Ohne sich um den heillosen Lärm weiter
zu bekümmern, nahmen die Insassen des Eckhauses ihr
Abendessen und ihren gewöhnlichen Schlaftrunk vom Ge-

stabe der Mosel ein und verfügten sich noch vor elf Uhr
ganz gemächlich zu Bette, das sie vor sieben Uhr nicht
mehr verließen.

Inzwischen hatten die Pickelhauben ebenfalls ausge-
schlafen, rückten in kleinen Abtheilungen aus den Ka-
sernen und ebneten, ohne auf den geringsten Widerstand
zu stoßen, Weg und Steg. Damit war im Grunde der
Handel geschlichtet und sie hätten ruhig zum Frühstück
gehen dürfen. Doch fand der Befehlshaber sich bewogen,
die Gelegenheit zur Uebung seiner Leute beim Schopf
zu fassen und die Stadt in Belagerungszustand zu
erklären. Nachdem der gemeine Mann sich lächerlich gemacht und die Bürgerwehr bewiesen, daß sie die würdige
Nachfolgerin der „Köl'schen Funken" sei, mußten die
„Preußen" doch ebenfalls etwas zur öffentlichen Heiterkeit beitragen. Vielleicht geschah es auch der Bürgerwehr
zu Gefallen, die so leicht keinen bessern Vorwand mehr
finden konnte, sich der lästigen Bewaffnung und der un-
bequemen Dienstpflicht zu entledigen.

Nicht bloß zu Köln ist das Bürgerthum des Sol-
datenspiels ziemlich bald müde geworden. Im Grunde
soll es auch gar keine andere Bürgerwehr geben, als
das Heer vom ersten Aufgebot an mit allem, was dazu
gehört, bis zum Landsturm. Die ganze Kunst wird darin
bestehen, durch Erziehung und öffentliches Leben die Jugend zur lebendigen Ueberzeugung zu führen, daß es kein
feiler Söldner ist, sondern ein bürgerlicher Wehrmann,
welcher die Waffen für das Vaterland trägt. Ueberhaupt
sind es ja Erziehung und Sitten allein, wodurch das
Gesetz und mit dem Gesetze die Freiheit getragen und

verbürgt werden. Namentlich bedürfen Einrichtungen krie-
gerischer Art der nie rastenden Fortbildung und sind verloren, sobald sie dem Meister Schlendrian verfallen. Wer
sich die Mühe geben will, nach großen Belegen für diesen Erfahrungssatz zu suchen, bringt einen ganzen Rosen-
kranz voll zusammen, wenn er die verschiedenen Wandlungen des Heerwesens von Karl dem Großen an bis
in unsere Tage betrachtet. Kleine Beispiele liefert aller
Orten die Geschichte der Stadtwachen. Was war im Anbeginn des achtzehnten Jahrhunderts aus der Wiener
„Stadtquardia“ geworden, nachdem sie 1683 auf den
Basteien so tapfer gegen die Türken gefochten? So auch
hatte sich, als die Franzosenzeit hereinbrach, die schnödeste
Entartung der Kölnischen Wehrmannschaft bemeistert. Sie
führte von dem Flämmchen im Stadtwappen den volksthümlichen Namen der „Funken“, unter welcher Bezeichnung oben ihrer gedacht wurde.

Der Belagerungszustand in Köln nahm sich übrigens ganz artig aus. Das soldatische Treiben verlieh
den ohnehin belebten Gassen ein malerisches Ansehen,
besonders wo die blanken Geschütze mit ihrer zierlichen
Bespannung an beherrschenden Punkten aufgefahren standen. Die Spielerei wurde nicht überlästig. Nach wenigen Tagen hörte sie auf, ohne daß dem Standrechte auch
nur ein einziges Opfer gefallen wäre.

63.

Mit dem Augenblicke, worin Chezy sich zur Führung
der Volkshalle bereit erklärt hatte, mußten selbstverständlich seine Beziehungen zur Kölnischen Zeitung aufhören.

Das war indessen kein Grund für ihn, Levin Schücking zu meiden, wiewol er denselben persönlich noch nicht kannte. Die beiden waren Gott sei Dank nicht Spießbürger genug, um sich von kleinlichen Rücksichten der Partei bestimmen zu lassen. Der Weg zu Schücking war leicht zu finden. Er führte zur westlichen Grenze der alten Römerstadt hinauf, wo der Neumarkt sich ausdehnt, Kölns geräumigster Platz, ein längliches Viereck von hundert Klaftern Länge, ungefähr halb so breit, im Rahmen eines vierfachen Baumganges. Die regelrechte Gestalt beurkundet den Ursprung aus neuerer Zeit. Die Anlage stammt aus dem Jahre 1740. Die Besatzung hielt dort die tägliche Wachmusterung, Sonntags mit Musik und bei heiterem Wetter unter Zulauf vielen Volkes. Etwaige Hinrichtungen wurden auf dem Neumarkt mit dem Fallbeil vollzogen. An der nördlichen Langseite, wo die Olivengasse einmündet, blicken aus einem Dachbodenfenster die berühmten Schimmelköpfe, für den wandernden Handwerksburschen eines der Wahrzeichen der Stadt, für uns eine Erinnerung an die Sage von der Frau Richmodis von Adocht, die scheintodt begraben, durch des Todtengräbers Diebsgelüste aus dem Sarge erlöst wurde. Die Geschichte ist sehr verbreitet und wird auch anderwärts mit örtlicher Aneignung erzählt. Ganz nahe hinter dem Neumarkt steht die herrliche Apostelkirche, ein Werk aus dem zehnten Jahrhundert. Von der Kirche bis zum Stadtwall ist noch eine ziemliche Strecke, meistentheils mit neuen Bauten bedeckt, unzweckmäßig und geschmacklos in Anlage und Ausführung. Rühmliche Ausnahmen von dieser heillosen Bauerei finden sich in der nächsten Umgebung der Apostelkirche.

Eine solche bildete an ihrer Nordseite ein freundliches kleines Haus, freistehend inmitten größerer Gartenanlagen. Das Geschick schien den Bau eigens so gefügt zu haben, um in der leiblich nachgemachten Erinnerung an Lenz und Grün ein dichtendes Paar mindestens auf Stunden dafür zu trösten, daß es in einer so trübseligen Gegend verweilen mußte.

Levin Schücking und Luise von Gall (geboren 1814 und 1815), waren seit ungefähr fünf Jahren verheirathet. Die gegenseitige Zuneigung war nicht auf gewöhnliche Weise entstanden, sondern durch einen Briefwechsel, der — um irgend einer literarischen Geschäftsbeziehung halber begonnen — sich fortgesetzt und durch die Vermittlung der Post bis zu einer fast förmlichen Verlobung geführt hatte. Im ersten Buche dieser Erinnerungen ist von einer ähnlichen Freierei die Rede gewesen, welche jedoch nur zu gegenseitiger Enttäuschung führte; hier aber ward kein trübseliges Seitenstück, sondern das glückliche Widerspiel erlebt. Dafür war auch der Freier kein wüster Theodor Hell, sondern ein hübscher junger Mann, und die Verlobte keine häßliche Kröte mit Augen, welche eigentlich der Lerche gehörten, sondern sie trug ihre schönen Augen in einem feinen Antlitz und den prächtigen Kopf auf einem stattlichen Körper. Luise gehörte ihrem Aeußern nach zu jener seltenen Gattung von Frauen, deren reichentwickelte Formen die anmuthigste Mädchenhaftigkeit entschieden behaupten. Der Erscheinung entsprach das Wesen, worin sich mit einer ruhigen Würde,

die hoch über jeglichem Gedanken an Abwehr stand, die
unbefangenste Heiterkeit verband. Wie ein frischherziger
„Backfisch" konnte sie sich an allerlei tollen Einfällen
ergötzen. Es steht keineswegs zu zweifeln, daß die Grenz-
marken dieser Empfänglichkeit sich sehr auf der Höhe hielten, wiewol ich niemals erlebte, daß in ihrer Gegenwart
auch nur ein alberner, geschweige denn ein schillernder
Scherz zum Vorschein gekommen wäre.

Die Leser wissen ohnehin, theils aus Erfahrung,
theils aus deutlichen Winken, daß dieses Buch grundsätzlich sich nicht mit tiefer eingehenden literarischen Be-
sprechungen abgibt. Der Beruf des Kritikers liegt dem
Verfasser ferne, wenn er auch hie und da als Zeitschriftsteller nicht umgehen konnte, in einem Tagesblatt oder
in einer Wochenschrift seine Stimme über neue Erscheinungen so gut wie ein anderer gelegentlich abzugeben.
Darum weist er auch an dieser Stelle die Versuchung
von sich, ausführlich von Schückings schriftstellerischen
Leistungen zu reden, wiewol er für sie jene Vorliebe hegt,
welche viele Tausende mit ihm theilen.

Schücking machte ein angenehmes Haus ohne Ansprüche.
Das war doppelt willkommen in einer Stadt, wo die
Geselligkeit in Abfütterungen bestand. Allen Durchrei-
senden von geistiger Bedeutung begegnete man bei ihm.
Ebenso einigen Einheimischen. Mit besonderem Vergnügen erinnere ich mich an Roderich Benedix, den lebens-
lustigen Gesellen, der es liebte, den langen Heimweg zu
unterbrechen, um in einer Kneipe ein Nachtlicht anzu-
zünden.

Schücking hat Köln längst verlassen, um in seinem

Heimatlande Westfalen eine ländliche Besitzung, Sassenberg bei Warendorf, den alten Stammsitz seines Geschlechtes, von einem Vetter zu übernehmen. Luise ist 1855 gestorben.

Wenn Chezy durch Parteirücksichten sich nicht abhalten ließ, den Feuilletonisten der Kölnischen Zeitung aufzusuchen, so verstand es sich wol von selber, daß er auch mit Freiligrath verkehrte. Mit der Politik ließen sie wie billig einander unbehelligt, und wenn sie sich auch nicht häufig sahen, so waren es nichtsdestoweniger erquickliche Abende, die sie verplauderten. Im häuslichen Kreise Freiligraths mit der sinnigen Frau und den vielen hübschen Kindern vergaß sich leicht der Jammer einer schlimmen Zeit, deren Umschlag nur zu bald den Dichter nöthigen sollte, abermals eine Zufluchtstäte in London zu suchen und sein Stücklein Brod in einer kaufmännischen Schreibstube zu verdienen. Pegasus im Joche!

Freiligrath war allerdings ein Republikaner, so roth wie es jemals einen gegeben hat, doch ist ihm keine Thatsache nachgewiesen worden, wodurch er der Ahndung des Gesetzes verfallen wäre. Die Gefährlichkeit seiner Ansichten besteht nur so lange, als in seinem preußischen Heimatlande die oberste Gewalt dem Volke jenes Maß verfassungsmäßiger Freiheit vorenthält, auf die es nicht nur nach dem natürlichen Rechte, sondern sogar durch Wort und Eidschwur des Königs selbst auch der Form nach vollen Anspruch besitzt. Wenn nun einer der größten unserer Dichter das Brod der Verbannung essen muß, so fällt mit der Schmach der Wirkung auch die Schande der Ursache uns allen zur Last, so weit die deutsche Zunge reicht, vorzüglich aber den Preußen selbst, deren Regierung den Republikaner ebenso unbesorgt reden lassen konnte, wie den entschiedensten Kreuzzeitungsmann, sobald sie mit ruhigem Gewissen behaupten durfte, daß sie das Grundgesetz des Staates in voller Geltung erhalte. Dann würde der Rothe nicht höher von der öffentlichen Meinung getragen werden als irgend ein Gerlach, Stahl oder Bismarck.

64.

Die erste Nummer der rheinischen Volkshalle wurde am 1. Oktober ausgegeben, wie es zuvor bestimmt und angekündigt gewesen. Der Doppeladler mit dem schwarz, golden und roth quergespaltenen Brustschilde stellte den täglich wiederkehrenden Leitartikel vor und wurde von den Freunden wie von den Widersachern als solcher aufgefaßt, namentlich von den letzteren. Der Eingangs- und Eröffnungsartikel hatte von keiner Seite im Verwaltungsrathe Widerspruch erfahren. Die sechzehn Köpfe befanden sich zur Zeit noch unter einem Hute, zusammengehalten und theilweise eingeschüchtert vom Drange der Umstände. Erst später sollten sie beginnen, auseinander zu gehen und sich dem Ränkespiel hinzugeben, das man in Köln „Klüngel" heißt; die Deutschverderber nennen es „Intriguen". Dieser erste Leiter setzte in klarer Sprache auseinander, daß die katholische Kirche im Rheinlande nichts weniger sei noch sein solle als eine Verdummungsanstalt und Gehülfin der knechtenden Polizei, sondern, was sie in der ganzen Welt ursprünglich gewesen: ein

Hort und Schirm der wahren, nämlich der gesetzlichen Freiheit.

Den Wortlaut der langen Ausführung würde ich hier natürlich nicht wiederholen, wenn er mir auch zur Verfügung stünde. Die Schlußfolgerung ging dahin, daß die Katholischen im Rheinlande vor allem ein großes einiges freies Vaterland verlangten. Dem Sinne nach hieß es dort: „Sie wollen die wahre Freiheit für alle. Jede Unterdrückung ohne Ausnahme und welchen Vorwand immer sie nehme, ist ihnen verhaßt. Sie wollen die Freiheit, weil der Heiland, indem er seine Kirche gründete, das große Wort der Freiheit zum obersten Gesetze erhob; aber sie begehren die Freiheit nur auf gesetzlichem Wege in fortschreitender Entwicklung. Sie wissen, daß der gewaltsame Umsturz nicht zur Freiheit, sondern zur Unterdrückung führt. Sie begreifen, daß eine siegreiche Partei zum Wüthrich wird, viel grausamer als ein Willkürherrscher auf ererbtem Thron. Sie mordet, wo er straft. Und indem wir die Freiheit für alle begehren, verlangen wir sie auch für uns, nicht mehr aber auch nicht weniger. Ebenso verlangen wir ein großes Vaterland, und zwar durch freie Verbrüderung. Kein Volksstamm soll mehr von seiner Selbstständigkeit opfern, als die Gliederung des Reiches erheischt*)".

---

*) Die Katholiken in Oesterreich dürften wol dieselben Verlangen für den Kaiserstaat stellen, sobald ihre Stimme unverfälscht vernommen würde, statt durch Vermittlung der sogenannten Ultramontanen, welche nicht nach dem Rechte, sondern nach Vorrechten begehren und eben dadurch der Kirche gehässigen Argwohn und unbillige Verfolgung zuziehen.

Gfrörer beglückwünschte Chezy eigens für diese Erklärung und ermahnte ihn, die angegebene Richtung mit
fester Hand am Steuerruder einzuhalten. Es war auch
keineswegs Chezys Schuld, daß späterhin das Blatt ins
Schwanken, bald nach rechts und bald nach links hin,
gerieth, bis es nach Jahresfrist aus der rheinischen eine
(nur sogenannte) „deutsche" Volkshalle wurde, welche ein
landläufiger Spaß in „Volksfalle" umtaufte. Um den
Unterschied der neuen Volkshalle von der ursprünglichen
in ihren Anfängen zu bezeichnen, genügt die Andeutung,
daß jene nein, schwarz und rückwärts rief, wo diese ja,
weiß und vorwärts gesagt hatte.

Es dürfte hier am Platze sein, einige allgemeine Be-
merkungen über das Zeitungswesen jener Tage einzuschalten, von denen eben die Rede ist. Sie gehen, wie
ich ausdrücklich bemerkt wissen möchte, nicht über 1850
hinaus und beziehen sich unmittelbar nicht auf Wien.
Wenn mittelbar einiges davon auf die Zustände der Tagespresse in der Kaiserstadt passen sollte, so möge das
einstweilen auf sich beruhen; im dritten Buche werde ich
ohnehin sehr ausführlich über Gestaltung und Wandlungen der Wiener Blätter vom Herbst 1850 bis in
die neuesten Tage zu reden veranlaßt sein. Was ich jetzt
zu sagen habe, ist die Frucht vielfacher Beobachtung und
Erfahrung bis zum genannten Zeitpunkt.

Schon unsere Väter sagten, daß die Presse eine Macht
sei, und durch die Aufhebung der Censur ist sie durch
das Zeitungswesen vollends zur Großmacht geworden.
Aber der Preßbengel ist kein Herrscherstab von Gottes
Gnaden. Eine Zeitung gewinnt nur Ansehen, wenn sie

von einer Strömung der öffentlichen Meinung getragen wird. Den ganzen Strom hat natürlich keine für sich. Manche Leute, die Ursache und Wirkung nicht gehörig unterscheiden, bilden sich ein, die öffentliche Meinung lasse sich durch Zeitungen machen, leiten, beherrschen. Wäre das der Fall, so hätten wir weder zu Wien noch zu Berlin die 48er Märzstürme erlebt, denn in den Tagesblättern dieser Städte war seit Jahrzehnten das Dichten und Trachten des Volkes mit den dicksten Deckfarben übertüncht worden. Wie ein Segelschiff mit dem Winde, fährt die Zeitung mit der Wahrheit. Ist die Tagespresse indessen auch nicht im Stande, der öffentlichen Meinung die Richtung zu geben, so vermag sie doch mancherlei auszurichten, um die Kenntniß von der wahren Lage der Dinge zu verbreiten, Entstellungen zu verhüten und dem Geist der Lüge entgegen zu arbeiten. Und das zu thun, ist einfach ihre Schuldigkeit.

Es gibt unter den rechtschaffenen Zeitungen zwei Hauptarten. Die eine überschaut von hohem Standpunkte aus den Lauf der Welt, die andere trägt mit Ehren eine Fahne oder ein Fähnlein im Kampfe der Parteien.

Eine Zeitung der ersten Art, die in ruhiger Klarheit die Regungen und Bewegungen der Menschheit übersichtlich darstellt, muß ganz besonders umfangreiche Mittel aus dem GG (Geist und Gold) zur Verfügung haben, um sich aus allen Ecken der Windrose durch zuverlässige gebildete Leute Auskunft zu verschaffen, über Thatsachen wie über die Schwankungen im Wetterglase der Ansichten und Gefühle. An Orten, wo diese Schwankungen von besonderer Bedeutung in weiteren Kreisen sind, reicht

ein Berichterstatter allein nicht aus; das Blatt muß
deren mehrere von verschiedenartiger Beschaffenheit besitzen, und doch soll jeder in seiner Art ein tüchtiger Mann
sein. Blos für Geld ist dergleichen bekanntlich nicht immer zu haben. Es liegt nicht wie die Semmel auf dem
Laden. Auch müssen, gleich den Bewegungen der Ereignisse und Ansichten, die Lebensregungen aller Kunst und
aller Wissenschaft dergestalt zur Sprache kommen, daß
sie, den Gebildeten allgemein verständlich, dennoch dem
Manne von Fach nicht als leichte lose Pfennigwaare
erscheinen. Im deutschen Vaterlande besitzen wir seit dem
Ende des vorigen Jahrhunderts (ich glaube: seit 1796),
eine solche Zeitung, welche in der bezeichneten Weise von
Tag zu Tag die Geschichte der Menschheit darstellt. Der
Gedanke, welchem die Allgemeine Zeitung in Augs-
burg ihren Ursprung verdankt, ist zwar nicht wie Mi-
nerva aus Jupiters Haupt, in voller Rüstung fix und
fertig in die Welt gesprungen, aber er bleibt nichtsdestoweniger ein glücklicher Griff, welchen Cotta I. gemacht
und seinen Erben hinterlassen hat.

Eine andere Bewandtniß hat es mit dem Parteiblatt. Hier kann der Leiter nicht in stäter Hand die Wage
halten, blos um eine Ansicht nach der andern aufzunehmen. Er muß seine und seiner politischen Freunde
Ansichten vertreten, mit tapferem Eifer und dennoch ohne
jene blinde Leidenschaftlichkeit des Bullenbeißers, welche
mißliebige Thatsachen und Begründungen censurmäßig
beseitigt, die willkommenen dagegen übertreibt, gaukler-
mäßig aufputzt, etwa gar erfindet. Denn da selbst dem
entschiedensten Parteigänger der Presse, wenn er ein ehr-

licher Mann ist, vor allen Dingen das Wohl der Menschheit am Herzen liegen muß, so hat er unter allen Umständen die Wahrheit heilig zu halten, weil die Lüge,
vom Bösen stammend, nichts Gutes bringen kann. Auch
zeugt es von erbärmlicher Schwäche des Verstandes, wenn
einer nach den Erfahrungen von 1819 bis 1848 immer
noch sich einbildet, die Wahrheit lasse sich todt schweigen.
Die Schwarzen wie die Rothen sollten das begreifen.
Doch keine sittliche Grundlage wird so oft und so schnöde
von allen Seiten mißachtet wie diese.

Abgesehen von Gesinnung und Richtung sollte jede
Zeitung, die kleine nicht minder wie die große, „gut
gemacht" sein, vorzüglich um dadurch die Bildung ihrer Leser zu befördern. Unter gut gemacht wird ungefähr folgendes zu verstehen sein. Der Redacteur soll den
gebotenen Stoff, handschriftlichen wie gedruckten, mit
Rücksicht auf den Raum seines Blattes anordnen und
zurichten, damit nichts Wesentliches zurückbleibe und kein
Lückenbüßer diesem den Raum versperre. Das ist bei
einem kleinern Blatte ganz besonders schwierig, doch
nichtsdestoweniger unerläßlich, denn der Leser auch des
kleinsten Blattes darf mit gutem Fug verlangen, daß
seine tägliche Zeitung ihn für sich ganz allein auf dem
Laufenden der Welthändel erhalte. In wolgeordneter Uebersicht, in einfach klarem Vortrage hat das Blatt zu berichten, was geschehen ist und was sich vorbereitet; auch
darf zu rechter Zeit das bündige Wort der Erläuterung
nicht fehlen. Und mit alledem muß der Redacteur flink
bei der Hand sein, denn kaum ist die Post angelangt,
so streckt auch schon neben seinem Sessel des Setzers

eilfertiger Lehrling die fettig schwarze Pfote nach „Ma-
nuscript" aus.

Das sind die Anforderungen der Kunst. Ich sage
„Kunst"; das Zeitungswesen ist mehr als ein bloßes
Handwerk, denn wenn es auch keine Erfindungsgabe er-
fordert, sondern vielmehr diese abweist, so gehört doch
zum Sichten und Ordnen eine andere als die nur ge-
schäftliche Begabung. Wie aber wurde damals diesen Anforderungen entsprochen? Die Leitung der Zeitungen, namentlich der kleineren, war großentheils den ungeschic-
testen Händen anvertraut, so daß die Presse, statt Licht
zu verbreiten, den Wirrwarr nur verschlimmerte. Zehn-
mal für einmal war der sogenannte „Redacteur" ein
roher Lanzknecht vom Rothstift, der als träger Bären-
häuter aus seinen gewohnten Quellen die Stücke zum
Nachdruck gedankenlos anstrich, ohne sie nur recht gelesen zu haben, wie sie nach flüchtigster Ansicht ihm
ungefähr in den Kram zu passen schienen, was er
so lange fortsetzte, bis aus der Setzerei die willkom-
mene Botschaft einlief: es sei genug. Vom Vergleichen,
Sichten, Ordnen war keine Rede. Der Rothstift entnahm
größeren Blättern lange Aufsätze in ihrer ganzen Ausdehnung, ohne an den weiteren Spielraum der Quelle
zu denken, ohne sich zu fragen, ob nicht vielleicht der
Umfang des Aufsatzes durch besondere örtliche Rücksichten bedingt war. Der Redacteur hatte eben auch nur
„ein Amt und keine Meinung"; der unnütze Ballast
füllte indessen das Blatt, und wenn hinterher etwa eine
Beschwerde darüber einlief, daß höchst wichtige Dinge
mit Schweigen übergangen worden, so antwortete die

alte Klage über Mangel an Raum. Wurde aber eine
Kürzung beliebt, so nahm sie ohne Sinn und Verstand
einzig der Rothstift vor. Einen eigentlichen Auszug zu
machen, ließ die Tintenscheu nicht zu. Kein toller Hund
hat jemals mit mehr Sorgfalt das Wasser gemieden,
als der denkfaule Redacteur sein Tintenfaß.

Soviel von den kleinen Zeitungen im westlichen
Deutschland. Wie aber waren die größeren beschaffen?
Bei Beantwortung dieser Frage sei hier einzig „die
Mache“ ins Auge gefaßt, weil vorzugsweise die Art, wie
eine Zeitung, gleichviel von welcher Farbe, „gemacht“
ist, für die Beförderung der Bildung in ihrem Kreise
wesentlich erscheint. Und hier wendet sich der Blick auf
die „Metropole der Intelligenz“, unter deren Einfluß
das Rheinland stand. Der griechisch-lateinisch-rothwälsche
Ausdruck bezeichnet bekanntlich jene Stadt an der Spree,
welche für sich allein alle Weisheit mit Löffeln gegessen
hat. Wenn man ein Blatt aus selbiger Stadt zur Hand
nahm, so mußte das erste Geschäft sein, die Magd mit
dem Besen zu rufen, daß sie die verzettelten Satzfügun-
gen zusammenfege. Das Zeitwort, welches den Satz ab-
schließen sollte, hinkte oftmals eine halbe Postmeile hinter allerlei Einschiebseln her. Verwundert fragte der Leser,
was das nachzüglerische Zeitwort bedeute, bis er sich endlich entsann, daß er es eine geraume Weile zuvor vermißt,
vielleicht auch ergänzt hatte, weil er ein Versehen des
Setzers vermuthete. Diese verrenkte Satzfügung stammte
aus der lateinischen Schule, worin der Deutsche gelernt,
daß die Herrlichkeit der Ciceronischen Sprache in diesem
verzettelten Wesen bestehe, während kein Lehrer sich ge-

funden, um ihm zu offenbaren, wie die Herrlichkeit der
Muttersprache ganz anders beschaffen sei. Ueber dieses
Elend der deutschen Satzfügung habe ich schon bei einem
früheren Anlasse gesprochen, um auseinander zu setzen,
wie ich durch das Beispiel der Franzosen und Engländer angeleitet worden bin, meine Sätze dem Geist der
deutschen Sprache gemäß zu fügen. Der Franzos von
alltäglichster Schulbildung mochte ohneweiters eine französische Zeitung lesen; der Deutsche dagegen sollte wenigstens durch die lateinische Schule gelaufen sein, um die
Sätze zusammenklauben zu können, worin von seinen
theuersten oder seinen nächsten Beziehungen gehandelt
wurde.

Die Sprachverrenkung war nicht der einzige Uebel-
stand. Zur liederlichen Zettelung des Vortrages gesellte
sich die schnödeste Sprachmengerei, die — beiläufig bemerkt — seit jenen Tagen von Norddeutschland aus sich
auch über Oesterreich verbreitet hat und nicht, wie ich
damals wähnte, die Krankheit selber ist, sondern das
äußerliche Anzeichen eines innerlichen Uebels; ein wüster
Grind, der nicht eher trocknen und abfallen wird, als
bis im Herzen des Volkes das deutsche Bewußtsein wieder hergestellt ist. Diese Heilung werde ich schwerlich
mehr erleben; die sie erleben, sollen mir aber wenigstens
nachsagen, daß ich in der bösen Zeit mich für das stolze
Erbtheil unserer herrlichen Sprache unverzagt gewehrt
habe, ohne an der Zukunft des deutschen Volkes zu ver-
zweifeln.

Doch zurück zu der vergangenen Zeit! Der schlichte
Bürger brauchte zum Zeitungslesen auch noch ein Fremd-

wörterbuch. Die Muße, welche er etwa gerne verwendet
hätte, die Angaben der Berichte mit der Landkarte zu
vergleichen, mußte er mit Nachschlagen vertrödeln. Als
Beispiel verwirrter Satzfügung diene die nachfolgende
Ente, welche damals durch die Zeitungen schwamm:
„L. M. (Lola Montez), welche nahe bei Paris eine auf
15 Jahre gemiethete Villa, die sie auf Credit sumptuos
hatte möbliren und tapeziren lassen, bewohnte, ist vor-
gestern ihren indiscreten Gläubigern, worunter namentlich ein Tapezier und ein Maler, der sie in allen mög-
lichen Situationen porträtirt hatte, [ansehnliche Summen
zu fordern haben] mit Hülfe einer schon bereitstehenden
Equipage durchgegangen.“

Dieser Rattenkönig war einer der kleinsten; täglich
wimmelten die Spalten der Zeitungen von größeren und
noch viel heilloser verwirrten. Nicht minder toll und
wirr klangen die fremden Worte und Redensarten. Es
würde aber eines zu starken Anlaufes bedürfen, um hier
nur einigermaßen „die Situation zu reassumiren“.
Auf deutsch bezeichnet die Regierung irgendwen zu einer
Stelle; in Berlin designirt ihn das Gouvernement.
Er acceptirte oder refusirte, je nachdem; vielleicht
ambirte er eine andere Mission, und wenn die Frage
von den Autoritäten ventilirt war, so gab es eine
definitive Decision. — Ein kundiger Thebaner ließ
sich vernehmen: „Viele Diners haben einen ostensib-
len Zweck, während Dejeuners und Soupers darin
variiren, doch ist die Differenz keine prinzipielle.“
— Hr. v. Koller reservirte zu London die Preroga-
tive des deutschen Bundes; das Factum war authen-

tisch und wurde garantirt. — Deutsche Krieger pflegen gelegentlich ein Treffen zu bestehen; preußisch Mi-
litärs hatten eine Affaire, machten eine Campagne,
cernirten einen Platz, eröffneten die Approchen, reus-
sirten oder retirirten, warfen Fortificationen auf
oder forcirten deren.

Diese Beispiele sind nicht etwa erfunden, sondern
aus landläufigen Redensarten ohne Wahl herausgegrif-
fen. Wir steckten (und stecken noch) so tief im Morast
der Sprachverderbniß, daß Ausdrücke wie: Constitution,
Deputirte, Deputation, Majorität, Minorität, Inter-
pellation, Amendement, officiell, officiös ꝛc. gar nicht
mehr auffielen. Ich hätte den Lärm in Paris hören mögen, wenn eine Zeitung dort geschrieben hätte: La verfassung du royaume de Prusse." — „L'amtliche
Staatsanzeiger." — „Le zusatzantrag des M. M. les
abgeordneten Müller, Maier et genossen." — „La
position dorneuse du Reichsverweser."

In solch lumpigem Aufzuge sollte die Presse eine
Macht sein, in solch unverständlichem Kauderwälsch ihre
hohe Sendung vollführen, die öffentliche Meinung zu
vertreten, die Massen zu belehren, aufzuklären, für die
große Sache der Freiheit und Einheit des Vaterlandes
zu begeistern und überhaupt das deutsche Bewußtsein zu
wecken. Sie wollten in den Krieg ziehen und verstanden
nicht einmal die ersten und einfachsten Handgriffe der
Waffenführung *).

*) Es möge hier nicht unerwähnt bleiben, daß die Kundge-
bungen des Kaisers von Oesterreich im Jahre 1863 in unbefleck-
tem Deutsch auftraten. Die Zeitungen ermangelten dann freilich
nicht, den kaiserlichen Fürstentag in Congreß zu übersetzen u. s. w.

65

Alle die angegebenen Uebelstände sollten, wie Chezy sich vorgenommen, wo möglich der Volkshalle fern bleiben oder doch wenigstens nur in geringem Maße an ihr haften. Da er aber die große Zeitung nicht, wie zuvor sein kleines Blatt in Freiburg allein fertig machen konnte, so mußte er sich an seine ständigen Mitarbeiter halten, und denen fehlte es in einigen Beziehungen an Einsicht und gutem Willen, in anderen an Fleiß und Aufmerksamkeit. Der eine war zu faul, die Briefe und Zeitungen, deren Inhalt er zu einem ganzen Bilde zusammenfassen sollte, auch nur flüchtig zu mustern, geschweige denn aufmerksam durchzuschauen. Manchmal öffnete er die Briefe gar nicht, um sie nur nicht lesen zu müssen. Handschriften zu lesen war ihm unbequem. Als endlich der Unfug offenbar wurde, hatte er ein paar der besten Berichterstatter aus Berlin bereits glücklich angebracht, und doch war die Hauptstadt des Landes für die rheinischen Leser, namentlich in jener entscheidenden Zeit, von größter Erheblichkeit. Dafür kam es ihm nicht darauf an, dieselbe Sache zweimal in verschiedenen Blättern anzurötheln, wenn die Eingangszeilen verschiedenartig lauteten. Einen Vorwurf darüber beantwortete er mit dem Ausrufe: „Wohin käme ich, wenn ich all das Zeug auch noch durchlesen müßte?" Seine Entfernung war indessen auch nicht einmal dann durchzusetzen, als er eines Abends eine der wichtigsten Mittheilungen aus Berlin nicht beachtet hatte, weil er die eingelaufenen Zeitungen gar nicht angeschaut: nämlich die vom König

einseitig ausgestellte Verfassungsurkunde. Die Zeitungen
erhielten damals noch keine elektrischen Telegramme und
waren auf die Postnachrichten angewiesen. Erst im Früh-
jahre schickte man ihn weg. Die übrigen ständigen Mitarbeiter waren nicht träge, aber noch unerfahren und
ungeübt. Um sich eines ordentlichen Styles zu befleißig-
en, fehlte ihnen das Zeug. Für die Reinheit der Sprache
hatten sie vollends keinen Sinn. Zudem wurde ihr Wi-
derstreben in dieser Beziehung von einigen Verwaltungsräthen unterstützt, welche gradezu behaupteten, die Sprachmengerei gehöre sich für ein großes Blatt und das Deutsch-
thümeln sei gemein. Indem sie sich dabei auf die Kölnische Zeitung beriefen, welche — wie noch heutzutage —
das schauderhafteste Undeutsch schrieb, glaubten sie jeglichen
Einspruch siegreich niedergeschlagen zu haben. Diese Zeitung war für sie unfehlbar. Sie murrten, wenn sie nicht
genau dasselbe, was darin stand, im eigenen Blatte lasen. Vergebens wies man ihnen nach, daß die Volkshalle
dafür Mittheilungen bringe, welche in der K. Z. keine
Stelle finden könnten. Kaum verziehen sie jener, wenn
sie zufällig einmal bereits am Montag enthalten hatte,
was in dieser erst am Dienstag zu lesen stand. Dieser
Kampf gehörte zu der Art, wovon nach Schiller selbst
die Götter sich fernhalten müssen.

Bei alledem ging in den ersten sechs Wochen die Sache
noch ziemlich erträglich; nachdem aber Wien in den Bann
des Belagerungszustandes gelegt worden und in Berlin
die berüchtigten rettenden Thaten geschehen waren, wich
die bange Scheu aus den Gemüthern und schoß die lang
verhaltene Kölnische Klüngel in junkernde Halme wie

tauber Hafer. Der Anfang des Klüngels bestand darin,
daß einzelne Verwaltungsräthe, heute ein „Heuler",
morgen ein „Wühler", hinter dem Rücken der Redaction Artikel ihrer Farbe einschmuggelten, die nicht zur
sog. Revision kamen. Die längste Zeit merkte Chezy nichts
davon; denn nachdem er die Spalten gelesen und gegen-
gezeichnet hatte, fiel es ihm nicht ein, auch noch das
fertige Blatt durchzusehen. Als er nach Entdeckung des
Unterschleifs dem Obersetzer Vorwürfe darüber machte,
daß er Artikel ohne Gegenzeichnung eingereiht, berief sich
dieser auf das Ansehen des Verwaltungsrathes.

Die Herren dieser sechzehnköpfigen Körperschaft waren weit davon entfernt, sich regelmäßig zu den Wochen-
sitzungen einzufinden. Bald kam die eine, bald die andere Partei. Das gab mancherlei Wirrwarr. Ein einziges Beispiel möge genügen. Nachdem die Abgeordneten in Berlin die Abschaffung aller Adelstitel beantragt
hatten, kam aus der Sitzung des Verwaltungsrathes an
die Redaction die förmliche Vorschrift, diesem „Beschlusse"
der verfassunggebenden Versammlung nachzuleben, obschon
der Antrag — beiläufig bemerkt — noch kein Beschluß,
geschweige denn bestätigt war. Er hat auch später nicht
Gesetzeskraft erlangt. Der Redaction kam es nicht darauf an, die Fürsten, Grafen, Freiherrn und „vons" ab-
zuthun; sie schrieb frischweg: Herr Hohenzollern, Herr
Radziwill, Herr Brandenburg ꝛc. Die Herrlichkeit dauerte
8 oder 14 Tage, bis ein neuer Ukas einlief, welcher
den vorigen in heftigster Weise widerrief, und zwar in
einer Form, als sei die adelsfeindliche Maßregel aus eigener Anregung der Redaction hervorgegargen.

Dieser, fürwahr nichts weniger als vereinzelte Vorgang ließ auf tiefe Klüftungen im Innern des Verwaltungsrathes schließen. Daß zwischen diesem und Chezy das
herzliche Einvernehmen keinen Bestand haben konnte, läßt
sich denken. Aber der Bruch erfolgte erst allmälig, denn
Drickes ist ein Geschäftsmann durch und durch, der sich
nicht nachsagen lassen mag, daß er sein Wort gradezu
gebrochen habe, und Chezy war nicht mehr jung genug,
die Folgen eines unbedachten Schrittes unerwogen zu
lassen. Darum hütete er sich, den Rathschlägen zornmü-
thiger Wallungen Gehör zu schenken, die ihn oft und
dringend mahnten, denen von Köln seine Stelle vor die
Füße zu werfen und sie dabei zu fragen, wie es möglich
sei, daß sechzehn angesehene und verständige Männer es
nicht über sich gewinnen könnten, einem großen und edlen
Zweck zulieb ihre untergeordneten Nebenabsichten, ihre
kleinliche Empfindlichkeit und andere mehr oder weniger
albernen Armseligkeiten auch nur für wenige Monate zu
vergessen? Statt eine solche Frage zu stellen, hielt sich
Chezy wolweislich, ohne übrigens dem berechtigten Stolze
etwas zu vergeben, in einer vertheidigenden Stellung und
ließ die Dinge an sich kommen, um nicht die Ansprüche
an die Gesellschaft zu verlieren, welche verwirkt gewesen
wären, wenn er seine Entlassung begehrt hätte. Wenn
sie dagegen ihm kündigte, wie es später in der That geschah, konnte er gesetzmäßig seinen vollen Gehalt für die
ganze ursprünglich bedungene Zeit verlangen und den
Großmüthigen spielen, wenn er sich mit einer Abfindung
zufrieden stellte. Als die Kündigung im Mai 1849 für
den 15. September erfolgt war, zog Chezy einen tüch-

tigen Rechtsfreund zu Rathe. Der Bescheid lautete, daß er die Sache auf sich beruhen lassen möge, um dann vom 15. October an monatlich die fällige Rate seines Gehaltes einzutreiben. „Da Sie", sagte der wolerfahrene Vertreter, „im ganzen bis zum 15. September 1858 einen Betrag von 4800 Thalern zu fordern haben werden, so wird die Gesellschaft sich noch glücklich schätzen, wenn Sie sich mit der Hälfte abfinden lassen. Natürlich schlagen wir den Vergleich nicht vor, sondern nehmen ihn allenfalls an." Die Gesellschaft war jedoch pfiffiger als Chezys Anwalt; sie löste sich auf, bildete sich zu einer neuen und führte die rheinische unter dem Titel der deutschen Volkshalle fort.

66.

Es versteht sich von selber, daß die Einzelheiten der widerstrebenden Richtungen im Verwaltungsrathe hier nicht erörtert werden. Der Verfasser kennt sie nicht genau genug, namentlich in jenen kleinlichen und untergeordneten Beziehungen persönlicher und gesellschaftlicher Art, welche, wie es eben in der Kölner Natur liegt, die eigentliche Hauptsache vorstellten. Was außerhalb des Weichbildes der heiligen Stadt allenfalls wesentlich erscheinen könnte, wird bald gesagt sein. Drei Strömungen herrschten vor: die rückschrittlich preußische, die ultramontane, die demokratische. Die Vertreter der ersten beiden gehörten, nach dem Kölnischen Ausdrucke, zu den Heulern; die anderen zu den Wühlern. An der Spitze der preußischen Partei stand der Bürgermeister Gräff. In der ultramontanen begegneten sich mit Dieringer und

anderen Geistlichen einige westfälische Edelleute, die, wenn
sie auch nicht unmittelbar dem Verwaltungsrathe ange-
hörten, darum doch nicht minder schwer darin wogen.
Die Wühler waren unter sich nicht einig und durch
mancherlei philisterhafte Rücksichten gebunden, so daß ihr
Streben sich mit kleinlichen Erfolgen begnügte, wie deren
oben angedeutet wurden. Mit welchen Augen die bureau-
kratischen Schwarzweißen den Redacteur vom 1. October ansahen, sobald sie am Ministerium „Brand-Teufel"
einen Anhaltspunkt gefunden und nachdem die einseitig
ertheilte Verfassung vom 5. December verkündet, der Landtag aufgelöst worden, das wird sich ungefähr von selber
verstehen. Die Ultramontanen, Geistliche sowol wie die
Junker, gehörten zu der Schule, welche in der katholischen Kirche vor allem eine treffliche Polizei-Anstalt be-
wundert. Sie hatten gegen das Berliner Regiment durchaus nichts anderes einzuwenden, als daß sie über dessen
protestantische Unduldsamkeit mißvergnügt waren. —
Aus der Volkshalle wollten sie eine katholische Kreuz-
zeitung gemacht sehen. Dazu war Chezy nicht der Mann.
Den Wühlern war er ein Dorn im Auge, z. B. auch
darum, weil er nicht Partei für die Magyaren nahm,
wie mit der ganzen Stadt auch die Kölnische Zeitung,
deren Berichterstatter die abenteuerlichsten Lügen auf-
tischte, so daß es ihm nicht darauf ankam, die Geschütze
von Komorn bis Temesvar spielen zu lassen. Dricles
hatte nicht den leisesten Begriff von der Ortschaften Gelegenheit im pannonischen Lande und wußte nicht, wie
weit einer von Buda nach Ofen zu laufen hat; wie ein
Kind ergötzte er sich an den gräulichen Prügeln, welche

die Kaiserlichen erhielten, bis ihn eines Tages die Nachricht von Vilagos aus dem Traume weckte.

Hier ist ein bezeichnender Zug einzuschalten. Alle
Welt weiß, daß General Hentzi die Festung Ofen bis
über den 20. Mai 1849 hinaus gegen die Empörer
hielt und dann ritterlich fechtend den Heldentod starb.
Die Kölnische Zeitung ließ Ofen um 3 Wochen früher
fallen, die Volkshalle aber das Beispiel unbefolgt, weil
ihre Berichte aus Oesterreich das Gegentheil behaupteten. Ein Verwaltungsrath machte Chezy Vorwürfe darüber, daß er seinen Briefen aus Wien mehr Glauben
schenkte als der Kölnischen Zeitung. „Ich bin wirklich
neugierig", schloß er ziemlich giftig, „wie lange Sie Ofen
noch halten werden?" — „Keine Minute länger als der
tapfere Hentzi", lautete der gelassene Bescheid.

Zu selbiger Frist hatte Chezy schon seit geraumer
Weile eine Oberleitung abgegeben, welche in der Redaction nur dem Namen nach bestand, vorsichtiger Weise
jedoch die betreffende Aenderung nur mittelbar bewirkt,
so daß sie aus der Anregung des Verwaltungsrathes hervorgegangen schien, denn wenn er selber auch nicht mit-
klüngelte, so war er doch bei jedem Schritte auf seiner
Hut in Bezug auf seine Geldansprüche. Seitdem er nach
Verlauf der ersten sechs Wochen verstehen gelernt, mit
wem er zu schaffen habe, war er auf nichts so sehr bedacht, als Spindlers Rath zu befolgen.

Sein Nachfolger hieß Heinrich Eickerling, der ihm
seither ein werther guter Freund geblieben ist, wenn sie
auch im Anbeginn nicht in allen Stücken ohne Ausnahme
sich ganz gut verstanden haben. Eickerling war durch

geistliche Vermittlung veranlaßt worden, ein paar Leitartikel einzuschicken, welche „par ordre du musti"
Aufnahme fanden. Sie waren frei von einem Haupt-
fehler, welchen der Verwaltungsrath schon ein paarmal
an Chezys Aeußerungen gerügt, die man, wie der Vorwurf wörtlich lautete, nur einmal zu lesen brauchte, um
zu verstehen, was der Verfasser sagen wollte. Eickerlings
Artikel durfte man getrost siebenmal lesen, ohne je in
eine solche Gefahr zu gerathen.

Er war ein Westfale und hatte, noch keine dreißig
Jahre alt, bereits ein vielbewegtes Dasein in fremden
Landen hinter sich. Ursprünglich zum geistlichen Stande
bestimmt, war er früh nach Rom gekommen, doch kurz
vor Thoresschluß durch eine äußerliche Veranlassung
gehindert worden, über die ersten vier Weihen hinaus
zu gelangen. Da er von jeher eine besondere Vorliebe
für das schöne Geschlecht gehegt, so dürfte allenfalls die
Muthmaßung erlaubt sein, daß irgend ein kleines Lie-
besabenteuer dabei in's Spiel gekommen. Eickerling trat
in die Dienste des Grafen von Spaur, dessen Name
später einen so rühmlichen Klang erhalten sollte. Spaur,
der baierische Gesandte zu Rom, war es nämlich, welcher
unserem heiligen Vater Pius IX. im Spätling 1848
zur Flucht verhalf. Eickerling wurde Erzieher im Spaur-
schen Hause, verweilte mehrere Jahre in diesem Verhältniß und kam dabei weit in Italien herum. Endlich auf
der Heimkehr nach Paderborn begriffen, wurde der Durch-
reisende von einem geistlichen Gastfreund in Köln auf-
gehalten und jenen einflußreichen Gönnern empfohlen,

welche zufällig im Augenblicke seines Gleichen brauchen konnten.

Wenn auch kein Schriftsteller von Beruf, so war Eickerling doch ein fähiger Kopf, mit allen Gaben eines tüchtigen Geschäftsmannes ausgerüstet. Er wußte mit der Feder vortrefflich sich fortzuhelfen, wo es galt, über Thatsachen und handgreifliche Dinge zu sprechen; nur wo ihm die Aufgabe gestellt wurde, Gedanken und Ansichten höherer Art mit Schwung vorzutragen, ward er zum zappelenden Fisch auf dem Sande oder zur Katze im Wasser, gab schwülstige Redensarten von sich und gerieth in's Faseln; wie denn überhaupt kein geschaffenes Wesen in fremdem Elemente sich gehörig zurechtfindet. Dagegen war er durch keine vorgefaßte politische Meinung gehindert, den Wünschen der Gönner zu entsprechen und mit dem herrschenden Winde des Verwaltungsrathes zu segeln, so daß er den Posten eines verantwortlichen Strohmannes durch alle Wandlungen der Volkshalle hindurch zu behaupten verstand, bis das Blatt durch eine Gewaltmaßregel der Berliner Regierung unterdrückt wurde; was sich um das Jahr 1854 oder 55 herum zugetragen haben dürfte. Unter den Eigenschaften dieses Redacteurs, welche man im Verwaltungsrathe zu schätzen wußte, ist u. a. die aufzuzählen, daß er sich durchaus nicht den kindischen Versuchen widersetzte, mißliebige Thatsachen todtzuschweigen. Auch bedurfte es nur eines leisen Winkes, um ihn zu vermögen, eine übersichtliche Darstellung des Feldzuges in Ungarn aufzunehmen, deren Verfasser ohne weiteres Nachdenken den Berichten der Berliner National-Zeitung gefolgt war, welche denen in der Volkshalle schnurstracks widersprachen. Letztere hatten sich allerdings bisher als richtig bewährt, aber man wollte der öffentlichen Meinung in der Stadt dieses Opfer bringen, um nicht hinter der Kölnischen Zeitung zurück zu bleiben, denn Köln war für Drickes der Abgott und Dumont sein Prophet.

Nach dem gewaltsamen Ende der Volkshalle zeigte Eickerling, daß er seine Lehrzeit nicht verloren hatte. Raschen Entschlusses, voll Muth und Thatkraft, ging er spornstreichs mit ein paar Mitarbeitern der aufgelösten Redaction nach Frankfurt am Main. Er hatte noch keine 500 Thaler vorräthig und schuf nichtsbestoweniger eine Fortsetzung der Volkshalle, die unter dem Namen „Deutschland" erschien. Ohne sich mit den Einzelheiten der Redaction sonderlich zu befassen, widmete er sich dem geschäftlichen Theile mit Glück und Schick. Hierin leistete er Wunderbares. In Angelegenheiten seines Blattes kam er auch mehrmals nach Wien, wo wir fröhliche Stunden mitsammen verlebten. Zum Unglück für die Zeitung verfeindete sich Eickerling mit dem katholischen Stadtpfarrer in Frankfurt, Beda Weber. Der berühmte Schriftsteller war ein wunderlicher Heiliger, der unter anderen Einbildungen auch die hegte, der Leiter eines katholischen Blattes müsse ein Ducker und Mucker sein, während Eickerling in Bezug auf Wein, Weiber und Gesang stark zum Lutherthum hinneigte. Weber drängte ihn von der Zeitung weg, und die natürliche Folge war, daß diese in kürzester Frist zu Grunde ging. In einer Flugschrift, die als Handschrift gedruckt in weiten Kreisen Aufsehen erregte, hat Eickerling den Streich mehr als nur wettgeschlagen. Er soll seitdem eine vortheilhafte Anstellung als reisender Vertreter einer französischen Brandversicherungsgesellschaft gefunden haben. Mehr weiß ich nicht von ihm.

In Köln bewährte er in lebensfrischer Rührigkeit eine erfreuliche Begabung für das gesellige Leben und spielte den „Eintreiber" mit so raschem Erfolge, daß sich alsbald aus Angehörigen der Volkshalle und deren Befreundeten ein munterer Kreis bildete, der ohne lästigen Aufwand den Winter in anregend fröhlicher Weise mitsammen verlebte, ebenso bescheiden in geistiger Beziehung als in den Anforderungen an leibliche Genüsse, harmlos vergnügt bei der altfränkischen Kurzweil der s. g. kleinen Spiele wie bei Schinken, Käse und einer häuslichen Bowle.

Unter Bowle versteht der Rheinländer im allgemeinen den im Punschnapf mit Zuthaten zurechtgemachten Wein, dessen Bestandtheile je nach der Jahreszeit wechseln. Im Lenze herrscht der duftige Waldmeister vor, im Winter die „Pomeranze", nämlich die unzeitige Orange, abgefallen oder gepflückt, bevor sie die Größe einer Wallnuß erreicht hat. Die gewöhnliche Bowle wird mit Moselwein und den Gaben des Jahreszeit bereitet; zur festlichen nimmt man Ananas.

Im „Lilienkränzchen" ereilte den Gründer ein Los, das zwar nicht so ganz-unvermeidlich wie der Tod, aber doch nichts weniger als ungewöhnlich ist. Ein Kölnisches Kind nahm ihn auf Gnade und Ungnade gefangen und ließ ihn nicht mehr fahren. Die Königin der Schönheit im Kränzchen aber war eine Tochter des Westfalen-

landes, im vertrauten Kreise wegen ihrer Zierlichkeit
„Puppa“ geheißen. Das äußerste Unheil konnte sie nicht
mehr verursachen, weil einige Jahre zuvor bereits der
Bürgermeister und der Pfarrer ihre Riegel vorgeschoben;
doch ihre schönen Augen richteten mancherlei Verwüstun-
gen an, besaßen aber zu gutem Glücke alle Eigenschaften
des Achillesspeeres.

67.

Die Herren Verwaltungsräthe wären keine richtigen
Kölner gewesen, wenn sie ihre Stellung u. a. nicht auch
dazu benutzt hätten, persönliche Begünstigungen auszu-
theilen, die ihnen keine Kosten verursachten. So warfen
sie mancherlei unnütze Gesellen in die Redaction, die
zwar spottschlecht bezahlt wurden, aber im ganzen doch
bedeutende Summen wegnahmen, welche dann am rechten
Flecke fehlten. Ein gewisser Pilgram, den sie einschoben,
war ein junger Mann von umfangreichem Wissen, aber
ein ausgemachter Schulfuchs. Er ritt auf Gott weiß
welchem philosophischen System, wie auf seinem „Princip“
der vielverspottete Fürst von Reuß, durch welchen die
Sprache unseres Verkehrs mit dem Ausdruck „Princi-
pienreiterei“ bereichert worden ist. Pilgram hätte gar zu
gern die Volkshalle zu einem philosophischen Blatt gemacht, was, abgesehen vom Inhalt des Systems, an
und für sich schon albern genug war. Der Inhalt aber
gehörte zu der Schule, welche die Weltweisheit mit der
Religion vereinbaren will, als ob außer dem Glauben
auch noch eine lediglich aus irdischer Forschung hervor-
gegangene Erkenntniß in überirdische Gebiete reichen
könnte. Der wackere Stubenhocker taugte zum Zeitschrift-

steller wie etwa Wilhelm Chezy nach seinem Vater zum Professor am College be France gepaßt hätte. Eine bedingungsweise glücklichere Wahl war jene des armen Max Schottky, der doch wenigstens etwas für die Zeitung leisten konnte; er hatte nämlich die weite Welt durchwandert und vieles aufgezeichnet, das sich im Feuilleton verwenden ließ. Der Versuch jedoch, ihn die kleineren Zeitungsnachrichten aus Südwestdeutschland zusammenstellen zu lassen, fiel jämmerlich genug aus. Der vielgereiste Mann schien keinen Begriff von der örtlichen Eintheilung unseres Erdtheiles zu haben und kein Gedächtniß für die laufenden Begebenheiten zu besitzen. Am Donnerstag strich er in Zeitungen von jenseits des Rheines Mittheilungen an, die schon am Sonntag in Köln gelesen worden und theilweise sogar aus der Volkshalle selbst entnommen waren. Dagegen ließ er das unbeachtet, worauf in den südwestdeutschen Blättern zu fahnden ihm aufgegeben worden.

Schottky war ein kleiner Mann von schlotterigem Aussehen mit einem Fuchsgesicht, schüchternen Wesens, demüthigen Benehmens. Er machte den Eindruck eines abgetragenen waschledernen Handschuhs, welcher des Wassers und der Seife wieder einmal sehr bedurfte, obschon nicht zu hoffen stand, viel damit auszurichten. Sein Alter schien zwischen 50—60 Jahren zu betragen. In früheren Zeiten Professor zu Prag, hatte er in Folge seiner Sammelwuth schlimme Händel bekommen. Den Hergang weiß ich nicht genau; vermuthlich ward ihm schuldgegeben, daß er aus Büchern einer öffentlichen Bibliothek Kupferstiche ausgeschnitten habe. Gewiß ist,

daß er eines Morgens aus Prag verschwunden war und
lange nichts mehr von sich hören ließ. Von seinen Irr-
fahrten weiß ich nicht mehr, als daß er sich u. a. auch
in Südfrankreich umhergetrieben. Der Sammelgeist
hatte ihn nicht ganz verlassen. Er führte als Fahrnisse
ein paar Kartoffelsäcke voll von Papieren bei sich; die
Säcke heimelten mich an als eine Erinnerung an jenen
Sack, welcher einst in Detmold der Dichterin auf der
Flucht als Reisekoffer gespendet wurde. (Buch I, Abschnitt IV.) Der ganze Papierwust war zu kleinen, und
diese wieder zu größeren Päckchen zusammengebunden.
Man mußte ihn als thatsächlich geordnet anerkennen,
da der Besitzer alles herauszufinden wußte, wessen er
eben bedurfte. Das kann bekanntlich nicht jeder von sich
rühmen, dessen bequeme Wohnung mit ihren Kisten,
Kasten und Gestellen sehr ordentlich aussieht.

In der Literatur hat Schottky, wenn auch nicht durch
schöpferischen Geist, anerkannt Werthvolles geleistet. Sein
Wesen schien ihn zum genialen Lumpen zu stempeln,
obschon er kein Lump, sondern einfach der arme Teufel
war, wozu Natur und Schicksal ihn bestimmt. Fraß und
Völlerei waren ihm fremd wie die andere alltägliche Tod-
sünde. Ebenso wenig spielte er. Seine Genügsamkeit war
die eines Diogenes. Sein Einkommen bei der Volkshalle wird monatlich kaum 12 Thaler überstiegen haben.
Dafür kam es ihm nicht darauf an, gelegentlich den
ganzen Tag über von einem Stück trockenen Brodes zu
leben. Gegen das Frühjahr hin kam er in eine Lage,
die er als eine glänzende pries. Roderich Benedix und
andere Gönner vermittelten nämlich seine Berufung nach

Trier als Redacteur der dortigen Zeitung mit einem
Jahrgehalt von 400 Thalern. Wie lange er sich in der
neuen Stellung behauptet hätte, ist nicht zu untersuchen,
da er nach wenigen Wochen an einem Schlagflusse starb.
Die Trierer Zeitung war übrigens leicht zu führen; der
Redacteur röthelte halb im Schlafe den Stoff aus der
Kölnischen Zeitung an, um den Raum zu füllen, welchen
ihm die Anzeigen und die örtlichen Mittheilungen übrig
ließen, und hatte vor allem darauf zu schauen, die schwarz-
weiße Färbung zu behaupten.

Schottkys Nachfolger in Trier wurde ein junger
Dichter aus Köln Namens Hocker, der bei der Volkshalle seine Sporen verdient; Chezy hatte nebst vortreff-
licher Begabung den besten Willen in ihm entdeckt und
sich des ebenso fleißigen als fähigen Jünglings ange-
nommen, um ihn zu schulen. Hockers Mutter, eine Witwe, führte ein Conditoreigeschaft von gewerbfreiheitlichem
Schlage; wer nicht Limonade oder dergleichen Süßig-
keiten schlürfen und kein Zuckergebäck speisen mochte,
konnte außer gebrannten Wassern auch Wein oder Bier
erhalten und dazu eine Butterschnitte mit kaltem Fleisch.
Im Garten hinter dem Hause saß man ganz angenehm
zwischen Fliederbüschen.

Unter den einheimischen Mitarbeitern, die nicht un-
mittelbar zur Redaction gehörten, ist mir ein gewisser
Loning, Lonig oder dergleichen im Gedächtniß geblieben.
Er führte den Titel eines Hauptmanns und hatte in
Spanien unter Don Carlos gefochten. Wenigstens sagte
er so. Seiner Aussage nach erhielt er Briefe aus
Spanien, deren Inhalt er für die Volkshalle bearbeitete.

Allmälig nahm Chezy wahr, daß diese Schreiben auch gar
nichts Wesentliches besagten, als was schon in französischen Blättern gestanden hatte, weßhalb er Hrn. Loning ersuchte, ihm das nächstemal auch den spanischen
Brief, oder wenigstens die Briefhülse mit den Post-
stempeln mitzubringen. Da sein Verlangen unerfüllt
blieb, brach er die Verbindung ab.

Im Sommer 1849 rückte Valerius Kutscheit, ein
Paderborner, in die Redaction ein. Seines Zeichens war
er eigentlich Geograph und Landkartenzeichner, in welchem Fache er Tüchtiges geleistet hat. Auch ist ein Band
Gedichte von ihm erschienen; recht hübsche Sachen darunter, aus Kopisch's Schule. In einem allerliebsten Gedichte erklärt er die Ursache seines unlöschbaren Durstes;
die Mutter habe unmittelbar vor seiner Geburt einen
Häring verspeist gehabt, hieß es darin. Dem Durst gesellte sich noch ein anderes sehr unbequemes Uebel: ein
schwacher Magen, der kein Wasser vertragen konnte und
den Wein nicht verdaute, wenn zum Schlusse nicht Rum,
Rack oder Nordhäuser nachhalf. Diese vereinten Krank-
heiten haben ihn im kräftigsten Mannesalter hingerafft;
er ist höchstens 45 – 46 Jahre alt geworden.

Kutscheit besaß außer anderen vorzüglichen Gaben
auch die Fähigkeiten eines schätzbaren Rothstiftes, darunter raschen Ueberblick und ein gutes Gedächtniß. Von
letzterem legte er gelegentlich eine Probe ab, als Chezy
zu seiner Erzählung „der Volksmann von Paderborn"
(im Morgenblatt 1850) eines Grundrisses dieser Stadt
bedurfte. Valerius zeichnete den Plan augenblicklich auf
und gab alle gewünschte Auskunft über die örtlichen

Einzelheiten, sowie über Land und Leute in der Gegenwart und aus der Vergangenheit. Dem Bescheid, welchen Kutscheit ertheilte, verdankte die genannte Erzählung eine örtliche und volksthümliche Anschaulichkeit, die ihr namentlich in Westfalen manchen Freund erwarb.

Kutscheit hatte lange Jahre in Berlin gelebt und eine geraume Weile in der Hausvogtei (der Berliner Frohnveste) in Untersuchungshaft zugebracht, woraus er endlich entlassen worden, weil die k. preuß. Anklage auf Hochverrath unerweisbar geblieben. Seine Frau, seit etwa fünf Jahren mit ihm verheiratet, war eine Vollblut-Berlinerin, hübsch und lebendig. Er befand sich in sehr bedrängten Umständen, als ihn die Berufung nach Köln zur Volkshalle wieder in eine bessere Lage brachte. In der Redaction wurde ihm Preußen sammt Norddeutschland übertragen; er entsprach den Erwartungen so ziemlich; doch mußte man häufig schon um 11 Uhr Vormittags, wenn man seiner bedurfte, ihn aus der ewigen Lampe bei der Pauluswache holen, wo er die Sitzung beim „Spezial" zu verlängern liebte, sobald er plaudernde Gesellschaft fand.

Der Spezial bedeutet ein Glas Wein von unbestimmtem Maße, das man im Laufe des Vormittags zur Stärkung einnimmt. Die Angelegenheit wird gewöhnlich in aller Eile abgemacht, doch bei der ewigen Lampe gab es meistens Gesellschaft, die von 10 Uhr an bis zum Mittagessen sich durchfrühstückte, und Valerius hegte eine besondere Liebhaberei, den Rücken des vorletzten Gastes zu sehen. Sein Vorgänger in der Redaction war im Laufe des Vormittags wol auch zuweilen ver-

schwunden, doch nur auf ganz kurze Frist und nicht um
einen Spezial zu nehmen, sondern um einen „hinter die
Binde zu gießen", den man in Berlin als sanften Heinrich kennt, in Köln aber Schabau (mit dem Ton auf
der letzten Sylbe) heißt.

Eine andere Liebhaberei hatte Kutscheit mit seinem
unsterblichen Landsmann Münchhausen gemein: er log,
daß ihm der Dampf aus dem Halse ging. In Köln
sagt man diesen Fehler den Westfalen überhaupt nach,
vermuthlich aus freundnachbarlicher Gesinnung, obschon
ich durchaus nicht behaupten möchte, daß alle Kinder
der rothen Erde ebenso von zartester Jugend an zur
strengsten Wahrheitsliebe angehalten werden wie die
Sprößlinge des freiherrlichen Stammes von Münchhausen, die um ihres Namens willen genöthigt sind, selbst
den entferntesten Schein der Unwahrheit sorgsam zu meiden, damit sie nicht etwa an den Herrn Vetter aus dem
XVIII. Jahrhundert gemahnt werden. Es wird eben
nicht der Westfale gewesen sein, sondern grade nur Valerius Kutscheit, welcher u. a. erzählte, daß er bald nach
den Märztagen eines frühen Morgens ins Schloß gegangen sei, um dem König einleuchtend zu machen, er
werde kaum umhin können, eine Verfassung auf der
allerbreitesten Grundlage zu geben. Natürlich wurde
er gleich vorgelassen. Durch die offene Seitenthüre des
Empfangsaales sah er am Frühstückstische den König
sitzen, der sich erhob, herauskam und Kutscheits Vortrag
anhörte, um dann zu antworten: „Sie haben recht, vollkommen Recht. Wollen sie Minister werden?" — „Das
wird schwerlich angehen, Eure Majestät," versetzte Kut-

scheit, indem er sich für das bewiesene Vertrauen be-
dankte und bereit erklärte, den König stets mit seinem
Rathe außeramtlich zu unterstützen. „Schön, lieber Kutscheit, sehr schön," sagte Friedrich Wilhelm IV; „für
jetzt aber entschuldigen Sie mich, sonst wird mein Kaffee
kalt. Auf Wiedersehen."

Kaum hatte der Professor Hermann Müller aus
Würzburg die Redaction der Volkshalle (ich glaube im
Januar 1850) übernommen, als Kutscheit entlassen wurde.
Er fand 1850 eine Anstellung bei der Frankfurter Post-
zeitung, wo er drei Jahre blieb. Im Sommer 1853
kam er für einige Wochen nach Wien und ward zum
k. k. Consul in Ulm ernannt, wo er bald darauf starb.
Die Stelle scheint er der Gönnerschaft des Hrn. v. Hock
verdankt zu haben. Sein unfreiwilliger Rücktritt von der
Volkshalle war die Folge der Böswilligkeit des Dr. H.
Müller, welcher mit dem Vorsatze gekommen war, die
„Deutsche" Volkshalle von den seit dem October (1849)
noch mitgeschleppten Ueberresten der „rheinischen" zu
säubern, denn das Blatt sollte, wie er unumwunden erklärte, das katholische Seitenstück zur Berliner Kreuz-
zeitung bilden, und da paßten diese von freiheitlichen
Vorstellungen angesteckten Köpfe nicht hinein, die einst
Chezys Spießgesellen gewesen. Nur an Eickerling schei-
terten seine Bemühungen; der schlaue Westfale verstand
seine Stellung dergestalt zu befestigen, daß der Würz-
burger ihn darin lassen mußte.

Es verstand sich ganz von selber, daß Müller die
Zeitung nicht in sein erkorenes Fahrwasser zu bringen vermochte, ohne die frühere Richtung derselben aus-

brücklich zu verleugnen. Dagegen war grundsätzlich nichts
einzuwenden. Wer eine neue Farbe auftragen will, kratzt
zuvor die alte ab. Zufällig aber vergaß er in seinem Eifer
auch die Grenzen der Schicklichkeit zu beobachten, indem er
den Redacteur der rheinischen Volkshalle vom October
und November 1848 grabezu beschuldigte, derselbe habe
die Zeitung anders geführt als seine Vollmachtgeber
ihm aufgetragen. Eine solche Verdächtigung seiner Ehren-
haftigkeit konnte Chezy nicht auf sich sitzen lassen. Da
jedoch Müller nicht zu bewegen war, einer Rechtfertigung
in der Volkshalle Raum zu gönnen oder persönliche Genugthuung zu geben, so blieb dem Beleidigten keine
Wahl, als sich die versagte Genugthuung selber zu nehmen. Er that es, doch nicht etwa mit der Reitpeitsche,
sondern mit der Feder. Die betreffende Erklärung stand
in Nr. 46 der Kölnischen Zeitung (Beilage) vom 22.
Febr. 1850 zu lesen und ließ nichts weniger vermissen
als die Verständlichkeit. Ihre einzige Folge blieb, daß
die · Volkshalle in Bezug auf die frühere Redaction gänzlich verstummte.

Um mit diesem Blatte vollends abzuschließen, ist
hinzuzufügen, daß einige Jahre nach seiner Unterdrückung
Joseph Bachem unter der Ueberschrift „Kölnische Blätter"
ein neues gründete. Auch er zeigte, daß er seine Lehrzeit nicht verloren. Die Kölnischen Blätter erscheinen in
etwas kleinerem Format und haben es in kurzer Zeit zu
einem Absatz von 5000 Abdrücken gebracht. Soviel ich davon gesehen habe, stehen sie dem Geiste der „deutschen"
Volkshalle entschieden fern und erinnern einigermaßen
an die Anfänge der „rheinischen."

In Bezug auf den oben gebrauchten Ausdruck „Kreuz-
zeitung" (auch „†-Zeitung" geschrieben) wird als Anmerkung hinzuzufügen sein, daß dieses Blatt eigentlich
„Neue preußische Zeitung" heißt und ihren Beinamen
von der Titelvignette erhalten hat, welche das berühmte
Ehrenzeichen aus dem Befreiungskriege, das eiserne
Kreuz, darstellt. Sie hat den Beinamen förmlich anerkannt, mit welchem auch die Partei bezeichnet wird,
welche gegenwärtig (1863) in Preußen am Steuerruder
steht, aufleuchtend wie eine ausbrennende Lampe vor dem
Erlöschen. Das Blatt ist als Zeitung musterhaft gemacht und dabei das Urbild geistreicher Berlinerei. Die
Freunde lesen es mit Vergnügen. Die Unparteiischen widmen ihm Anerkennung und die Widersacher finden sich
gezwungen, es zu beachten. Ich weiß nicht, ob es in
deutschen Landen noch ein Parteiblatt gibt, welchem diese
drei Dinge in gleichem Umfange nachzurühmen wären.

68.

Zu den besondersten Eigenheiten der Stadt Köln
gehörte nicht minder als der tolle Carneval auch das
weltliche Krippenspiel. Der Carneval, welcher alljährlich
einmal mit seiner Holdschaft, der Prinzessin Venezia,
durch die rheinischen Städte den öffentlichen Umzug hält,
ist weltberühmt. Vom Puppenspiele jedoch weiß man
außerhalb von Köln blutwenig. Seine Hauptgestalt ist
Henneschen, der Kölnische Hanswurst, ein Sprößling
aus jener umfangreichen Blutsfreundschaft, wozu außer
manchen andern auch der Rüpel in Deutschland, Clown
und Punch in England, der unflätige Karagös (Schwarz-
auge) in der Türkei, Pagliazzo, Arlecchino und der hoch-

berühmte Pulcinella in Wälschland gehören. Die wahre
Lustigkeit ist die ursprünglich menschliche, die lustige Person aber eine volksthümliche Darstellung des gemeinen
Mannes in seiner Gesammteigenthümlichkeit, roh, jedoch
reichlichst mit Mutterwitz bedacht, sinnlich je nach Landesart und nach dem Stande der sittlichen Bildung. Diese
Gestalt verkörpert sich in mannichfacher Weise und tritt
mit besonderer Wirksamkeit im Puppenspiele vor des
Volkes Augen als Hanswurst, Wurstl, Punch, Polichi-
nell, Pulcinella. Der deutsche Hanswurst ist gemeiniglich
nicht so hämisch boshaft wie sein britischer Vetter, viel
gemüthlicher als die wälsche Sippschaft und bei aller
Rohheit doch nicht sittenlos wie seines Gleichen im Süden
und im Morgenlande. Er erinnert in seinem Wesen an
den leibhaftigen Till Eulenspiegel.

Henneschen im Krippenspiel ist hanswurstisches Voll-
blut, das Kölner Krippenspiel aber eines der wenigen
Samenkörner, worin die Zukunft einer neuen, aus dem
Volke urkräftig hervorgewachsenen Bühnenkunst schlum-
mert. Diese, aber auch nur diese eine Beziehung hat es mit
dem Passionsspiel zu Ober-Ammergau (in Baiern) ge-
meinsam. Von den unscheinbaren Körnlein wird muthmaßlich eines an demselben Tage zu keimen beginnen,
an welchem Uebersättigung und Ekel die Bettelprinzes-
sinnen-Wirthschaft unseres heutigen Bühnenwesens vollends zu den alten Mondscheinen werfen. Bekanntlich
besteht ein Hauptübel unseres Schauspieles in dem krampf-
haften Bemühen, für die Täuschung der Sinne zu sorgen, wodurch die dichterische Täuschung, der echte und
rechte Kunstzauber, meistentheils verloren geht. Bei den

Vorfahren hatte die Bühne eine wesentlich andere Einrichtung als bei uns, aber die unverwöhnten Zuschauer
brachten auch den guten Willen mit, der uns abgeht; jenen
gesunden Hunger, welchen der überreizte Gaumen und
der verdorbene Magen nur durch längeres Fasten zu-
rückgewinnen können. Zur Ursprünglichkeit der Leistung
gehört unbedingt die Ursprünglichkeit der Anschauung.
Im Krippenspiel zu Köln werden beide nicht vermißt.
Die Einrichtung der Bühne ist augenscheinlich aus älteren Ueberlieferungen hervorgegangen. Zur Rechten und
zur Linken vor dem Vorhang erblickt der Zuschauer zwei
Gruppen von Gebäuden; links einen Theil der Stadt,
in deren Inneres das Thor führt, rechts das Dorf.
Wie nah oder wie fern von einander beide liegen sollen,
das bleibt wie billig je nach den Umständen der Handlung dem Ermessen der Einbildungskraft überlassen. Der
kurze Weg bedeutet gelegentlich eine Reise und dann
wiederum einen Spaziergang. Die Bühne in der Mitte
hinter dem Vorhang zwischen Stadt und Dorf wird
Veränderungen unterworfen, um die erforderlichen Räumlichkeiten darzustellen. Dieselbe Mischung von Ständig-
keit und Wechsel herrscht auch in den gleichsam belebten
Wesen dieser kleinen Welt, in den Puppen. Die un-
wandelbaren Hauptpersonen sind der „Bestevater“ Niklas
und dessen Enkel Henneschen. Sie wohnen im Dorfe
und treten fortwährend auf, sowol im Stück als in den
„Faxen“ (Zwischenspielen), welche letztere mit der Haupt-
handlung nie zusammenhängen. Niklas und Henneschen
sind zusammen das Alter und die Jugend des echten und
rechten Urkölners. Beide bleiben mit wahrhaft künstle-

rischer Folgerichtigkeit in Bewegung und Ausdruck unter allen Umständen ihrer Rolle getreu und schicken sich dennoch mit bewundernswerther Fügsamkeit in jeglichen Wechsel der Umgebung, so daß sie in das Ritterspiel nicht minder passen als in die Darstellungen aus dem heutigen Leben. Dabei ist der Vortrag so musterhaft, daß die Puppen sich zu beseelten Wesen umgestalten und die dicken Drähte, woran sie geleitet werden, für den Zuschauer nicht mehr vorhanden sind.

Chezy war ein fleißiger Besucher des Krippenspieles, wo er für sein „Kassenmännchen" (2½ Silbergroschen) sich besser unterhielt als irgend ein Kunde im Stadttheater. Die ersten Plätze in der bescheidenen Räumlichkeit waren überhaupt nicht selten von Herrenleuten besetzt. Er rechnete sichs auch zu besonderem Vergnügen an, daß er der geistige Urheber eines beliebten Schwankes war. Benedix hatte nämlich, nicht ohne den Verfasser davon zu verständigen, aus der kleinen Erzählung „Zwei Feinde in einer Falle" (in den Fliegenden Blättern) sich einen Stoff geholt und seine Arbeit war vom Krippenspieler wiederum zurecht gemacht worden.

Das Krippenspiel bestand seit dem Anbeginn dieses Jahrhunderts. Hoffentlich ist es seit 1850 nicht zu Grunde gegangen. Im Jahre 1849 erlitt es einen schmerzlichen Verlust. Die Seele Henneschens und des wackern Niklas wurde aus der Versenkung in eine andere abgerufen, worin sie stumm bleiben mußte. Die Cholera hatte den unsichtbaren Künstler ergriffen und gewürgt. Die Seuche trat mit entsetzlicher Wuth auf und stürzte die Stadt in Schrecken. Chezy entrann damals nur mit knapper Noth dem Tode. — Ein böser Anfall war es, der über ihn kam und ihn schier geliefert hätte; auch wich der Feind nicht, ohne ihm ein paar tüchtige Püffe von nachhaltiger Wirkung hinterlassen zu haben und als sichtbaren Denkzettel viele Silberfäden im Barte, die sich im Laufe weniger Jahre dergestalt vermehrten, daß bald kein braunes Härlein mehr zu entdecken war. Es wird daraus zu entnehmen sein, daß bei dem dreistündigen Kampfe auf Tod und Leben mit der Braut des Todes aus Hindostan, die ein Geschwisterkind der Windsbraut sein dürfte, Chezy die Lebenskraft einer Reihe von Jahren zum voraus aufgebraucht haben mag, um deren Betrag er also früher sterben wird, als ihm vermöge seiner körperlichen Beschaffenheit bestimmt gewesen, insofern er überhaupt, wie es die Franzosen heißen: „seines schönen Todes sterben" sollte.

Da von Henneschen, dem lieben Jungen in blauem Wamms und weißen Sonntagshosen, die Rede war, so kann füglich auch Stollwerks „Vaudeville" nicht mit Schweigen übergangen werden, — ein zweites Theater, welches in der Beliebtheit dem ersten oder s. g. Stadttheater den Rang ablief. Vor allem war es durch seine Entstehung bemerkenswerth als ein Zeichen der Zeit.

In den ersten Stürmen von 1848 gelangte das „deutsche Kaffeehaus" von Franz Stollwerk in der Schildergasse urplötzlich zu bedeutendem Rufe. Im großen Saale desselben feierte die junge Demokratie ihre Walpurgisnacht. Die Versammlungen erkoren sich späterhin andere Räumlichkeiten, ließen aber als Gastgeschenk einen fruchttragenden Gedanken im Hausherrn zurück. Stollwerk, ursprünglich Zuckerbäcker und Verfertiger der beliebten „Brustkaramellen", war ein aufgeweckter Kopf, unternehmungsluftig und nicht allzuängstlich, weder in größeren noch in kleineren Dingen. Darum hatten die demokratischen Versammlungen ihm nicht blos den augenblicklichen Vortheil für seine Wirthschaft eingebracht, sondern auch eine Lehre gegeben, die er mit glücklichem Verständniß ausbeutete. Vielleicht trat dieses Verständniß nicht vollständig klar in's Bewußtsein, so daß nur ein dunkler Drang die Triebfeder zum Handeln ward; der Erfolg blieb darum doch der gleiche.

Bei der Demokratenversammlung hatte sich herausgestellt, wie sehr die Leute es lieben, sich in Masse unterhalten zu lassen, sobald sie dabei nur auch ihrer gewohnten Behaglichkeit nicht zu entsagen brauchen, im Munde den dampfenden Glimmstengel, nah zur Hand das Naß der Labung, in sich das Bewußtsein, nach Belieben selber mitlärmen zu dürfen, — natürlich unter der Bedingung, daß die Kundgebung nicht etwa den Neigungen der wollöblichen Versammlung wider den Strich fahre. Nun war hier der Gedankenübergang von der Rednerbühne zur Schaubühne nichts weniger als ein Sprung, sondern von jener großartigen Einfachheit, womit Colombus sein Ei auf den Tisch stellte. Stollwerk setzte eine Bühne in den Saal, warb eine Gesellschaft an und gab dem Zuhörerraum die Einrichtung, deren Grundzüge die Demokratenversammlungen ihn gelehrt hatten. Der Eintrittspreis betrug ohne Ausnahme 10

Silbergroschen (⅓ Thaler), wofür der Besucher zwei
Karten erhielt, die eine für den Thürsteher, die andere
um je nach seiner Wahl sich den Zutritt zur Galerie zu
öffnen oder dafür eine Erfrischung im Werthe von 6
Sgr. einzutauschen. An den Lehnen der Bänke fanden
sich breite Ränder wie an Schulbänken angebracht, doch
nicht für Bücher und Papier, sondern um Gläser, Flaschen und Teller darauf zu stellen; in ein paar Seiten-
zimmern standen Tische und Stühle in Bereitschaft; die
Schenktische waren unten und oben im Zuhörerraum
selbst aufgeschlagen; das nicotische Rauchopfer blieb un-
verwehrt.

Zu Wien sind gegen das Ende der 50er Jahre in
den „Liederspielhallen“ verwandte Anstalten entstanden,
nur mit dem Unterschiede, daß sich bei Stollwerk eine
Bühne mit der gewöhnlichen Einrichtung eines Theaters
vorfand. Ich halte die Wiener Einrichtung für einen
Fortschritt in der Entwicklung des ursprünglichen Gedankens. Doch das gehört nicht hieher. Das Kölnische
Liederspiel fand im ersten Winter ermunternde Theilnahme, die sich im zweiten durch ein glückliches Unglück
gesteigert fand. Im März 1849 war nämlich Stollwerks
Haus abgebrannt, worauf die öffentliche Meinung ihm
so entschieden ihre Gunst zuwandte, daß er im neuerbauten
Hause als Wirth und als Theaterunternehmer die aller-
glänzendsten Geschäfte machte.

Die Beliebtheit der Stollwerk'schen Bühne war —
wie schon gesagt — ein Zeichen der Zeit; sie stammte
aus einer und derselbe Quelle mit dem Aufkommen des
Vollbartes, des Paletots, des Biertrinkens und der so-

genannten Volksschriftstellerei. Ich rede hier in vollem
Ernste. Die Veränderung in der Männertracht war das
erste Anzeichen des beginnenden Umschwunges. Ein berühmter Vorläufer besagten Umschwunges war der „Ere-
mit von Gauting" (Freiherr von Hallberg-Broich), der
seit einem Menschenalter den vollen Mannesbart und
den schlichten grauen Rock trug, bevor diejenigen, welche bisher seiner gespottet, eines Morgens vor dem Spie-
gelglase sich selber in ähnlichem Anzuge beäugelten.

Selbige Umgestaltung war zum Theile das Werk
des Königs Gambrinus. Das Bier befördert an und
für sich schon darum die Vermischung der Stände, weil
es, indem es durch Umfüllung in verschiedenartige Ge-
fäße an „Süffigkeit" verliert, die Liebhaber des Faß-
geistes zur ursprünglichen Quelle lockt, was in keiner
größeren Stadt sich so früh und so deutlich gezeigt hat
als in Berlin. Die „baierischen Bierstuben" haben dort
den März von 1848 vorbereitet und möglich gemacht.
Vielleicht liegt auch im Biere der Kitt, welcher dereinst
die Deutschen wieder zu einem Ganzen zusammenleimen
wird. Sobald alle Deutschen echtes und rechtes Bier
trinken, mag Gambrinus wol auch den alten Kaiser
auf dem Schild haben und die Weissagung des Mönches
von Lehnin in Erfüllung gehen.

Dieselbe Neigung, welche ein bärtiges Geschlecht in
bequemem Kittel zur Brauhalle lockte, machte ihm auch
klar, daß wir nicht für die Unterhaltung da seien, sondern umgekehrt die Kurzweil für uns. Diese Lehre ist
ganz gewiß nicht für alle Zukunft verloren, besonders
wenn man bedenkt, daß wir durchaus nicht nöthig haben,

gleich von einem Aeußersten in's andere zu springen. Zwischen der gelbbehandschuhten Vornehmthuerei und der ur-
wüchsigen Lümmelhaftigkeit gibt es eine lange Stufenleiter.

Vom Stadttheater zu reden, dürfte schier nicht der
Mühe werth sein. Es fristete ein kümmerliches Dasein
hin gleich allen Kunstanstalten dieser Art, an welche groß-
städtische Ansprüche erhoben werden, ohne daß man ihnen
die Mittel auch nur zur Befriedigung bescheidener Forderungen zuführte. Bemerkenswerth war nur, daß das
Theater nicht der Stadt gehörte, sondern einer Actiengesellschaft, welche es dem Unternehmer so theuer als
möglich vermiethete. Die Gemeinde als solche gewährte
ihm nicht die geringste Unterstützung oder Begünstigung
und bekümmerte sich überhaupt nicht weiter um ihn, als daß
sie einen Bevollmächtigten an die Kasse stellte, um die
10% der Roheinnahme für die Wolthätigkeitsanstalten ein
zuziehen, welche das rheinländische Gesetz diesen zuspricht.
Der Besuch fiel immerdar spärlich aus. Director war damals ein gewisser Gerlach, den ich früher schon an verschiedenen Orten da und dort getroffen, zuletzt in Freiburg. Er
war ein geschickter Condottiere und hatte tüchtiges Volk beisammen, doch es ging es ihm zu Köln nicht besser als allen,
die vor ihm gekommen. Er ist, wie ich in einer Zeitung
gelesen, 1863 in Norddeutschland gestorben. Zu den be-
liebteren Mitgliedern seiner Gesellschaft gehörte in Freiburg außer ihm selbst auch seine damalige Herzdame, Frau
Kleinschmidt, eine Schönheit friesischen Schlages, von
Offizieren und Studenten hochgepriesen und von unserem
Hölzlin angebetet aus der aller bescheidensten Entfernung,
worin der dicke Mann mit dem großem Kropfe sich ohne

äußeres Zuthun von selber hielt. Die Gäste des wilden Mannes hatten freilich nicht dieselben Gründe zur Bescheidenheit wie ihr Wirth, richteten aber mit ihrem Ansprüchen nichts aus. Die schöne Frau hielt umso strenger auf den Anstand, als ihr Ruf ohnehin durch das Verhältniß mit Gerlach ein Leck bekommen. Besagtes Leck galt, beiläufig bemerkt, bei ihren Standesgenossen selbst jedoch nicht für erheblich. Unter den Theaterleuten besaß die Ehe keine geheiligte Bedeutung; sie kennzeichnete nur das erste Verhältniß, welches eine ledige Schauspielerin mit einem unverheirateten Kunstgenossen eingegangen, ohne eine weitere Reihenfolge auszuschließen. In dieser Beziehung waren die guten Leutchen gründliche Gnostiker, obschon sie von Karpokrates wol nie ein Sterbenswörtlein vernommen.

69.

Der Bruch mit den Leitern der s. g. deutschen Volkshalle hatte in Chezy's Vorstellung keine weitere als eine lediglich persönliche Tragweite. Nach seiner, damals noch ungereiften Auffassung hielt er dafür, daß er sich einzig und allein mit einigen preußisch gefärbten Führern überworfen, deren ganz absonderliches Parteistreben dahin gehe, die ewigen Lehren unserer heiligen Mutter, der katholischen Kirche, nicht minder zu freiheitsfeindlichen Zwecken schnöder Herrschsucht zu mißbrauchen, als es die kirchenstürmenden Parteigänger thun, die unter verschiedenartig gefärbten Bannern fechtend das Volk um Glauben, Liebe und Hoffnung betrügen und es durch verführerische Augenblendungen vom Wege der christlichen

Freiheit in die Abgründe einer heidnischen Sklaverei
locken. Er war noch nicht innegeworden, daß es nicht
allein im Rheinlunde, sondern in der gesammten katholischen Welt leitende Kreise desselben Gepräges gibt, nur
mit dem Unterschiede, daß dieses Gepräge selbstischer Herrschsucht in demselben Verhältnisse schärfer und bestimmter
hervortritt, in welchem nicht sowol die vorenthaltenen
eigenen Rechte zurückzuheischen, als fremde Rechte vor-
zuenthalten sind. Solchen Kreisen gehören Männer von
überwiegendem Geiste an, die einen als Hammer, die
anderen als Amboß, zwischen welchen ihrer viele schon
breitgeschlagen wurden, welche der edelsten Sache sich
zu widmen wähnten, während sie entweder für schänd-
liche Parteizwecke grade zu ausgebeutet oder wenigstens
durch allerlei List und Ränke verhindert wurden, innerhalb des katholischen Lagers frisch und frei ihr Wort
anzubringen.

Einer der wenigen, welche diesen Einflüssen sich zu
entziehen verstanden, war Gfrörer. Durch besondere Verhältnisse begünstigt, wußte er seine volle Unabhängigkeit zu behaupten, wie u. a. sein nachgelassenes Werk,
„Geschichte des XVIII. Jahrhunderts“, in so glänzender
Weise schlagend dargethan hat. Sein Freund Chezy, obschon nicht viel jünger als er, war darin minder scharf-
sichtig, geschickt und glücklich, indem er sich auch nach
den Erfahrungen in Köln noch lange ausbeuten und
schließlich in eine Stellung drängen ließ, die — freilich
böswillig genug, aber doch nicht ohne Vorwände für die
üble Deutung, — von manchen dergestalt ausgelegt
wird, daß ihre Feindseligkeit der katholischen Sache selbst

zu gelten scheint, obschon sie einzig und allein sich gegen die Partei kehrt, welche diese gute Sache zum Deck-
mantel schlechter Zwecke mißbraucht.

Ueber die Schule, welche Chezy in dieser Beziehung
durchgemacht, wäre die nähere Auskunft hier noch nicht
am Platze. Davon wird im dritten Buche dieses Werkes
die Rede sein, sobald die Reihenfolge der Begebenheiten
einmal beim „Oesterreichischen Volksfreund" anlangt,
oder besser gesagt: bei den Zuständen und Persönlichkeiten, welche mit dem genannten Blatte von 1856 bis
1861 in theils unmittelbarer, theils mittelbarer Beziehung standen. Doch wenn auch diese Enthüllungen
noch aufgespart werden müssen, bis nach Maßgabe der
Zeitfolge die Reihe an sie kommt, so war es meinem
Ermessen nach doch geboten, an die Erzählung der kölnischen Erlebnisse einen vorläufigen Fingerzeig hier anzuschließen, um Mißdeutungen bei denjenigen vorzubeugen, deren Urtheil wirklich etwas gilt. Es liegt zwar
keine geringe Demüthigung darin, nachträglich zuzuge-
stehen, daß man aus eigener Fahrlässigkeit nicht gleich
von allem Anbeginn gesehen und erkannt, was deutlich
vor Augen und greifbar zur Hand lag; doch wer sein
eigenes Leben beschreibt, kommt nicht ohne beschämende
Selbstbekenntnisse weg, wenn er überhaupt Gott und
der Wahrheit die Ehre läßt und nicht etwa ein Vetter
des großen Pfiffikus Schmerle aus Berlin ist, welcher
nach Talleyrands Beispiel stets den Wind, womit er fuhr,
selber gemacht haben wollte.

70.

Im Herbst 1849, unmittelbar nach seinem Austritt

aus der Volkshalle, ließ Chezy eine Reihe von Erzählungen unter der Ueberschrift „Altkölnische Stücklein" in
der Kölnischen Zeitung erscheinen. Es geschah vorzugsweise darum, um wolgemeinte, aber alberne Vermitt-
lungen abzuschrecken, welche eine Art von Vergleich zu
Stande bringen wollten. Die Volkshalle, meinten diese
guten Seelen, bedürfe Erzählungen 2c. für ihr Feuilleton und könne nichts besseres thun, als derlei von Chezy
zu beziehen. Der aber wollte nichts davon hören und
schnitt, wie gesagt, die Sache entschieden ab, bevor sie
nur zu eigentlichen Unterhandlungen gediehen war. Mit
Dumont-Schauberg trat er dadurch nicht in Verkehr;
Schücking hatte als Redacteur des Feuilletons die Angelegenheit aus eigener Machtvollkommenheit geordnet,
auf die Gefahr hin, mit dem Eigenthümer deßhalb Ver-
druß zu bekommen. Dieser war nämlich sehr empfindlicher
Natur und konnte die Sorgen nicht vergessen, welche
die Volkshalle durch ihr erstes Auftreten in ihm erregt
hatte.

Dumont-Schauberg († 1861) war durch seine Zeitung eine Merkwürdigkeit von Köln. Aus dem Nachlasse
seiner verwitweten Mutter war ihm bei der Erbtheilung
diese Zeitung zugefallen, — ein einträgliches Anzeige-
blatt, dessen politischer Text mit Rothstift und Papier-
scheere „geschrieben" wurde. Dieselben Verfasser versorg-
ten das Feuilleton. Der neue Eigenthümer ließ sich an-
gelegen sein, die Zustände der Zeitung als solcher zu
verbessern, so daß die Ereignisse vom November 1837
ihn nicht ungerüstet trafen. Die Stimmung, welche durch
die preußische Gewaltthat an dem Erzbischof Droste-

Vischering erregt worden, verstand Dumont zu benutzen. Seine Zeitung gewann im Rheinland den obersten Rang, um dann im Lauf der Jahre eines der wenigen „großen Blätter" von Deutschland zu werden, ohne jedoch darüber seine örtliche Bedeutung nur im geringsten einzubüßen. Das Verdienst dieser Erfolge gebührte zum größten Theil dem Eigenthümer, wenn auch nicht zu leugnen steht, daß die günstige Lage der Oertlichkeit und andere glückliche Umstände ihm geholfen haben. Er verstand eben, Zeit und Ort zu benutzen, weil er ein scharfsinniger Geschäftsmann war. Voll Muth und Unternehmungsgeist, ließ Dumont sich kein Geld reuen, wo es seinen Zwecken galt. Um nur von außerordentlichen Anordnungen zu reden, sei erwähnt, daß er in der vortelegraphischen Zeit eine Taubenpost aus Brüssel und Paris unterhielt, deren Kosten sich jährlich auf ungefähr 8000 Thaler beliefen. Und gleichwie der Herausgeber kein Opfer scheute, um sich einen Kreis von tüchtigen Mitarbeitern, Berichterstattern ꝛc. zu sichern und sie mit allen erforderlichen Hülfsmitteln zu versehen, soweit diese für Geld und gute Worte zu haben, ebenso wandte er, und zwar mit staunenswerther Geschicklichkeit, die größte Sorgfalt darauf, daß seine Zeitung der getreue Spiegel jenes Mikrokosmos bleibe, den man Köln am Rhein nennt. Seit ich das Blatt kenne, war es der leibhaftige Drickes vom Wirbel bis zur Zehe. Darin besteht seine Eigenthümlichkeit, daraus erklärt sich das Räthsel seines Erfolges, — das Geheimniß des Antäos. Und wenn irgendwer findet, daß der Kölnischen Zeitung Vorwürfe zu machen seien, so treffen diese nicht sowol das Blatt

als die Richtung und den Geschmack der großen Mehrheit von Köln.

Bis zum Jahre 1860 stand die Köln. Ztg. in hohem Ansehen, trotz ihres Sympathieschwindels für Kos-
suth, Garibaldi und Victor Emanuel. Das kam daher,
weil sie gegen die traurigen Zustände sprach, welche bis
zum 20. October 1860 vorherrschten. Seitdem nimmt hier-
landes ihre Beliebheit immer mehr ab, doch wird sie
von den Redactionen noch fleißig ausgebeutet, weil sie
die schnellsten und sichersten Mittheilungen aus Frankreich bringt, zwar nur gleichzeitig mit einer anderen
Hauptquelle, der Indépendance belge, vor welcher sie
aber den Vorzug der Bequemlichkeit für den Meister
Rothstift vorausshat. Jene Mitarbeiter unserer Zeitungen nämlich, welche mit dem Artikel „Frankreich" betraut sind, ziehen in den allermeisten Fällen das An-
röthseln dem Schreiben vor; vielleicht gibt es darunter
sogar einen oder den andern, welcher nicht einmal liest,
was er anstreicht.

71.

Am Fuße des Siebengebirges umspült der Rhein die
Insel Nonnenwerth, — nach der älteren Schreibweise:
Nonnenwörth. Wörth oder Wörd bedeutet nämlich ein
Eiland. Das Stift auf der Insel war 1802 vom welt-
lichen Arme eingezogen, die Besitzung verkauft und in
eine Herberge verwandelt worden, wo namentlich viele
Engländer ihr Einlager zu nehmen pflegten, seitdem der
Rhein zur großen Heerstraße für den Zug der Lustreisen-
den geworden. Im Jahre 1848 hatte diese Beefsteak-
Herrlichkeit schon seit geraumer Weile ihr Ende erreicht.

Die Besitzerin, eine Frau von Cordier, hatte sterbend ihren Erben den Wunsch ausgedrückt, daß die Insel ihrer geweihten Bestimmung zurückgegeben werde. Die frommen Kinder fügten sich dem mütterlichen Wunsche, obschon das Gesetz ihnen die volle Freiheit gelassen hätte, sich darüber hinwegzusetzen. Die ältere Tochter, geboren 1810, war unvermält geblieben; ebenso ihr et= was jüngerer Bruder, der früher Offizier gewesen und sich in stille Einsamkeit zurückgezogen hatte. Fräulein von Cordier begann damit, die Insel zu einer Erziehungs= anstalt für junge Mädchen einzurichten, um dann später Nonnen zu berufen und selber den Schleier zu nehmen. Im Jahre 1849 war die Anstalt noch ganz klein und trug das Gepräge eines weltlichen Klosters. Chezy ver= traute ihr seine Tochter an, vorzugsweise deßhalb, weil Luise Hensel sich dem Kreise der Erzieherinnen gesellt hatte.

Von der Familie Hensel ist im ersten Buche dieser Erinnerungen ausführlicher die Rede gewesen und na= mentlich gesagt worden, daß Luise unvermält geblieben und sich auch dann noch mit unvermindertem Eifer der Jugenderziehung widmete, als sie nicht mehr in der Lage war, ihr tägliches Brod verdienen zu müssen. Wilhelm Hensel hatte durch die glückliche Verbindung mit Fanny Mendelssohn nebenbei auch eine „gute Partie" gemacht und Fanny war von allem Anfang an darauf bedacht gewesen, das Los ihrer zwei Schwägerinnen zu sichern. Auch Minna hatte, gleich ihrer Schwester Luise, das süße Joch verschmäht, aber nicht wie diese das Bekennt= niß gewechselt. Sie kam nach Nonnenwerth, wo die

beiben als bezahlenbe Koſtgängerinnen und freiwillige
Lehrerinnen fortan beiſammen bleiben wollten. Der Plan
wurde nach Jahresfriſt geſtört; als nämlich die Nonnen
eingezogen waren, wollten ſie die proteſtantiſche Minna
nicht unter ſich behalten, und weil nun dieſe ſich nicht
bekehren wollte, ſo zog Luiſe mit ihr von dannen. Wo=
hin ſie ſich gewendet, iſt mir unbekannt geblieben. Un=
ter den Opfern, welche Frl. von Corbier gebracht, waren
es gewiß nicht die leichteren, daß ſie weder den theuren
Bruder noch ihre lieben Freundinnen unter dem väter=
lichen Dache länger beherbergen durfte.

Eine kleine Stunde Weges oberhalb der Inſel ſteht
am rechten Geſtade die Ortſchaft Unkel, welche den Na=
men einer Stadt führt, obſchon lange noch keine tauſend
Inſaſſen darin hauſen. Dorthin zog ſich Chezy im Früh=
ling 1850. Er wollte einmal wieder Grün ſehen, friſche
Luft ſchöpfen und ſich ländlicher Stille erfreuen. Die
Wahl des Ortes war durch die Nähe von Nonnenwerth
bedingt, obwol nicht ganz allein; denn zu Rolandseck
hätte er die Inſel auf hundert Schritte gegenüber ge=
habt, aber dort wurden, gleichwie in Königswinter, für
Wohnung und Koſt Preiſe gefordert, wie die Zugvögel
ſie bezahlten. Doch dieſe pflegten in Unkel nicht einzu=
kehren, wo keine Heerſtraße mündete und kein Dampfer
anlegte. Zu Unkel in der Löwenburg wurde Chezy mit
ſeiner Frau für einen Thaler täglich Mittags und Abends
reichlich mit trefflich bereiteter Koſt geätzt. Die Wohnung
koſtete monatlich fünf Thaler und beſtand aus drei Zim=
mern deren größtes ein Saal war, welcher mit vier
Fenſtern in einer Reihe auf den Rhein hinausſchaute.

Aus einem andern Gemach trat man auf eine Brücke, welche zwei Klafter lang zu einem kleinen Garten hinüberführte. Unter der Brücke durch ging zwischen den hohen Grundmauern des Hauses und des Gartens der Weg von der Ueberfuhr herauf in die Stadt. Zwischen diesem Eingang und dem Strome zog sich in der Flucht des Hauses und des Gartens ein nicht breiter Fahrweg hin. Das Prachtstück der reizenden Aussicht befand sich auf der rechten Flanke gegen Norden, wo zwischen dem steilen Drachenfels und dem etwas niedrigeren Rolandseck die Insel Nonnenwerth sich aus dem breiten Spiegel hebt.

Das Dasein dieses allerliebsten Restes war Chezy durch Freiligrath verrathen worden. Dieser hatte vor Jahren darin gewohnt und jenseits der Staketen des Gartens seine Zukünftige kennen gelernt. Sie war damals Erzieherin und hieß Frl. Melos. Ich erwähne das, weil mit diesem Namen seinerzeit mancherlei gelehrtes Wortspiel getrieben wurde. So sagte wer, der Dichter könne nicht heiraten, womit er schon vermält sei. Dieser wandte dagegen ein, daß Melos ja die Melodie zu den Versen bedeute, nicht aber blos den Wolklang des Tonfalles. Soviel bleibt sicher: wenn nicht die Gedichte, so hat doch der Dichter selbst durch die glückliche Wahl in der Stimmung gewonnen und that vollkommen recht daran, die Stelle lieb zu behalten, wo ihm sein Stern zum erstenmale aufgegangen.

Das Haus gehörte einem Hrn. v. Monschaw, der es sehr übel zu vermerken pflegte, wenn man sein „von" nicht gehörig beachtete. Im gegebenen Falle nahm sich die — im gewöhnlichen Verkehr sonst nicht allzu seltene — eifersüch-

tige Wachsamkeit auf die drei Buchstaben nur darum
ganz absonderlich aus, weil der nicht mehr junge Mann
ein Weib aus dem Volke geheiratet hatte, nachdem
das Paar schon seit längerer Zeit sich ohne Bürgermeister und Pfarrer beholfen. Den Saal zierte ein trefflich gemaltes großes Bild aus den sechziger Jahren des
vorigen Jahrhunderts, welches durch den Miethvertrag
ausdrücklich unter die verantwortliche Obsorge des Insassen gestellt worden; man erblickte auf den 24 Ge-
viertschuhen bemalter Leinewand altfränkische Gestalten
von lebendigem Ausdruck und wahrhaft künstlerischer
Gruppirung, darunter ein reizendes Kind mit frischen
Augen und schwellenden Pausbacken. Dieses kleine Wesen
war Monschaws Großmutter, die hochbetagt im Wahn-
sinn gestorben. Unter diesem Gemälde hatte Chezy seinen
Diwan von drei aufgeschichteten Matratzen aufgeschlagen, die bei Tage als Lotterbett, Nachts als Lager dienten.
Die Gestalten wurden lebendig, wenn in hellen Lenz-
nächten die Nachtigallen vom jenseitigen Ufer her den Schlä-
fer weckten oder ein Dampfer gespenstig vorüberplätscherte.

Das Dasein floß in anmuthiger Einförmigkeit dahin. Im Morgengrauen, bevor das Gestade sich belebte,
nahm Chezy unmittelbar unter seinen Fenstern ein Bad
im Rheine. Für ein späteres Bad in der Mittagshitze
oder gegen Abend mußte er sich eine entlegenere Stelle
suchen. Der Schreibtisch stand am Fenster, von wo aus
den ganzen Tag über ein wechselvolles Treiben, lebendig und doch nicht störend, zu beobachten war. Wenigstens zwanzig Reiseschiffe dampften täglich vorüber, theils
zu Berg, theils zu Thal, so nahe, daß die Gesichter

an Bord deutlich zu unterscheiden waren. Frachtschiffe, einzeln oder in Schleppzügen, zeigten sich stets in Sicht. Die Schiffer der Ueberfuhr hatten wenig Rast und Ruhe, wenn sie auch nur selten jemand vom Dampfer zu holen oder an Bord zu bringen hatten. Es arbeitete sich angenehm genug an dieser Stelle; Chezy hat dort u. a. für das Morgenblatt „Neue Zeitstücklein" geschrieben und für Spindler nebst „Almeria" auch einen kleinen Roman, der bei Kober in Prag erschienen ist. Der Titel lautet: „Alte und neue Zeit." Der Erzählung lag eine wahre Begebenheit zum Grunde, die sich im Rheinlande von 1790 bis in die Neuzeit zugetragen und abgesponnen. Unser guter Freund war leidlich fleißig im Hervorbringen, doch mit dem Studiren strengte er sich nicht besonders an. Die neuen Erscheinungen auf dem Büchermarkt ließen ihn vollends unangefochten, weil in der stillen Einsamkeit bei den Unkelsteinen nichts dergleichen an das Ufer schwamm. Dagegen machte er die kostbare Entdeckung, wie die zarten Blätter der Gartenerdbeere, bevor sie Blüthenknospen angesetzt, bereits die Eigenschaften der künftigen Frucht in sich tragen und sich vom Wein den Duft entlocken lassen, so daß eine Maibowle daraus einen edeln Geschmack gewinnt, als wäre sie mit Ananas bereitet. Auf diese Art von Botanik verwendete er überhaupt einige Aufmerksamkeit, wie sich's gebührte; denn wer das Leben des Rheinlandes zu verstehen strebt, soll auch seine Bowle bereiten lernen. Mit den Wölfen muß man heulen.

Die Nachmittage im Frühjahr, die Abende im Sommer wurden häufig zu Ausflügen benutzt. Wie anmuthig schwamm sich's im Kahne und gelegentlich neben dem Schifflein hinab nach Nonnenwerth! Wie ergötzlich lustwandelte sich's zurück am Gestade! Auch Remagen mit dem Apollinariskirchlein auf der Höhe war ein lohnendes Ziel. Die Ausschmückung der berühmten Kirche, welche der Graf von Fürstenberg neu herstellen ließ, nahte der Vollendung. Drunten bei der Landungsbrücke stand eine vortreffliche Herberge. Hr. Cavacciola, der Wirth, ein gemüthlicher Kauz, versorgte Chezy mit allerlei verpönten Schriften, namentlich solchen, welche die flüchtigen Gesellen der Neuen rheinischen Zeitung von London ausgehen ließen.

Einen größeren Ausflug unternahm Chezy nach Koblenz, um den achtzigjährigen Stiefbruder seiner Mutter heimzusuchen. Es waren 27 Jahre verstrichen, seit er ihn zum letztenmal in Potsdam gesehen. Die letzten Jahre seiner Amtsthätigkeit hatte Wilhelm Hempel zu Ruhrort in Westfalen zugebracht und verzehrte nun seinen wolverdienten Ruhegehalt am Rheine.

In Potsdam versah Hempel die Stelle des obersten Beamten der Hauptkasse des Landes. Da geschah es eines Tages, daß einer seiner höher gestellten Untergebenen vermißt und endlich als Leiche gefunden ward, in der starren Hand ein entladenes Pistol, in der Brust das Blei. Der Mann, ein alter Hagestolz, hatte eine lange ehrenwerthe Laufbahn hinter sich und stets das regelmäßigste Leben geführt. Nachdem er Morgens seinen Kaffee geschlürft und seine Pfeife geraucht, ging er in's Amt, von dort Mittags zum Essen in ein Kosthaus, um dann seinen kleinen Spaziergang zu machen und wieder

zum Geschäft zurückzukehren. Um sechs Uhr verfügte er
sich in seine „Tabagie" zum Abendtrunk und zur Partie „Schafskopf," um höchstens 10 — 20 Pfennige zu
gewinnen oder zu verlieren und vor 9 Uhr heimzukehren.
So ging es die ganze Woche fort und der Sonntag
brachte eine nur geringe Abwechselung; statt in's Bureau
ging er in die Kirche und machte Besuche, blieb etwas
länger bei Tische und fing die Partie um eine oder zwei
Stunden früher an. Bei dieser Lebensart konnte er unmöglich seinen Gehalt aufzehren und die Kleinstädter
rechneten ihm nach, daß er mindestens 2000 Thaler „auf
der hohen Kante liegen" habe. Dem war indessen nicht
so. In seiner Kasse fehlten 11000 Thaler. Der Abgang
konnte nur seit dem letzten vorschriftmäßigen Abrechnungs-
tage bestehen, also erst vor kurzer Frist entstanden sein.
Wohin das Geld gekommen, ist nicht einmal vermuthet,
geschweige denn ermittelt worden. Hempel bewies, daß
von seiner Seite auch nicht das geringste Versehen vor-
gefallen und wurde in dieser Beziehung vollständig frei-
gesprochen; nichtsdestoweniger blieb er verantwortlich für
den Betrag und sollte den Verlust ersetzen. Der damalige Regierungspräsident in Potsdam, Freiherr von Oelßen
auf Biednitz, ein Freund Helmina's (von welchem im
1. Buche mehrfach die Rede gewesen), legte Fürsprache
ein, worauf der König Friedrich Wilhelm III. den Befehl erließ, die Angelegenheit niederzuschlagen. Hempel
aber bat um seine Versetzung zu einem anderen Zweige
des Dienstes, „um des Nachts wieder schlafen zu können." Er hatte im Kassenwesen ein Haar gefunden.
Sein Verlangen wurde gewährt. Der ohnehin hypochon-

drische Mann von peinlicher Gewissenhaftigkeit wäre sonst
an Angst und Sorge gestorben. Er pflegte die Dinge
so genau zu nehmen, daß er einst dem kleinen Wilhelm,
der ihn in der Kanzlei um eine Feder und einen Bogen
Papier gebeten, zur Antwort gab: „Das gehört alles
dem König und ich darf's nicht verschenken."

Hempel hatte mit achtzig Jahren seine fünf Sinne
immerhin noch beisammen, sah und hörte ganz gut,
sprach geläufig und klar, schrieb fest und leserlich dieselbe
fließende Handschrift, wie er sie bereits sechs Jahrzehnte
zuvor geschrieben, und war überhaupt nur äußerlich
verändert, wenn man nicht etwa zu den innerlichen Wandlungen rechnen will, daß die Stimme des zusammenge-
schrumpften Männleins ziemlich dünn geworden. Gebrochen war sie aber keineswegs. Sein Gedächtniß war
dergestalt unversehrt geblieben, daß er nicht blos nach
Art alter Leute sich deutlich der Vergangenheit mit allen
kleinen Umständen entsann, sondern auch genau wußte,
was er in den letzten Jahren, Monaten, Wochen, Tagen
und Stunden erlebt, vernommen oder in Zeitungen und
Büchern gelesen. Einen langen Brief, den er einige Zeit
zuvor aus Bevern von seiner Schwester erhalten, wieder-
holte er dem Inhalte nach ganz getreu. Einige auffal-
lende Eigenheiten seines Wesens hatten sich nicht erst
in Folge des Alters eingestellt; schon in seiner grünen
Zeit war Hempel ein sogenannter wunderlicher Heiliger
gewesen. Er befand sich in guter Pflege, umgeben von
seiner Frau und zwei Töchtern, der älteren und der jüngsten. Die mittlere, Berta, war als junge Frau gestorben
und hatte eine Tochter hinterlassen, welche von schwerem

Unglück getroffen worden. Die Einzelheiten weiß ich nicht
mehr, denn die Erinnerung hat sich verwirrt, da ähnliche
Fälle in den Jahren 1848 — 49 mehrfach vorgekom-
men sind; vermuthlich war sie es selbst, die von einem
„Preußen" muthwillig auf der Straße erschossen wurde,
doch kann es auch ihr Mann gewesen sein, welcher das
Opfer einer solchen Rohheit „verthierter Söldner" wurde.
Die Regimenter, welche das Cabinet „Brand-Teufel"
in's Rheinland gesendet, bestanden aus hinterpommer-
schem Volk, vierschrötigen Bauernlümmeln von derben
Fäusten und schwachem Verstande, denen gesagt worden,
daß die Provinz von lauter Katholiken und Demokraten bevölkert sei. Nach hinterpommerschen Begriffen war
jedes katholische Menschenkind schon an und für sich des
Teufels, gleichwie das „Demokratengesindel" vogelfrei.
    In Unkel brachten zwei oder drei Familien den Sommer
zu. Chezy hielt für überflüssig, sich um sie zu bekümmern,
und so hatten sie auch keinen Anlaß, von seinem Dasein
Kenntniß zu nehmen. Zufällige Begegnungen am dritten Orte fanden nicht statt, da niemand von den Herrn
in den oberen Saal der Löwenburg oder zu Remagen
in den Fürstenberger Hof kam; die genannten Häuser
wurden von der schwarzweißen Partei gemieden, namentlich das letztere.-Man wollte überhaupt nur mit Leuten
der eigenen Gesinnung verkehren und das Parteiwesen
war auch in weiteren Kreisen scharf ausgeprägt. Zum
Beispiel dient hier ein Zwischenfall, auf den ich, wie ich
glaube, bei einem früheren Anlaß bereits hingedeutet.
In Karlsruhe nämlich hegten ein paar politische Freunde
die Absicht, Chezy zur Redaction der Karlsruher Zeitung

berufen zu lassen. Die vorläufigen Unterhandlungen waren im Zuge, mußten aber bald abgebrochen werden, denn das Land war noch von den Preußen besetzt und der Commandirende ließ sich vernehmen, er werde diese mißliebige Persönlichkeit keine 24 Stunden in der Stadt dulden, als höchstens hinter Schloß und Riegel; auch sei derselben anzurathen, sich nicht an der Tagespresse des Großherzogthums zu betheiligen, wenn sie überhaupt in das Land zurückkehren wolle. Nun hätten freilich die Pickelhauben kein Recht gehabt, einen badischen Staatsbürger irgendwie zu maßregeln, aber sie besaßen die Macht dazu und pflegten nicht viel nach Recht und Gerechtigkeit zu fragen, wie der Augenschein lehrte. Ohnehin schien man damals in Berlin die Absicht zu hegen, das Großherzogthum in Preußen aufgehen zu lassen.

72.

Der Sommer verging. Ueber dem Lande schwebten schon allerwärts die Papierdrachen. In niederdeutscher Sprechweise heißt der Drache „patten Vugel" (gepappter Vogel) und in Köln sagt man kurzweg: Vugel. Dieses Spielwerk war namentlich in der heiligen Stadt seit Menschengedenken sehr beliebt; von ihm kommt das alte Scherzwort: Drickes, treck de Vugel in, du bis Rathsherr worden"; (Heinrich zieh' den Vogel ein, du bist Rathsherr worden.) Der Spott stammt aus jenen früheren Zeiten, worin der Rath sich selbst aus dem Kreise der Patrizier erneuerte und manchmal sehr jugendliche Mitglieder kürte. Da geschah es eines Tages, wie der Volkswitz berichtet, daß nach erfolgter Wahl eine Mutter ihren Sohn mit den eben angeführten Worten von der Dachlucke abrief, wo das Bürschlein die Leine des schwebenden Drachen in den Händen hielt. Die Redensart ist seitdem zum Sprichwort geworden, das man anwendet, wenn jemand durch Gunst und Glück in früher Jugend zu hohen Würden befördert wird, bevor er reif dazu scheint. — Der Anblick dieser Vögel mit den langen dünnen Schwänzen bot allerdings eine angenehme Erinnerung aus den Tagen der Kindheit, mahnte aber zugleich an den nahenden Winter in nicht sehr erfreulicher Weise. Für das leibliche Dasein war alledings hinlänglich gesorgt, wenn Chezy in der einsamen Dachshöle von Unkel blieb, und er konnte sogar, ohne sich etwas abgehen zu lassen, einigen Vorrath für die Zukunft sicherstellen; indessen lachte ihm die Vorstellung keineswegs, in besagter Höle vom Leben und Treiben der Welt nichts unmittelbar zu sehen und kaum mittelbar etwas zu vernehmen. Zu solchem Dasein schien die Zeit nicht angethan für einen, der in den Apfel, wenn nicht der Erkenntniß, so doch der Zeitschriftstellerei gebissen; anderseits jedoch rieth die Klugheit, einstweilen nicht nach dem Großherzogthum Baden zurückzukehren und sich in Preußen nicht bemerkbar zu machen, sondern so still als möglich eine Zeit abzuwarten, worin er sich wieder freier bewegen könne. Daraus erwuchs endlich der Entschluß, in Unkel zu überwintern und recht fleißig zu arbeiten. An Stoff fehlte es nicht und ebenso wenig an Absatz. Spindler hatte sehr anständige Anerbietungen für den Fall gemacht, daß er bis zum November einen zweibändigen Roman erhalte, der in der Neuzeit spiele und die feiner gekleideten Schichten der Gesellschaft zum Gegenstand habe. „Auf Herrenweiber und Herrenkerle", hieß es in einem seiner Briefe, „verstehst du dich besser als ich. Unter meinen Händen verzerren sie sich gar zu leicht." Eine andre Stelle besagte: „Der Feind in Dingsda bietet 2000 Preußen; ich gebe dir davon 1000 Rheinische und später bei der Aufnahme in die Gesammelten noch 600. Für eine Arbeit von sechs Wochen kannst du wahrhaftig nicht mehr erwarten."

Der Mensch denkt, Gott lenkt! Im September traf ein Schreiben aus Wien ein, worin Dr. Leopold Landsteiner ganz unerwartet an Chezy die Einladung richtete, nach Wien zu kommen und sich bei der Redaction seines Blattes, der „Reichszeitung", zu betheiligen. Die Anerbietungen waren wol nicht glänzend, doch immerhin annehmbar, hauptsächlich deßhalb, weil sie nicht nur den Ruf zur Erneuerung der zeitschriftstellerischen Thätigkeit enthielten, sondern auch einen Ankergrund in der Kaiserstadt boten, wohin zurückzukehren Chezy schon seit längerer Zeit den lebhaften Wunsch hegte. Er erklärte nach kurzer Ueberlegung sich bereit, der Einladung zu entsprechen, für welche er dem Dr. Landsteiner zeitlebens zum Danke verpflichtet bleiben wird. Schon in den letzten Tagen des Monats trat er die schnelle Reise an, indem er einstweilen seine Tochter in der Anstalt ließ und seine Frau in Unkel. Letztere hatte zur Gesellschaft eine Nichte bei sich, die, eigentlich nur zu kurzem Besuche gekommen, nun dabehalten und später nach Wien mitgenommen wurde. Unter solchen Umständen mußte natürlich Spindlers Wunsch unerfüllt bleiben.

73.

Mit der Abreise nach Wien schließt dieser Hauptab-

schnitt in Chezys bewegtem Dasein sich ab. Zurückblickend
auf die dreimal sieben Jahre, welche dieses zweite Buch
der Erinnerungen umfaßt, meint der Verfasser, daß er
freilich mehr Leid als Freude erfahren, aber doch im
ganzen zufrieden sein mag. Das Leid ist verschmerzt,
die Freude lebhaft im Gedächtniß geblieben. Er hat, obschon von der Dame Fortuna wenig begünstigt, sein
Leben so gut genossen wie irgendwer, der zeitlebens dem
goldenen Ueberfluß im Schoße gesessen; besser sogar,
denn alle die guten Dinge, welche hienieden dem Reichthum im äußerlichen Dasein tagtäglich zu Gebote stehen,
sind ihm nicht in solchem Uebermaße zu Theil geworden,
daß sie Gleichgültigkeit, geschweige denn Eckel erzeugt
hätten. So ist denn sein Sinn frisch, sein Herz jung
geblieben. Noch bis zum heutigen Tage weiß er selbst
die untergeordneten kleinen Freuden des leiblichen Da-
seins gebührend zu schätzen, nicht zu wenig und nicht zu
viel. Allen Zeichen nach wird er sich zwar satt, aber
keineswegs übersättigt zur langen Ruhe niederlegen, sobald sein Stündlein schlägt, das er lange noch nicht
herbeiwünscht.

· Vor allem wünscht und hofft er sogar, das dritte
Buch dieser Aufzeichnungen von den trüben Anfängen
der Säbelherrschaft in Wien an wenigstens bis zu jenem glorreichen Tage fortzuführen, an dessen Morgen
der Kaiser Franz Joseph die deutschen Fürsten nach
Frankfurt berief, um den stolzesten Träumen der deutschen
Nation den Weg zur Erfüllung nicht blos zu zeigen,
sondern als Bahnbrecher auch zu öffnen.